KB265230

ALEXANDER

알렉산더

GENSO KOTEI

ALEXANDER

알렉산더 1

아라마타 히로시 **지음** | 강수민 **옮김**

소담출판사

소설 알렉산더 1

펴낸날 | 1999년 9월 1일 초판 1쇄

지은이 | 아라마타 히로시
옮긴이 | 강수민
펴낸이 | 이태권
펴낸곳 | 소담출판사
　　　　서울시 성북구 성북동 178-2 (우)136-020
　　　　전화 | 745-8566~7　팩스 | 747-3238
　　　　e-mail | sodam@dreamsodam.co.kr
　　　　등록번호 | 제2-42호(1979년 11월 14일)
　　　　홈페이지 | www.dreamsodam.co.kr

ⓒ소담, 1999
ISBN 89-7381-351-X　04830
ISBN 89-7381-350-1　04830 (세트)

●책 가격은 뒤표지에 있습니다

ALEXANDER

魔
ALEX

王
ANDER

차례

제3장 혈투

프롤로그

오다 노부나가, 알렉산더에 관해 알게 되다

왕궁은 눈이 의심스러울 지경의 색채들로 넘쳐나고 있었다. 호수 위 거룻배에서 이 성을 처음으로 보게 된 선교사들조차도 놀라움에 찬 탄성을 금할 길이 없었다. 흘긋 본 것만으로는 도저히 왕궁이라 생각할 수가 없었다. 무언가 상상도 못할 이방의 신을 모신 거대한 수레처럼 보였다. 다섯 단, 일곱 층에 이르는 건물의 각층은 각각 대조적인 색으로 칠해져 있었다. 호수에서 솟아오른 아즈치산(安土山)을 딛고 일어선 것처럼 자리한 맨 아래층은 흑색, 그 위가 적색. 다시 그 위는 청색, 이런 식으로.

그러나 무엇보다도 선교사들을 경탄케 한 것은 '텐슈'라 불리는 맨 꼭대기층

의, 눈이 아찔해질 정도로 눈부신 금빛의 광채였다. 대개 일본의 무장(武將)들은 '텐슈'를 '天守'라 쓰도록 한다. 하늘을 수호하는 큰 지붕이라는 뜻이다. 그러나 이 금빛의 성을 세운 대왕은, 천하의 주인이 사는 저택이라는 의미를 담아 '天主' [1] 라 쓰게 했다. 텐슈에 올린 기와는 마치 유리라도 붙인 것처럼 이 세상의 것이 아닌 듯한 푸른빛을 발하고 있다. 전체적인 모양 또한 색다르다는 말 이외에는 달리 표현할 길이 없다. 다른 산성(山城)들은 위로 갈수록 각층의 면적이 좁아지는데, 이 성은 도대체 줄어들지가 않는다. 그런 이유로 처음 보는 사람에게는 마치 거대한 탑과도 같다는 인상을 준다.

선교사들은 순간적으로 눈앞에 펼쳐진 경이로운 건축물에 넋을 잃었다. 입도 벙긋 못한 채, 거룻배 위에 못 박힌 듯 내내 서 있기만 했다. 이윽고 배가 크게 한 번 요동치더니 기슭에 가 닿았다. 안내하는 일본인이 배에서 먼저 내려 이방인들의 하선을 도왔다. 이 일본인은 동행한 이방인들과 동일한 복장을 하고 있었다. 남만(南蠻)[2]의 상인(商人)들이 걸치는 현란한 이국의 의상과는 다른 검은 색의 검소한 법의(法衣)이다.

선착장을 지나 잘 정돈된 큰길로 들어서자 아즈치산의 거대한 성은 숲에 가려 보이지 않게 되었다. 이곳에서도 선교사들은 또 한 번 깜짝 놀랐다. 그 길에는 너저분한 것이라고는 먼지 한 톨 없었던 것이다. 양옆으로 아름다운 관목들이 줄지어 있고 그 아래에는 자갈이 깔려 있다. 간간이 나뭇가지 끝에서 빗자루가 달려 내려와 그걸로 낙엽 따위를 쓸어 치우는 게 아닐까 싶은 착각이 들 정도였다. 남만국(南蠻國)에는 이렇게까지 정결(精潔)한 거리를 찾아볼 수가 없다.

---

1. 天主 : 天守와 마찬가지로 '텐슈'라 읽는다.
2. 남만(南蠻) : 당시 일본의 남쪽 해상을 통해 출입하던 서양인, 특히 포르투갈과 스페인 사람들을 지칭하던 말.

성 아래 저잣거리에 도착했다. 노점들이 서로 어깨를 맞대듯이 늘어서 있다. 고운 비단을 파는 가게가 눈에 띈다. 칠기(漆器)를 파는 가게도 있다. 점포들이 삐져 나온 만큼 좁아진 길 위를 수많은 인파가 거닐고 있다.

— 그 유명했다는 한창 때의 바빌론보다 더 북적대는 것 같군요.

선교사 중 한 명이 어이없다는 듯한 얼굴로 중얼거렸다.

거리를 가로지르자 한 갈래의 널따란 길이 펼쳐졌다. 일거에 시야가 탁 트이고 다시 전방에 아즈치산이 올려다보였다. 짙은 녹색으로 수북한 밥공기 모양을 한 언덕, 그 정상에 경이로움으로 가득 찬 성이 다시 그 모습을 드러냈다.

그들은 다시 두려움에 찬 소리를 내었다. 새어 나오는 탄성을 감출래야 감출 수가 없었던 것이다. 그만큼이나 기묘하고 위압적인 건물이었다. 조금 전 먼 곳에서 바라보았을 때에는 그저 터무니없이 거대한 탑으로만 보였다. 그러나 가까이서 올려다보자니 어딘지 모르게 사교(邪敎)풍의 신을 모시는 대신전을 연상케 한다. 화려하다기보다는 차라리 으스스한 주술적인 풍취(風趣)였다. 툭 튀어나온 기와 지붕 둘레에는 금색으로 칠해진 와당3)이 나란히 줄지어 있다. 지붕 양쪽의 처마끝 모서리에는 이빨을 드러낸 귀인(鬼人)의 두상(頭狀)이 내방하는 객들을 매섭게 쏘아보고 있다.

선교사들이 걸음을 멈춘 채 놀라움에 충격을 금치 못하고 있는 동안, 그들과 같은 이국의 법의를 걸친 일본인은 성문 옆에 선 근위병에게로 다가갔다.

— 교토에서 온 하테렌(伴天連)4) 프로이스입니다. 전하를 알현하고 싶습니다만….

---

3. 와당(瓦當) : 기와의 마구리.

4. 하테렌(伴天連) : 원가차음(原假借音)은 バテレン. 본문 표기에 따름. ① (기독교의) 선교사 ② 기독교[포pardre]

상당한 시간을 성문 앞에서 기다려야만 했다. 필시, 전령이 아즈치산 위의 성까지 달려갔으리라. 성주(城主)가 허가를 한다 해도 금세 이 산기슭까지 전갈이 전해질 리 없었다. 방문한 이쪽에서도 이곳을 들를 결정을 내리자마자 별다른 예고도 없이 갑자기 온 것이니, 거절당한다 하여도 할 말이 없는 것이다. 하물며, 이곳의 성주는 함부로 사람들을 성안에 들이지 않는다고 한다. 하지만 걱정할 것까지는 없었다. 싱겁게도 알현이 허락되었던 것이다.

사람의 키를 훨씬 넘는 커다란 돌들을 쌓아 올린 성축(城築)을 빠져 나가 금색으로 칠해진 성문을 통과했다. 성안에는 촘촘하게 깔린 하얀 자갈들이 햇빛을 되쏘고 있었다. 성스러울 정도의 정결함이었다. 넓은 현관에 도착하자, 성을 안내하는 사람이 일행을 맞았다. 꽃, 초목, 동물, 그리고 일본의 오랜 전설에 근거한 벽화로 장식된 복도를 따라 소리를 죽이며 앞으로 나아갔다. 진홍빛 양탄자를 깐 계단을 올라, 거기에서 계단 한 칸 높이 위에 자리잡은 정원으로 나오자 회랑(回廊)5)으로 발을 내딛게 되어 있다.

멋진 정원이었다. 남만국(南蠻國)의 그것과는 달리 자연 상태 그대로의 바위며, 자유롭게 뻗은 수목 등이 성의 주인인 양 자리잡고 있었다. 그 자체만으로도 방만함이 아닌 엄격한 균형과 절제가 잡혀 있다. 지면에는 녹색의 잔디가 가지런히 자라 있고 구석에는 커다란 연못이 보인다. 남만국에서는 정원이라 하면 암석이든 수목이든 모두 기하학적으로 자르고 꾸미는데 반해, 일본은 자연스럽게 내버려두고 있다. 이곳에서는 인공적인 인상을 주는 조경이 악취미로 인식되어 혐오의 대상이 된다.

성주는 별채의 궁전에서 선교사 일행을 맞았다. 성주인 오다 노부나가(織田信

---

5. 회랑(回廊) : 여기에서는 건물과 건물을 잇는, 지붕이 있는 복도를 일컬음.

長)는 일본을 지배하는 왕으로, 그 누구도 노부나가 앞에서는 감히 그 얼굴을 들자가 없었다. 성미 급한 왕이 불호령을 내리면 가신(家臣)들은 내몰리는 여우 떼처럼 이리 뛰고 저리 뛰며 명을 받든다. 그러나 그렇다고 해서 노부나가가 자존심만 드센 것은 아니었다. 그는 하층민들과도 거리낌없이 이야기를 나눌 수 있을 정도의 도량 또한 지니고 있었다.

이 왕은 술을 즐기지 않았고, 음식을 필요 이상 섭취하지 않았으며, 물건을 소유하는 일에도 열중하지 않았다. 항상 시의(侍醫)를 몸 가까이 두었으며 절제 또한 잃지 않았다. 항시 청결에 유념하였고 정의감이 강했으며, 가신들을 능수능란하게 부리는 기술 또한 뛰어났다. 신(神)과 부처를 섬기지 않았으며 기적이니 저주 따위도 믿지 않았다. 인간은 죽으면 무(無)로 돌아간다고 생각했다. 그래서인지 떠도는 말에 의하면, 이 아즈치 성의 석축(石築)만 해도 절에 있던 거대한 불상을 부수어 사용한 곳이 많다고 한다.

— 왔는가, 하테렌.

노부나가는 이방인들을 접견실로 맞아들이며 낭랑한 목소리로 말했다. 왕의 목소리는 크고 높았다. 가신들이 쩔쩔매는 이유 중 하나가 여기에 있었다.

— 그래 어떠했는가, 짐의 아즈치 성이.

질문을 받은 예수회의 선교사 루이스 프로이스는 예를 올리며 답했다.

— 참으로 근사한 궁전이옵니다.

노부나가는 끄덕여 보였으나 분명 프로이스의 의례적인 답변에 만족스러워하는 눈치는 아니었다.

— 짐은 현세에 신이 되어 백성들을 복종시켰노라. 보잘것없는 신들과 부처를 받드느니 나를 숭배하라 하였음이라. 그러기 위해서 짐은 이 세상에서 가장 화려

한 성에 살지 않으면 아니 되느니. 어떤가, 하테렌. 남만(南蠻)과 천축(天竺)에 이를 능가할 성이 있는가?

루이스 프로이스는 투명한 푸른 눈을 들어 노부나가를 바라보며 침착하게 답했다.

― 작금은 없사옵니다. 노부나가 전하의 성은 틀림없는 세계 제일의 건축물이옵니다. 그렇지만….

순간, 노부나가의 눈썹이 급격히 치켜 올라갔다. 가신들을 부들부들 떨게 만드는 그 불가사의한 광기가 희미하게 머리를 쳐든 것이다.

― 그렇지만 무어라 말하는 게냐?

따지듯 되쏘는 왕의 반응에 대답을 망설일 여유조차 허락되지 않았다. 루이스 프로이스는 노부나가를 정면으로 바라보며 말을 이었다. 지금껏 프로이스처럼 노부나가를 향해 정면으로 눈을 빤히 바라보며 이야기했던 사람은 단 한 사람도 없었다.

― 이전에는 있었사옵니다. 분명, 이 아즈치 성과 흡사한 거대한 탑이. 대략 그 높이만 해도 이 성의 여섯 배에 이르렀다고 알고 있사옵니다.

노부나가의 눈에 머물던 광기가 불을 뿜었다.

― 무엇이? 여섯 배라고?

― 예.

노부나가의 표정에 분노의 기색이 여실히 드러났다. 곁에 늘어선 가신들은 안색이 변하며 일제히 동요하기 시작했다. 그러나 프로이스는 평정을 잃지 않았다.

― '파로스(Pharos)'라 하는 탑이옵니다. 이 탑 안에는 넓은 길이 나 있어서 무

수한 당나귀들이 그 길을 따라 짐을 싣고 오르내렸다 하옵니다.

─ 대로(大路)가… 탑 안에 말이냐?

─ 그러하옵니다. 탑의 중심축을 휘감고 돌 듯 거대한 길이 위를 향해 끝없이 뻗어 있었다고 하옵니다.

─ 그것은 나선 계단이 아니더냐? 나선 계단이라면 이 성에도 있나니.

노부나가는 신경이 곤두섰음을 드러내며 프로이스에게 반론을 했다. 그러나 선교사는 한치도 물러서질 않는다.

─ 아니, 길이옵니다. 경사진 길이 소용돌이처럼 뻗어 있었다 하옵니다. 그리고 그 둘레에는 커다란 방이 3백 개도 넘게 있었다고 합니다.

노부나가의 입술이 희미하게 일그러져 갔다.

─ 그… 파로(波露)인지 하는 건축물은 성의 역할을 완벽하게 해냈는가?

그는 파로스라는 이국의 언어를 일본어의 음(音)으로 바꾸어 파로라고 발음했다.

─ 아즈치 성 같은 궁전은 아니었습니다. 바다의 요새에 비유하는 것이 적절하다 할 수 있겠사옵니다. 실제로도 각각의 방에는 군단 규모의 병사들이 대기하고 있었다 하옵니다.

─ 그렇다면 왜 요새 한가운데 길 따위를 만들게 하였는가?

노부나가의 질문은 언제나 핵심을 꿰뚫고 있었다. 루이스 프로이스는 이토록 적확하게 사물의 본질을 꿰뚫는 일본인을 본 적이 없었다. 프로이스는 오한이 스밈을 느끼며 질문에 답했다.

─ 탑 위에 불을 지피기 위함이옵니다.

─ 불이라고?

― 파로스〔등대〕라 함은 해상을 오가는 배들을 안전하게 항구로 이끄는 역할을 하기 위한 건물인 줄로 아뢰옵니다. 덧붙여 말씀드리자면, 파로스가 세워져 있던 도시는 세계 제일의 교역 도시이옵기에….

― 그것이 파로(波露)인가?

― 그렇사옵니다. 당나귀라고 하는 작은 말에 연료를 실어 정상까지 오르게 하였다 하옵니다.

― 어떤 종류의 연료인고?

― 확실하지는 않지만, 기름 종류였으리라 생각되옵니다.

― 알겠노라. 그런데 대체 어떠한 자이더냐? 그런 거대한 요새를 세우게 한 왕은?

노부나가는 재촉하듯 물어 왔다. 그러나 프로이스는 짐짓 거드름을 피우더니 느긋하게 머리를 절레절레 흔들었다.

― 이런, 노부나가 전하. 저희는 금일 전하의 직인(職印)[6]을 받고자….

이렇게 시작된 선교사의 말을 노부나가는 한마디로 잘라버렸다.

― 직인이라면 이야기가 끝난 후에라도 얼마든지 내줄 수 있는 문제다. 짐은 지금 무척 마음이 이끌리는도다. 이 아즈치 성의 여섯 배라는, 믿기지 않는 요새를 세운 자에 대해.

프로이스는 단념하고 마음을 차분히 가라앉혔다. 이야기가 길어지리라 각오를 했다.

― 그자의 이름은 알렉산더라 하옵니다.

― 아…레기…잔….

노부나가는 귀에 익지 않은 인명을 몇 번쯤 되뇌인 후, 질문을 거듭했다.

---

6. 직인(職印) : 본문에는 어주인(御朱印). 장군(將軍)의 직인을 일컬음.

— 역산(歷山)이라 하는가? 어떤 자더냐?

알렉산더라는 딱딱한 그리스 이름은 일본인의 귀에 제대로 들어오지 않는다. 역산(歷山)이라는, 무척이나 단정한 음으로 바꾸고서야 노부나가는 이 인명을 자신의 어휘로 하였다. 프로이스는 우선 노부나가에게 맞추기로 했다.

— 역산이라 하오시니 대단히 우아하게 들리옵니다. 제 기억이 맞는다면 알렉산더는 페르시아에서는 이스칸다르, 천축(天竺)에서는 미린다로 통하는 줄로 아뢰옵니다.

노부나가는 천천히 고개를 끄덕이며 선교사의 얼굴을 바라보았다. 프로이스가 이야기를 시작하기만을 재촉하는 듯했다.

— 남만에는 널리 알려져 있사옵니다. 세계정복의 야망을 품고 아즈치산 성의 여섯 배가 되는 장대한 탑을 만들게 하고, 세계 제일의 도시 알렉산드리아를 남긴 무장의 생애가. 역산대왕은 지금으로부터 2천 년 전 저희 남만으로부터 멀리 떨어진, 삼림이 울창한 어느 변경(邊境)의 나라에서 태어났습니다. 실로 일세의 풍운아였던 줄로 아뢰옵니다. 대왕은… 태어난 그 순간부터 이미 세계를 정복할 운명을 타고난 줄로 아뢰옵니다.

순간, 급격히 변한 노부나가의 표정을 프로이스는 일생 잊을 수가 없었다. 노부나가의 안면에서 핏기가 사라진 것이었다. 일본국의 대왕은 창백한 볼을 일그러뜨리며 저주라도 퍼부을 듯 이렇게 중얼거렸다.

— 세계를 정복했다는 말인가?

프로이스는 노부나가의 물음에 냉정하게 대처했다. 그렇게 하지 않으면 노부나가가 돌연 칼을 빼어 들고 자신을 칠 것만 같았기 때문이었다. 선교사가 그리 생각하는 것이 무리가 아닐 정도로 노부나가의 얼굴에는 심한 충격이 생생하게 드러나 있었다.

— 그게 아니오라… 노부나가 전하, 오랜 옛날의 일인 고로 정확한 실상은 알 수 없사옵니다. 전해지는 이야기가 너무나 많습니다. 어떤 자는 중국에까지 쳐들어 갔다, 일본을 정복했다고 주장하고 있습니다. 또한 어떤 이는 에덴 같은 낙원에까지 이르렀다고 하기도 하옵니다.

대왕은 그제서야 처음으로 하얀 이를 드러냈다.

— 우리 일본에도… 역산이 침공해 왔었는가?

— 노부나가 전하, 지금의 이야기는 그 어느 것도 그저 전설에 지나지 않을 뿐인 줄로 아뢰옵니다. 허나 이런 이야기도 있습니다. 남만에 전해지는 고문서(古文書)에 의하면 역산대왕은 세계를 정복한 이후 우주를 창조한 제우스를 대신하여 자기 자신을 신으로 칭했다 하옵는데….

여기까지 말한 순간, 프로이스는 돌연 무척이나 중대한 사실을 발견했다. 그리하여 그의 안색 또한 창백해졌는데, 왜냐하면 알렉산더의 자취는 눈앞에 군림하는 일본의 대왕 오다 노부나가의 그것과 너무나도 비슷했기 때문이었다. 그들 두 사람은 모두 왕국을 통일한 젊은 패자(覇者)였던 것이다. 왜 그 점을 깨닫지 못했던 것일까. 프로이스는 격식을 차리며 다시 예를 올렸다.

— 노부나가 전하, 저희 하테렌에게 직인을 내려주신 것에 대한 예(禮)로 역산대왕의 이야기를 들려드리고자 하옵니다. 이는 역산의 인품, 웅지(雄志), 그리고 병법에 있어서의 지략, 어느 면을 본다 하여도 노부나가 전하와 실로 무척이나 흡사하기 때문이옵니다. 노부나가 전하께서는 이 영웅의 일대기에서 아마도 많은 교훈을 얻으실 수 있을 것이라 사료되옵니다.

일본국의 대왕은 가타부타 말도 없이 계속 선교사를 뚫어지게 바라보았다. 그리고는 긴 침묵 끝에 이렇게 전하는 것이었다.

　― 좋다, 프로이스. 역산의 역사를 말해 보거라. 짐과 마찬가지로 스스로 신이 되고자 했던 사내의 전설을.

　정중하게 머리 숙인 프로이스는 헛기침을 한 번 하더니 곧바로 고대의 영웅담을 이야기하기 시작했다.

제1장
마(魔)의 왕자

예언의 전조

그날 밤, 에게해의 동쪽 전설의 도시 트로이에 인접한 부(富)의 상징 에페수스에는 천둥과 번개를 동반한 때 아닌 심한 폭우가 몰아닥쳤다. 무더운 여름이라고는 하지만 갑자기 내리기 시작한 비는 탁류가 되어 대지를 뒤덮고 도시를 얼어붙게 했다. 갑자기 식은 대지로 인해 우레가 한층 더 기승을 부리는 듯했다.

칠흑 같은 어둠 속, 자색(紫色)을 띤 불길한 번개가 번쩍였다. 순식간에 주변이 환해지더니 어둠 속에서 거대한 이오니아식의 신전이 드러났다. 신전의 모습이 다시 어둠 속으로 사라지기에 앞서 귀를 찢는 듯한 천둥소리가 울려 퍼졌다. 순간, 신전 쪽으로 황급히 달려가는 한 남자를 향해 번개가 내려쳤다. 흠뻑 젖은 흰 옷은 살을 반쯤 내비친 채 어깨에 들러붙어 있다. 그럼에도 불구하고 사내는 계속해서 달렸다.

고대 이오니아의 12개 폴리스 중, 부(富)에 있어서라면 제일이라 자부하는 에페수스에는 자랑거리가 무척이나 많았다. 하지만 누가 뭐라 해도 최대의 자랑거리는 아르테미스 대신전이었다. 에페수스 시민들이 사재(私財)를 기부하여 120년의 세월을 들여 완성한 흰 대리석의 신당(神堂). 남자는 빗줄기를 거스르고 물보라를 날리며 계속 달린다. 전방에 우뚝 솟은 대신전으로 향하고 있는 듯하다. 정면에 죽 늘어선 흰 대리석의 원기둥은 그 높이만 해도 20여 미터를 넘는다. 이러한 원기둥을 127개나 세워 받든 거대한 지붕. 사내는 신전의 계단을 단숨에 뛰어올라 그 당당한 원기둥들 사이로 멀어져 간다. 이 대리석 계단 또한 상상을 초월할 만큼 거대한 것이었다. 계단 바로 아래에서 바라보는 자의 눈에마저도 사내의 모습은 한낱 겨자씨만하게 보였다.

달의 여신 아르테미스에게 바쳐진 이 신전은 아무런 의미도 없이 그저 거대하게만 만들어진 것이 아니다. 그리스 본토의 유력한 도시, 아테네에 높이 솟은 파르테논 신전, 최고신 제우스를 섬기는 이 신전의 정확히 두 배가 되게끔 설계된 건물이었다. 고대에 있어 세계 제일의 신전은 파르테논이라 전해져 내려온다. 그 두 배 크기인 아르테미스 신전은 말할 것도 없이 세계 최대의 전당(殿堂)이라는 칭호를 자신의 것으로 하였다.

빗속을 달려온 사내는 흠뻑 젖은 튜니카를 수습할 생각도 않고 곧장 중앙의 내실로 향했다. 호화롭게 장식된 대리석 바닥으로 사내의 옷을 적신 빗물이 뚝뚝 떨어진다. 그럼에도 불구하고 사내는 계속해서 달렸다. 내실 구석에 안치된 거대한 아르테미스상 앞에 다다르자 몸을 적신 빗물이 사방으로 튈 정도로 철퍽 주저앉으며 절박한 몸놀림으로 절을 올렸다.

― 오오, 아르테미스 여신이여!

여신상은 10미터가 조금 넘는 높이였다. 여름이었음에도 여신의 발 아래에는 성화(聖火)가 타고 있었고, 신관(神官)들이 예외없이 그 불을 지키고 있었다. 지중해 인근의 민족들은 너나할것없이 신(神)의 불을 숭배한다. 타오르는 불꽃 속에 신이 모습을 드러내어 은총을 내려준다고 믿고 있었다. 그러므로 가정에서 신전에 이르기까지 성화는 언제 어디서건 타오르고 있었다. 사내는 양손을 들어올린 채, 몇 번이고 거듭해서 찬가를 불렀다. 마치 아르테미스 여신의 노여움을 잠재우려는 것처럼.

아르테미스는 대단히 기묘한 모습을 한 여신이었다. 그녀는 앞섶을 젖혀 유방을 드러낸, 분방(奔放)한 포즈를 취하고 있었다. 게다가 그것은 흔히 보는 유방이 아니다. 아르테미스의 가슴에는 과실처럼 풍만한 유방이 무수하게 드리워져 있다. 마치 포도송이처럼 가슴에서 시작되어 배꼽 언저리까지 수많은 유방들이 주렁주렁 맺혀 있다. 양 어깨를 드러낸 아르테미스는 등에 활을 매고 있다. 이것이 아르테미스가 여전사였을 때의 모습이리라. 동시에 발치에는 천이 휘감기어 곧게 선 자세를 견지하도록 되어 있었다. 이집트의 미라를 어렴풋이 연상케 한다. 그러나 신관들은 이 천을 뱀이라 생각하고 있었다. 뱀에 휘감긴 여신….

사내는 큰소리로 아르테미스의 찬가를 불렀다. 몇 번이고 되풀이해 불렀다.

전능하신, 자애롭기 그지없는 태초의 어머니시여

신의 무녀가 될 처녀들을 수호하는 여신이여

대지에 번영을 가져다주는 달의 신이시여

성화가 음산하게 흔들렸다. 단정(端整)했던 아르테미스의 얼굴에 스산한 그림

자가 비쳤다. 순간, 여신의 두 눈이 섬광처럼 빛난다. 몇몇 신관들은 두려움에 사로잡힌 나머지 사내와 더불어 신상 앞에 조아렸다.

— 무엇이 어찌되었다는 말이냐! 이 소란은 대체 어찌된 영문이냐!

신관 중 한 명이 사내를 힐책한다. 헐떡이던 사내는 공포에 질린 눈으로 신관을 향해 다급하게 말했다.

— 신탁이 내렸습니다! 실로 불길한 징조입니다.

— 그게 무슨 소리냐, 미토라테스!

미토라테스라 불린 남자는 일어서서 자신의 배를 손가락으로 가르는 시늉을 해보였다.

— 방금 전 여신께 바친 양을 잡아, 그 내장으로 점을 쳐보았습니다. 흉한 징조입니다. 이 도시는 멸망합니다. 여신이 사라집니다!

아르테미스의 신관은 수없이 많은 유방을 드러낸 여신상을 우러러보았다. 끊임없이 내리치는 폭우로 인해 성화가 쉴새없이 흔들리고 있었다. 그 불빛의 그림자를 받은 여신의 표정에 진노의 기색이 고스란히 드러났다. 신관 또한 불길한 징조를 느끼며 역관(易官) 미토라테스의 젖은 어깨를 움켜잡았다.

— 어찌된 연유냐, 이 불온한 공기는?

미토라테스는 눈을 접시처럼 크게 뜨고는 입술을 떨며 말했다.

— 적이 쳐들어옵니다. 이 도시는 멸망하게 됩니다!

— 두려워하지 마라! 우리에겐 수호신 아르테미스님이 계시다. 우리의 재력(財力)은 이오니아 제일, 아니 그리스의 어떤 도시에도 지지 않는다.

그러나 역관의 극심한 경련은 멈추질 않았다. 신관은 부아가 치민 나머지 미토라테스의 목덜미를 잡아 내실 구석으로 질질 끌고갔다. 열려 있던 출입구로 빠져 나가 흰 대리석 기둥 옆까지 나아갔다. 밖에는 여전히 폭우가 내리고 있었다. 간간이 번쩍이는 번개가 눈앞에 펼쳐진 에페수스항을 비추곤 했다. 페니키아에서 온 상선, 카르타고의 대함대, 그리고 크고 작은 무수한 교역선들이 정박해 있다. 항구 저편으로 돌출된 제방에는 우뚝 선 등대가 한치의 흔들림도 없이 계속 불을 밝히고 있었다.

역관은 항구의 정경을 바라보았다. 속눈썹에서 쉴새없이 빗물이 떨어져 내린다. 더할 나위 없는 번영을 상징하는 항구의 정경이 그를 안심시켰다. 바다 저편에서 번쩍이는 번개도 항구의 웅장함을 연출하는 장식처럼 여겨졌다.

— 어떠냐, 미토라테스. 우리 에페수스는 영원히 번영한다. 여신 아르테미스의 가호가 있는 한….

거기까지 말한 신관이 이야기의 끝을 맺으려는 찰나, 무시무시한 황색의 섬광이 번쩍였다. 모든 것이 백색으로 바래어 밤하늘을 백지로 만듦과 동시에 귀청을 찢는 굉음(轟音)이 울려 퍼졌다. 이대로 이 세상이 끝나는 게 아닌가 싶을 정도의 굉음은 대리석 지붕을 무너뜨리고, 늘어선 원기둥들을 모조리 일그러뜨렸다. 흰 대리석 기둥들은 비명 같은 소리를 지르며 기울어져 갔다.

흰 연기가 솟았다. 폭우를 하늘로 되돌리듯 신전의 지붕에서 흰 연기가 솟아올랐다. 상공뿐이 아니다. 신전 내부의 천장에서도 갈라진 파편들이 떨어져 내리기 시작했다. 진홍빛의 휘장이 떨어져 내렸다. 커다란 붉은 천이 아르테미스의 얼굴에 걸려, 신상을 영원히 봉인하려는 듯 그 위로 드리워진다. 발치에 타고 있던 성화가 휘장 끄트머리를 집어삼켰다. 불꽃의 혀가 피처럼 붉은 천을 타고 번져 나간다.

— 낙뢰다!

정신을 차린 신관이 절규하였다. 그러나 거대한 신전에 떨어진 낙뢰는 흰 대리석 기둥을 땅속 깊은 곳에서부터 뒤흔들었다.

반응은 신속했다. 수분도 채 지나지 않아 시내에서는 일대 난동이 벌어졌다. 에페수스를 수호하는 여신의 붕괴는 도시 그 자체의 붕괴를 의미했다. 시민들은 여신을 지킬 요량으로 비가 흩뿌리는 거리로 뛰쳐나와 거대한 대리석 계단을 올라 신전으로 몰려들어 갔다. 그러나 거대한 내실은 이미 불바다였다. 타오르는 백색의 불꽃 한복판에 수많은 유방을 드러낸 아르테미스상이 서 있다. 여신은 무표정했다. 눈부신 화염이 여신의 풍만한 유방을 핥아댔다. 그러나 아르테미스는 마치 자신의 아이에게 젖을 물린 어미처럼 탐욕스러운 불꽃을 너그러이 용서했다.

미토라테스와 신관은 어느새인가 시민들의 소용돌이 속에 휘말려 있었다. 그러나 그 누구도 어찌할 바를 모르기는 매한가지였다. 불길하게 번쩍이는 번개와 타오르는 화염 속에서 사람들은 모두 제정신을 잃은 듯했다. 미토라테스도 마찬가지였다. 그는 같은 말을 경문(經文)처럼 되뇌었다.

— 이오니아를 멸할 자가 나타난다. 대페르시아 제국을 정복할 자가!

그의 넋 나간 듯한 중얼거림이 절망한 신관의 분노를 부채질했다.

— 입 닥쳐라, 이 망할 놈의 점쟁이! 에페수스는 불사(不死)의 몸이다! 여신이 부서진다 해도, 대페르시아 제국이 우리를 지켜 준단 말이다!

신관은 절규하듯 외치며 역관(易官)을 후려치기 시작했다. 몇 번이고, 몇 번이고, 그러고도 몇 번이고 거듭 갈기자 역관의 얼굴에 피가 꽃잎처럼 흩뿌려졌다. 터져 나오는 피를 본 신관은 역관의 얼굴을 더 더욱 세차게 갈겨대기 시작했다. 역관은 저항하지 않았다. 넋 나간 미소를 지으며 후려치는 대로 몸을 맡겼다. 그

것이 오히려 신관의 화를 돋우었다.

　신전 안에 퍼진 불길이 급기야 무시무시한 돌풍을 일으킬 지경이 되었다. 그 바람에 맹렬한 불꽃이 피어났다. 아르테미스 여신상 또한 불길에 휩싸였다.

　— 그자가… 나타난다… 대페르시아 제국을 향해 칼을 빼어 들 자가….

　미토라테스는 이렇게 중얼거리며 예의 넋 나간 미소를 얼굴 전면에 띤 채 숨을 거두었다. 멍한 미소가 얼어붙음과 동시에 흰 창이 드러났다. 신관은 어찌할 바를 모른 채 방금 자신의 손으로 살해한 사내의 식어 가는 가슴에 기대어 오열을 터뜨렸다.

　역사가 헤르도투스가 기자의 피라미드와 모리에스 호수의 라뷰린톤〔미궁〕을 능가할지언정 손색은 전혀 없을 불가사의라 칭송해 마지않던 고대 건축의 절정. 그 아르테미스 신전이 서서히 불길 속으로 사라져 가고 있었다. 마냥 오열하다 지쳐 제정신을 잃은 신관은 문득 고개를 들더니 기계 인형처럼 벌떡 일어섰다. 그리고 느닷없이 원기둥 옆에서 몸을 날렸다. 새하얀 제의를 걸친 신관의 몸이 불꽃 속으로 사라져 간다. 불꽃은 거대한 입을 벌려 신관의 육체를 게걸스럽게 집어삼켰다. 그러나 신관의 절망적인 행위를 본 시민은 한 사람도 없었다.

오, 나의 사랑스러운 뱀이여!

에게해 동안(東岸) 일대에서 발생한 뇌운(雷雲)은 북으로 흘러 숲과 호수의 땅으로 옮겨갔다. 그리고 그곳에서 다시 그 세력을 회복하여 어느샌가 천둥소리를 울리기 시작했다. 마케도니아의 수도 페라의 상공 또한 예외는 아니었다. 해질녘부터 한밤중에 이르도록 요사스런 구름이 하늘을 뒤덮고 있었다. 억수같이 쏟아지는 비가 제국의 수도(首都) 페라의 밤을 엉망으로 만들었다.

마케도니아 왕 필리포스 2세의 궁전 또한 비가 내리기 시작할 무렵부터 동요의 소용돌이에 휘말려 있었다. 그러나 벼락을 두려워하여 비롯된 동요는 결코 아니었다. 장엄하고 숙연한 순간을 학수고대하는 사람들의 마음에서 생겨난 동요였다. 회랑(回廊)의 일각(一角)에는 휘장이 드리워져 남자들의 출입이 금지되었다. 오직 여관(女官)들만이 분주하게 커튼 안팎을 드나든다.

동요의 근원은 왕비 올림피아스의 산실(産室)이었다. 낮부터 산기(産氣)를 느낀 왕비는 세 명의 산파와 무녀 셋을 산실에 불러들였을 뿐, 그 밖의 사람들을 모두 내쳤다.

— 이것은 신성한 출산이다.

그녀는 이렇게 공언했다. 의례적인 경우라면 수많은 의사들이 발디딜 틈도 없이 산실을 에워싸고 난리법석을 떨며 해산을 도울 참이었다. 그러나 머나먼 서쪽의 왕국 에페이로스에서 출가한 변경(邊境)의 왕녀 올림피아스에게 있어, 출산은 인사(人事)가 아닌 신사(神事)에 속하는 것이었다. 그런 이유로 그녀는 자신과는 태생이 다른 페라의 의사들을 산실에서 모조리 내몰았다. 그 대신 변경에서 불러들인 무척이나 야릇한 분위기를 풍기는 산파와 그 이상으로 괴이한 무녀들을 자신의 산실에 들였다.

그러나 페라의 의사단(醫士團) 또한 필리포스 2세로부터 왕비의 안위에 관해 만사를 위임받은 터라 산실 주위를 떠날 수 없었다. 이에 산실에서의 퇴거를 내내 거부하느라 좀 전까지도 실랑이가 계속되었고, 의사들은 결국 간신히 휘장 밖에서나마 출산을 지켜볼 것을 허락받았다.

왕비 올림피아스는 산통(産痛)을 겪고 있었다. 가쁜 숨소리는 간간이 번쩍이는 낙뢰(落雷)소리에 파묻히곤 했다. 그러나 세 명의 무녀가 불러대는 기괴한 신내림의 영가(靈歌)는 도리어 그녀의 신음소리를 증폭시키고 있는 듯했다. 의사단은 산실을 에워싼 휘장 바깥쪽에서 서성이고 있었다. 왕비의 상태를 직접 살필 수 없게 된 이상, 청각에 의존하는 수밖에 없었다. 만일의 경우에는 여관들의 제지를 물리치고 산실로 달려갈 태세였다. 먼 곳으로 출전한 필리포스 2세를 대신하여 황자(皇子)를 무사히 출산토록 하는 것이 그들의 역할인 이상….

천둥소리가 커짐에 따라 올림피아스의 비명 또한 극심해졌다. 으윽 하고 힘을
주는 소리도 빈번하게 들려오기 시작했다. 처음 산통이 시작된 뒤로 이미 다섯
시간 정도가 경과되었다. 여관 하나가 휘장 밖으로 허둥대며 달려 나왔다. 손에
든 천이 피로 붉게 물들어 있다. 또 다른 여관 한 명이 새파랗게 질린 얼굴로 뛰어
나왔다.

　— 무슨 일이냐?

의사장(醫士長) 안티케르소스가 달려 나가는 여관에게 소리쳐 물었다.

　— 출혈이….

그녀는 말을 삼켰다. 의사장은 여관의 손목을 꽉 붙들었다.

　— 파수(破水)는? 아직인가?

　— 저희들에게 맡겨 주십시오.

여관이 의연한 태도를 되찾았다. 그때, 휘장 저편에서 유난히 큰 비명 소리가
들려왔다. 배를 찢는 것이 아닐까 싶을 정도의 깊고 불온한 비명이. 바깥에 대기
하고 있던 사람들이 모두 입을 다물었다. 일제히 숨을 죽인 가운데 사람들의 숨
소리가 낮게, 한층 더 낮게 이어지고 있었다.

　— 실례!

안티케르소스는 여관의 손을 뿌리치며 산실을 가로막은 휘장을 걷고 머리를
들이밀며 안으로 들어갔다. 그리고 다음 순간 비장하게 고개를 들었다. 산실의
광경이 환영(幻影)처럼 눈에 들어왔다. 어디가 어디인지 어수선한 나머지 분간
도 판별도 되지 않는 광경. 빽빽하게 들어선 여관들이 왕비의 주위에 모여 있었
다. 순간, 안티케르소스는 그 자리에서 얼어붙었다. 시각에 앞서 본능이 그의 전
신을 단단히 옭아매었다. 피가 뚝뚝 흘러내리고 있었다. 숨을 헐떡이는 소리, 그

리고 저주파(低周波)의 울림을 끊임없이 만들어내는 영가(靈歌). 안티케르소스는 잠시 굳은 채로 서 있었다. 그 사이, 혼란스러웠던 광경의 단편들이 조금씩 합쳐져 어느새인가 한 폭의 연속된 그림이 되었다.

왕비가 침대에서 몸을 비틀고 있었다. 여자들이 왕비의 양손을 필사적으로 누르고 있다. 크게 벌려진 가랑이 사이에 산파가 얼굴을 들이대고 있다. 그 뒤에서 머리에 화관(花冠)을 장식한 무녀가 왕비와 마찬가지로 몸을 비틀어대며 신음하듯 신의 찬가를 부르고 있다. 극렬한 몸부림이었다. 양손을 앞으로 뻗은 채, 허리에서부터 하반신을 뱀처럼 비틀며….

뱀!

그렇다, 뱀이었던 것이다. 안티케르소스를 옭아맨 것은.

세 명의 무녀가 왜 양손을 지팡이처럼 버티고 있었는지 그 이유가 금세 확실하게 드러났다. 녹색의 기분 나쁜 뱀이 그들의 팔에 감겨 있었다. 뱀은 글씨라도 쓰듯 몸통을 구불거리며 여자들의 팔뚝을 감고 철썩같이 들러붙어 있다. 그것도 양팔에. 양팔을 뱀에게 내맡긴 무녀는 팔을 지팡이처럼 뻗고 있을 수밖에 없었다. 뱀은 불꽃 빛깔의 혀를 날름거리며 무녀의 어깨로 기어 올라간다. 뱀의 움직임에 맞추어 여자는 허리를 비틀었다. 격렬하게, 더욱 격렬하게. 그렇게 허리를 비틀어 댐으로써 여자는 황홀경에 빠져 들어갔다. 그리스어라고는 생각할 수 없는 소리가 그 입에서 튀어나온다. 무녀가 갑자기 머리를 흔들었다. 머리카락이 헝클어지며 화관이 튕겨 날아갔다. 그녀들은 모두 전라(全裸)였다.

아악 하고 날카로운 소리가 났다. 안티케르소스는 왕비가 있는 쪽을 향해 눈을 돌렸다. 왕비는 상반신을 크게 비틀어 돌렸다. 그러나 기묘하게도, 무릎을 세운 다리는 움직이지 않는다. 벌린 다리 사이의 검은 부분도 그대로였다.

의사장은 문득 왕비의 발목을 보았다. 그 순간, 그대로 얼어붙었다. 왕비 올림피아스의 양 다리에 녹색의 띠가 감겨져 있었다. 아니, 띠가 아니다. 살아 있는 뱀이었다. 각각의 다리에 감긴 두 마리의 뱀이 왕비의 다리 사이를 엿보고 있다. 의사장은 실신할 지경이었다. 마치 뱀이 출산을 돕고 있는 게 아닐까 싶었다. 허물어져 내리는 몸을 사력을 다해 추스리자마자 휘장 밖으로 뛰쳐나왔다.

의사장은 마치 죽은 사람처럼 핏기를 잃었다. 갈라진 커튼 사이로 구르듯이 빠져 나오자마자 그대로 바닥에 쓰러져 한동안 심하게 어깨를 들썩였다. 전신에 식은땀이 솟아 있다. 동료들이 달려와 안티케르소스를 안아 일으켰다.

— 어찌되신 겁니까!

의사장은 힘없이 눈을 뜨더니 부들부들 떨며 말했다.

— 카… 베이로이의… 밀의(密儀)다! 안에 뱀을 부리는 무녀가 있어.

의사장은 거기까지 말을 잇는 것이 한계였다. '카베이로이의 밀의' 란 그 당시까지만 해도 태고(太古)의 전통을 자랑했던 비의(秘儀)의 이름이다. 왕비 올림피아스가 태어난 에페이로스국(國)에서 멀리 떨어진 바다 위에 '사모트라케' 라는 섬이 있다. 신이 거처하는 섬이라 불리던 이 땅에는 카베이로이의 신을 숭배하는 비의(秘儀)의 교단이 조직되어 있었다. 섬의 제사(祭祀)는 비의, 다시 말해 집단으로 신내림을 받는 광연(狂宴)의 양상을 띤다. 그리스에서 소아시아 등지에 걸쳐서라면 어느 지역에나 하나쯤은 전해 내려오는 오래된 야성(野性)의 제의였다.

의식에 참가하는 자는 술, 혹은 흥분제를 복용하고 광란상태가 되어 미친 듯이 춤추고 노래하며 날뛴 끝에 신과 접하게 된다. 신내림을 받는 것은 대부분 처녀들이다. 광란상태중에 신탁을 받거나 혹은 성교를 행하고, 심한 경우에는 남자들을 살해하여 그 몸을 갈가리 찢는다.

올림피아스가 자란 에페이로스라는 곳은 지중해 지역 안에서도 고대(古代)의 숨결이 가장 짙었던 탓에 원시의 습속(習俗)이 많이 남아 있었다. '디오니소스제(祭)' '오르페우스제(祭)' 같은 밀의의 광란성(狂亂性)은 근세에 이르기까지 그 명성을 널리 떨치고 있었으나 사실, 카베이로이의 밀의만큼 무시무시한 제의는 없었던 것이다. 카베이로이의 밀의에는 16, 7세의 처녀들이 전라가 되어 야만(野蠻)의 연회에 참여한다. 처녀들은 제주(祭酒)를 마시고 자진해서 흥분 상태가 되어 뱀을 전신에 감고는 미친 듯이 춤을 춘다. 혹자는 여자들이 뱀들과 교접한다고 수근거리기도 했다. 그러나 실제로는 제의에 참가한 남자들과 차례로 난교를 펼치는 것이다. 원래는 풍년을 기원하고 다산(多産)을 비는 소박한 제의였으나 가공할 관능(官能)의 해방(解放)을 동반하는 탓에 오래도록 그 공개를 삼가해 오던 제의였다.

올림피아스는 16세 때, '사모트라케섬'에서 거행된 카베이로이의 밀의에 참가했다. 에페이로스에서 태어난 왕녀의 관례(慣例)로써, 그녀는 어릴 적부터 뱀과 놀이를 하며 신내림의 단련을 거쳐 그 어떤 남자라도 등줄기가 얼어붙을 정도의 아름다운 관능의 춤을 몸에 익혔다. 그러한 올림피아스가 밀의에 참가하던 날, 우연한 만남이 이루어졌다. 아주 우연하게도 인접국 마케도니아 왕 필리포스 또한 카베이로이에 입회하여 의식에의 참가를 승인받아 놓고 있었던 것이다.

필리포스는 소문으로만 듣던 마연(魔宴)에 참석했다. 정신을 고양시켜 천계(天界)에까지 이르게 해주는 신의 술을 마셨다. 전라의 처녀들을 상대로 성적 흥분을 고조시키는 관능적인 춤을 추었다. 참가자들의 격정이 욕정으로 변해 여기저기서 남녀가 서로 엉켜 뒹굴기 시작할 즈음, 그의 눈앞에 한 소녀가 나타났다.

이 소녀는 눈부시게 큰 키에 월계수처럼 유연한 허리를 하고 있었다. 머리에

는 송악덩굴로 만든 관(冠)을 쓰고 금목걸이를 한, 투명하게 녹아 내릴 듯한 새하얀 나신(裸身)의 소유자였다. 그녀는 양손으로 커다란 녹색의 뱀을 받쳐들고 장난치듯 가지고 놀며 춤을 추고 있었다. 아름다운 유방이 심하게 흔들렸다. 머리카락에 매달린 뱀이 그녀의 이마에 요염한 자태로 기대어 늘어진다. 그럼에도 그녀는 춤을 멈추지 않는다. 손에 든 뱀을 가슴 사이로 깊게 패인 골짜기에 들이댄다.

곧이어 음악이 빨라졌다. 그녀는 머리카락을 흔들어 뱀을 흥분시킨다. 그러자 뱀은 머리를 들어 몸통을 길게 뻗는다. 마치 고르곤[7]의 요녀처럼. 소녀는 계속하여 춤을 추었다. 그러자 검은 피부를 한 사내 하나가 어깨에 무언가 시커먼 것을 짊어지고 그녀에게 다가왔다. 이윽고 짐이라도 굴리듯 발치에 내려놓았다. 거무칙칙하고 길쭉한 것이었다. 구불구불 땅에 배를 붙이고 기어가는 생물, 큰 뱀이었다. 그러나 소녀는 황홀한 표정을 지어 보이며 큰 뱀 위로 몸을 던졌다. 탄력 있는 유방이 큰 뱀의 살갗에 꽉 눌린 데 이어, 아직은 덜 여문 하복부가 실렸다. 몸 밑에서 큰 뱀이 느릿느릿 기어간다. 소녀는 큰 뱀 옆에 누워 그 기분 나쁜 비늘로 덮인 몸통에 다리를 휘감았다. 굵고 검은 몸통이 윤기에 젖은 비늘을 그녀의 허벅지 사이로 미끄러지듯이 들이밀었다. 이윽고 구렁이가 소녀의 엉덩이 사이에서 낫같이 생긴 머리를 들어올렸다. 그녀는 으음 하고 가볍게 신음하며 천천히 상반신을 틀어 엉덩이 쪽에서 기어 나온 큰 뱀에게 입술을 가져다 대었다.

검은 구렁이는 순간 움직임을 멈추고 긴 혀를 날름거리며 그녀의 입술을 돌려 핥았다. 도취의 순간이 왔다. 그녀는 전신을 큰 뱀에게 감긴 채 고개를 위로 쳐들

---

7. 고르곤(gorgon) : 그리스 신화에 나오는 머리가 뱀이며, 보는 사람을 돌로 만들었다는 세 자매의 괴물.

며 어여쁜 입술을 벌렸다. 이미 광란의 극에 달해 있던 필리포스에게, 소녀의 교태는 바로 악마의 유혹이었다. 소녀의 사랑스러움에 이성을 잃은 그는 야수로 되돌아갔다. 필리포스는 포효와 함께 난폭하게도 남근을 우뚝 세운 채 소녀에게 접근했다.

그녀의 몸에 감긴 큰 뱀도, 머리카락에 둥지를 튼 녹색의 뱀들도, 전혀 안중에 없었다. 그는 거칠게 큰 뱀을 밀어젖혔다. 뱀이 이를 드러내어도 일절 개의치 않았다. 이어 소녀의 하얀 몸을 두 팔로 안아 들고는 큰 뱀이 하고 있던 것처럼 그녀의 다리 사이를 가르며 들어섰다. 그녀는 몸을 뒤로 젖혔다. 쾌감이 전신을 훑고 지나갔다. 이렇게 해서 두 사람이 눈과 눈을 마주친 순간, 그들은 동시에 신을 목격했다.

올림피아스는 비교적 문명화되어 있던 마케도니아 시민들에게 있어 기묘하기 이를 데 없는 왕녀였다. 우선, 그녀는 항상 긴 머리를 분방하게 늘어뜨리고 있었다. 마케도니아에서는 머리를 묶지 않고 길게 늘어뜨리는 것은 처녀들만으로 정해져 있었다. 풀어헤친 야성의 머리카락은 처녀들의 자유로운 신분을 상징하는 것이었다. 그 밖에 신을 섬기는 무녀들도 머리카락을 길게 늘어뜨리고 있었다. 하지만 무녀라 하면 대체로 십대의 어린 처녀들이 맡는 역할이었으므로 기혼의 경우를 염두에 두지 않아도 되었다. 이렇게 자유롭게 기른 머리카락을 무기로 남자들을 유혹해 온 처녀들도 경사스러운 결혼이라는 것을 하게 되면, 그날부터 머리를 땋아 묶음으로써 가정의 일원이 된 사실을 선언한다. 말끔하게 맨 머리카락은 가족질서체계에 속하게 된 여자가 부인과 어머니의 역할을 이행할 것을 맹세한 증거로 일컬어졌다. 그러나 올림피아스는 왕비가 된 후에도 머리 묶는 것을 거부했다. 물론 정식의례가 있을 때면 부군 앞에서 마지못해 머리를 묶었다. 그

러다가도 필리포스가 출정해 버리고 나면 그 즉시 머리를 풀어헤치고 이전의 무녀로 되돌아갔다.

안티케르소스는 머리를 흔들어 무시무시한 광경을 눈앞에서 떨쳐냈다. 그리고는 커튼 저편으로 가서 상태를 살피려는 의사들을 있는 힘을 다해 제지했다.

— 잠깐! 가서는 안 된다!

그러나 노인의 말은 젊은이들을 붙잡아 두기에는 역부족이었다. 왕비의 상태를 염려한 젊은 의사들이 만류를 뿌리치고 커튼을 끌어 올려버렸다. 늙은 의사장의 말은 철저하게 무시되었다.

바로 그 순간, 끌어 올려진 커튼 사이에서 거대한 뱀이 기어 나왔다. 급작스런 사태에 겁을 집어먹은 의사들은 비명을 지르며 혼비백산하여 그대로 도망쳐 버렸다. 유난히 큰 천둥소리가 울려 퍼졌다. 한 번, 두 번 눈빛같이 흰 번개가 암흑 같은 밤을 환하게 비추었다. 아악, 하는 필사적인 신음이 곧바로 이어졌다. 침묵이 흘렀다. 주위의 모든 것들은 정적과 어둠 속으로 사라져버렸다. 안티케르소스는 마룻바닥에 쓰러진 채, 눈에 초점을 맞추기 위해 안간힘을 다했다.

비록 짧은 순간에 지나지 않았지만 어둠이 밝아졌다. 간발의 틈도 없이 즉각 침묵의 결계(結界)가 깨어졌다. 끼악 하고 비명인지 노여움인지 분간할 수 없는 소리가 근방에 울려 퍼졌다. 약하디 약한 소리였지만 누구도 그 소리를 놓치지 않았다. 안티케르소스는 힘이 죽 빠짐을 느꼈다. 이미 마룻바닥에서 일어설 수조차 없었다.

천둥소리가 들려왔다. 번개가 왕궁의 어둠을 지웠다. 그러나 어둠은 금세 그 기세를 되찾아 빛을 내몰았다. 잠시 후 여관들이 새로 밝힌 등불을 가지고 돌아왔다. 휘장 저편으로도 등불이 옮겨진다. 휘장에 사람 그림자가 비쳤다. 일그러진 볼썽사나운 그림자였다. 안티케르소스는 멍한 채로 휘장 저편을 살폈다. 불이 켜지고 그림자가 미미하게 움직였다. 이어 그 커튼에 사람 모습이 선명하게 비치기 시작했다. 그림자가 커튼 귀퉁이를 들어올리며 밖으로 나왔다. 여관 중의 한 명이었다! 안티케르소스는 비틀거리며 일어서서 그녀를 맞이하였다. 여관은 작은 천 꾸러미를 두 팔로 안고 있었다. 의사장이 그 천 꾸러미 안을 들여다보았다. 하얀 천에 싸인 채로 가무잡잡한 원숭이 같은 생명체가 잠들어 있다. 커다란 두 눈이 감겨 있다. 안티케르소스는 감격에 겨워 눈을 커다랗게 뜨며 강보를 안은 여관의 얼굴에 자신의 얼굴을 넌즈시 기대었다. 말을 하고 싶었으나 어찌해도 말소리가 되어 나오질 않았다. 혀가 굳고 입술이 떨렸다. 그러자 여관은 짓궂은 미소를 띠며 이렇게 말했다.

— 왕자님이십니다. 좀 전에야 겨우 탄생하셨습니다!

세 가지 승리

알렉산더가 탄생한 기원전 356년 7월, 부왕인 마케도니아 왕 필리포스 2세는 변함없이 전쟁터에 나가 있었다. 검은 턱수염을 기른 긴 얼굴의 사내였다. 투구를 쓰면 머리 부분이 보통 사람의 두 배 정도의 길이가 된다. 그 용모는 다소 동양적인 편이었다. 그러나 필리포스의 인상을 결정짓는 것은 다름 아닌 한 눈이 멀었다는 사실이었다. 전장(戰場)에서 부상당한 때문이 아니다. 짐작컨대 오른쪽 눈에 큰 상처를 입는 바람에 시력을 잃은 듯했다.

필리포스 2세는 이미 3개월이 넘도록 계속 전장에 나와 있었다. 그리스 북쪽에 위치한 카르키디케 반도를 제패하기 위한 출정이었다. 이 지역에서는 그리스인의 도시 포티다이아가 위세를 떨치고 있었다. 이곳에 사는 이류리아인(人)은 다른 그리스 연방과 연락을 취해 가며 마케도니아의 침략에 대비해 군사력을 증강해 왔던 것이다.

필리포스 2세에게 있어 그의 왕권이 국외에서 승인받기 위해서는 어떻게 해서든 이류리아인의 군대를 쳐부수어야만 했다. 그러지 않고서는 필리포스의 왕위는 주변 도시들의 경의(敬意)를 이끌어내지 못할 것이었다. 왜냐하면 그의 형이자 선왕(先王)이었던 헤르디카스 3세는 다름 아닌 이류리아인의 군대에 의해 목숨을 잃었기 때문이다.

마케도니아와 그리스 연방은 혈통상으로는 원래 같은 민족이었다. 그러나 북방의 마케도니아가 숲과 호수가 대부분인 원시의 세계인데 반해 남쪽 그리스는 대리석과 올리브의 건조 지대였다. 이 풍토의 차이는 그들의 습속(習俗)을 분리시켜 어느 시점에 이르러서는 별개의 언어를 가진 이방민족의 관계가 되도록 만들어 버렸다. 그러나 그들의 마음 한구석에는 오랜 역사를 지닌 그리스 민족이 재도단결(再度團結)하여 하나의 장대한 제국을 형성하는 꿈이 잠재되어 있었다.

하지만 현실은 역시 현실이었다. 전제정치를 기피하는 그리스 연방은 왕제(王制)를 펴는 마케도니아를 야만국으로 치부하였다. 한편, 마케도니아 또한 그리스 연방의 민주제를 가리켜, 타락한 노인들의 중우국가(衆愚國家)라 멸시했다. 그 결과 어느 한쪽이 상대를 정복하는 것말고는 매듭지을 수 없는 상황에 이르고만 것이다. 그런 까닭에 필리포스 2세는 전장(戰場)을 떠도는 생활로 세월을 보내고 있었다.

마케도니아 왕국의 실권을 손에 쥔 지 이제 겨우 3년째. 그러나 젊은 필리포스 2세에게는 야망이 있었다. 강력한 군대를 육성하여 왕국의 영토를 확대하는 것이었다. 그 첫 번째 포석으로, 그는 인접국 에페이로스에서 왕비(王妃)를 맞아들였다. 다음은 마케도니아의 군사력을 주변 국가로부터 인정받는 일이었다. 필리

포스 2세는 그의 목적을 실현하기 위해 두 가지 수단을 취하기로 했다. 그 하나는 군대를 이끌고 국경(國境)으로 출병(出兵)하는 것이었다. 이번 포티다이아 공격은 바로 그 실천이었다. 왕국의 바로 북쪽, 바다로 둘러싸인 반도에 있는 그리스 도시는 그런 의미에서 최적의 사냥감이었다. 그러나 그는 그와 동시에 두 번째 수단을 실행에 옮기는 것도 잊지 않았다. 바로 그리스 연방이 공동으로 개최하는 올림피아 경기에 출장하여 경기에서 승리하는 것이었다. 필리포스 본인 또한 승마와 격투기에 빼어난 기량을 가지고 있었다. 그 압도적인 실력을 그리스에 보임으로써, 적들의 전의를 아예 짓밟을 요량이었던 것이다. 그렇게 하면 불필요한 인명의 살상 없이도 그리스를 수중에 넣을 수 있게 된다. 필리포스 2세는 사실 두 번째 수단으로 그리스 연방을 통합하는 쪽을 희망하고 있었다. 원래는 같은 민족이었다는 역사적인 이유만이 아니다. 그에게는 더욱 절실한 이유가 있었던 것이다.

지중해 일대에서 마케도니아에 걸친 그리스 문화권의 동쪽에는 전혀 다른 이질의 문화를 가진, 그 강대함이 최고에 달한 대페르시아 제국이 존재하고 있었기 때문이다. 아케메네스 왕조의 페르시아. 막강한 군사력을 배경으로 이집트에서 소아시아, 이오니아 반도까지 제압한 페르시아는 그 서쪽에 있는 마케도니아와 그리스를 자신의 영향권 아래 두고자 국경을 호시탐탐 넘보고 있었다. 그로 인해 그리스 역시 내심으로는, 마케도니아보다는 우선적으로 페르시아 제국으로부터의 공격을 두려워하고 있다. 결국 그들에게 있어 페르시아 제국은 공통의 적이었던 것이다.

전략(戰略)에 뛰어난 필리포스는 이러한 정치적 상황을 대단히 잘 파악하고 있었다. 거기에서 그는 그리스 세력의 결집을 실현하기 위해 경연양방(硬軟兩方)의 작전을 폈던 것이다. 이런 이유로 인해 올림피아스가 페라의 왕궁에서 알렉산더를 낳던 그날, 필리포스 2세는 북쪽의 국경 지대에 있었다. 이 일대에서 세력을 확장하고 있는 이류리아인들과의 접전(接戰)이 그의 눈 아래 전개되고 있었다.

마케도니아군을 지휘하는 것은 사기 충천한 귀족들이었다. 그들은 용병(傭兵)이 아니었던 만큼 강한 애국심을 지니고 있었다. 명문가 출신이라는 혈통에 대한 자부심 또한 대단했다. 필리포스는 이러한 정예들에게 전선(前線)의 지휘를 맡겼다. 이류리아인들과의 전투를 지휘하는 것은 가장 유력한 귀족 가문 출신의 파르메니온 장군이었다. 순전히 무력과 무력간의 싸움이 되는 경우 대담한 전사의 기질을 가진 파르메니온은 그 실력을 십분 발휘한다. 한편, 크고 작은 책략을 필요로 하는 경우에는 군략(軍略)에 정통한 아타로스의 차례이다. 그러나 아타로스는 타고난 야심가였던 탓에 필리포스조차 방심할 수 없는 인물이었다.

그날, 필리포스 2세는 전장에서 날아올 승전보를 기다리고 있었다. 후방에서의 척후(斥候)로는 아군에게 유리한 전세(戰勢)였다. 파르메니온의 공격은 감히 그 위세를 당해낼 군대가 없을 만큼 강력했다. 이류리아군은 조금씩 후퇴하기 시작했다. 파르메니온의 정면 공격이 제 위력을 발휘한 것이다.

이윽고 접전의 외중에서 한 마리의 말이 튀어나왔다. 완만한 구릉을 달려 올라오고 있다. 특유의 장식이 달린 투구를 쓴 중기병(重騎兵)이었다. 군단 내의 다른 누구보다 앞서 중기병을 발견한 필리포스 2세는 직접 말을 몰아 전방으로 달려나갔다. 기병은 다리에서 피를 흘리고 있었다. 격전(激戰)이었다는 증거이다. 박차를 가해 말을 달려, 순식간에 언덕을 내려가 기병을 맞이하였다. 기병은 필리포스 2세가 직접 마중 나온 사실에 놀라 황급히 말을 멈추었다.

— 아니, 국왕 폐하!

왕은 한 손으로 기병을 제지하며 자신의 말을 한 바퀴 돌려 세웠다. 말들은 한 방향으로 나란히 선 채 거친 숨을 몰아쉬며 서로의 콧등을 가볍게 스친다.

— 전황(戰況)은 어떠하냐?

— 예, 접전중입니다. 우선, 파르메니온 장군으로부터의 전언을 말씀드리겠습니다. 부디 전하께서 친히 출정해 주시옵기를! 전하께서 친히 출정하신 사실을 알게 되면, 마케도니아군은 용기 백배하여 단숨에 승부를 낼 수 있을 것입니다, 라고.

— 알았다!

왕은 끄덕이고는 손에 든 창을 높이 치켜들었다. 초원에서 대기하던 삼백 기(騎)의 근위병마부대(近衛兵馬部隊)에서 일제히 함성이 일었다.

— 출진이다. 이류리아인들을 무찔러라!

다시 함성이 일었다. 삼백의 기마대(騎馬隊)가 이동을 시작한다. 필리포스 2세는 말 위에서 근위군의 진격을 바라보았다. 이것이 마케도니아가 자랑하는 기마부대이다. 이에 비해 그리스계의 군대는 대체로 전차와 기갑부대에 지나치게 의존하는 경향이 있다. 중무장을 하고 전장에 임하는 까닭에 방어에는 강한 반면, 기동력이 결여되어 있다. 마케도니아군은 바로 그 약점을 공략했다. 전투의 상식을 깨고 기동력을 중시하는 군단 구조를 생각해낸 것은 파르메니온의 공이었다. 삼백의 기마병이 행군을 계속하고 있다. 왕은 진군하는 부대의 측면을 따라 나란히 말을 달렸다.

— 준비됐나? 후방으로 돌아라! 협공이다!

그렇게 명령하고는 다시 말을 달렸다. 말은 눈 깜짝할 사이에 선두에 섰다. 왕의 기마술은 누구도 따를 자가 없었다. 기마병들은 더욱 기세를 얻어 지축을 울리며 전장으로 돌진했다. 전장은 아수라장으로 변해 있었다. 피를 뿜는 병사가 쓰러지고 칼과 창이 날을 부딪히는 소리가 사방에서 들려왔다. 최전선(最前線)은 일진일퇴(一進一退)를 거듭하고 있다. 그 주위로 시체들의 산은 높아져만 간다. 창과 창이 맞부딪힌다. 피바람이 날린다.

이류리아군은 중무장한 병사들의 군단으로 그 전방을 수비하고 있다. 이편의 마케도니아군은 필요 이상의 무장을 과감히 포기한 대신 기동력을 최대한 살린 날랜 병사들을 앞세우고 있다. 중장비군단을 되려 후방에 배치함으로써, 장기전을 염두에 둔 진(陣)을 펴고 있다.

마케도니아군을 이끄는 파르메니온 장군은 실로 대장부였다. 큰 키에 다소 검은 피부, 얼굴을 덮은 붉은 턱수염이 사자를 연상하게 했다. 금방이라도 상대를 물어뜯을 듯이 으르렁대는 이빨은 상아처럼 날카로웠다. 한마디로 그는 야수였다. 그 파르메니온이 지금 고전을 면치 못하고 있었다. 이류리아인들은 그 호전적 기질 탓에 보병간의 접전에는 결코 만만치 않은 상대인 것이다. 그러나 격전 중인 그의 눈앞에 믿을 수 없는 광경이 펼쳐졌다. 마케도니아 기(旗)를 앞세운 기마군단이 단숨에 밀고 들어오는 것이 아닌가. 삼백의 기마병이 육탄전을 전개하며 최전선을 우회하여 그대로 적의 배후로 돌진해 온다.

— 원군이다! 승리는 우리 것이다!

파르메니온의 마음속은 환호성으로 가득 찼다. 곧바로 검(劍)을 휘둘러 올리며 갑옷의 병사를 상대로 분투하는 자신의 군대에게 명령을 내렸다.

— 후퇴다! 보병은 즉각 후퇴하라!

명령이 물결처럼 전달되었다. 보병들은 차츰 후퇴해 간다. 이류리아 병사들이 무거운 갑옷을 쩌렁쩌렁 울리며 마케도니아 보병을 뒤쫓아온다. 그러나 가벼운 차림의 보병들은 그 걸음 또한 재빨랐다. 썰물처럼 시계(視界)에서 사라지자, 대신 마케도니아의 중장비부대가 전면에 나타났다. 급기야 후위(後衛)에서는 마케도니아 궁수부대의 화살이 이류리아군을 공략해 들어온다. 그토록 막강해 보였던 이류리아 중장비군단도 꼼짝없이 걸음을 멈추지 않을 수 없었다.

그때였다. 이류리아군의 배후에서 갑자기 함성소리가 울려 퍼졌다. 적들은 뒤돌아 볼 틈도 없었다. 땅을 박차고, 바람을 일으키며, 마케도니아의 기마군단이 후방을 기습해 들어왔다. 적의 보병들이 마치 목각 인형처럼 말발굽에 치여 쓰러진다. 필리포스의 기병들이 설형(楔形)[8]의 진(陣)을 펴고 진격하자 적군은 두 갈래로 나뉘어 길을 내주고 만다. 말들은 그대로 돌진하여 전선(前線)에 남아 있던 중장비군단을 공격해 들어간다.

말과 갑옷, 애시당초 대적할 상대가 아니다. 말에 걸어채고, 기병의 창에 찔려 잇달아 쓰러져 간다. 거기에, 이번에는 마케도니아의 중장비부대가 돌격해 온다. 승부는 이것으로 결정났다. 중장비병들의 방패가 흩어지자 궁수부대의 차례가 돌아왔다. 화살이 쏟아져 후방에 대기중이던 갑옷을 입지 않은 적의 보병들을 명중시켰다. 여기도 시체들의 산이 생겨났다. 이류리아군은 완패를 선언하지 않을 수 없게 되었다. 패주(敗走)가 시작된다. 도망치기 위해 우왕좌왕하는 이류리아의 보병들을 기마부대가 추격한다. 무정한 화살이 그들의 등에 가서 박힌다. 시체들의 산이 한층 높아졌다.

필리포스 2세는 비호처럼 말을 달려 자신의 군대 후방까지 뚫고 달린 후, 점차로 고삐를 늦췄다. 말의 발걸음이 멎는다. 이어 전방에서 파르메니온이 달려온다. 전신에 피를 뒤집어쓴 탓에 온통 시뻘겋게 물들어 있다. 손에 든 창에도 끈적

---

8. 설형(楔形) : 쐐기 모양.

끈적한 피가 흠뻑 묻어 쥐려 해도 미끄러져 잘 쥐어지지 않는다. 파르메니온은 그 창을 어깨에 걸친 채 왕의 군마 옆까지 달려왔다.

— 전하, 원군을 보내주시니 황감할 따름이옵니다.

— 원군이 다소 늦었구나, 파르메니온.

장군은 고개를 들며 웃음 지어 보였다.

— 무슨 말씀을! 섭해 하실까 저어하여, 전하께서 납실 차례를 마련한 것뿐이옵니다!

— 하하, 여전히 입은 살았구나.

왕은 빈정댐과 동시에 창대로 파르메니온의 다리를 툭툭 쳤다. 장군은 몸을 피하는 척하며 큰소리로 웃었다.

— 우선, 전승(戰勝)을 축하드리옵니다.

필리포스 2세는 끄덕이며 전장(戰場)을 눈으로 훑었다. 전투는 대강 끝이 나 있었다. 시체들 사이를 병사들이 거닐고 있다. 부상자를 수습하기 시작한 것이다. 필리포스 2세는 말 위에서 몸을 굽혀 파르메니온에게 말을 건넸다.

— 더 기쁜 소식이 있네.

장군은 왕을 바라보았다.

— 오오, 기쁜 소식이라니요?

— 올림피아 경기에서 우리 말이 이겼다네. 우승이야!

파르메니온의 얼굴이 금세 빛났다.

— 경주에서 이겼단 말씀입니까? 이런 영광스러울 데가. 그리스 연방도 눈이 휘둥그레져서 놀랬을 겁니다. 우리 마케도니아의 곰처럼 큰 말을 보고 말입니다. 하하! 이거 정말 통쾌하군요.

필리포스왕도 입술 끝을 살짝 올리며 미소지었다.

— 방금 전, 그러니까 내가 이리로 진군하기 직전에 급전이 들어왔다네. 올림피아 경기의 결과라면 누구라도 빨리 듣고 싶을 테니까.

장군은 어깨에 맨 창을 내던지고는 왕이 탄 말의 목덜미를 쓰다듬었다. 그리고 말에게 얘기하듯 무심한 척 이렇게 말했다.

— 과연, 이제부터는 왕의 시대로군요. 늙은이들의 힘으론 안 됩니다. 페르시아의 다레이오스왕과 대등하게 싸울 수 있는 건, 그리스권 전체를 통틀어 폐하 한 분뿐이시옵니다.

필리포스는 주먹을 쥐어 장군의 투구를 계속 두들겼다. 전장에서 친애(親愛)의 정을 표하는 방법이었다.

전투는 끝났다. 마케도니아 병사들이 철수하기 시작했다. 병사들은 왕의 모습을 발견하고는 환한 얼굴로, 피범벅이 된 칼과 창을 하늘 높이 치켜들었다. 필리포스 2세는 병사들에게 답해 가며 곁눈질로 파르메니온을 바라보았다.

— 예상대로, 폴리스의 민주제(民主制)도 끝이라는 말이군.

왕은 다짐받듯이 말했다. 장군은 어깨를 으쓱해 보인다.

— 폴리스의 시민이 사리사욕으로 치달아, 공공의식을 잊는 순간 민주제는 끝이지요. 요컨대… 누구도 지도자가 되길 원치 않고, 책임 또한 지기를 원치 않게 된다면, 공동사회는 성립될 수 없습니다.

이에 왕은 짓궂은 미소를 띠며 대꾸했다.

— 그곳에 가면, 왕제(王制)는 고생이겠는 걸. 지도자도 왕, 책임을 지는 것도 왕으로 정해져 있으니 말일세. 이보게 파르메니온. 내 목이 과연 언제까지 이렇게 붙어 있을 것 같나?

농담이라는 건 알고 있다. 그러나 필리포스의 대꾸에는 진실 또한 담겨 있었다. 장군은 괜스레 왕이 탄 말을 집적거리더니 일부러 과장스레 답해 보였다.

— 그러니 전하께 드릴 말씀은, 왕의 피를 소중히 여기시라는 것뿐입니다. 의지할 것은 혈통뿐입니다. 혈통만 끊기지 않으면, 설령 전하께오서 세상을 뜨신다 손치더라도 여전히 이승에 머물러 계신 셈이 됩니다. 타국의 왕녀를 비(妃)로 맞아 우방국(友邦國)을 늘리시고, 왕자를 낳게 하십시오. 왕자는 또 다른 나라의 왕녀를 아내로 들이고, 그렇게 왕국의 영토를 조금씩 넓혀 가는 겁니다.

— 호오, 그렇다면 전쟁은 필요 없다고 말하는 건가?

왕의 질문은 말꼬리를 잡아 괜한 트집을 부려보는 것에 가까웠다. 그럼에도 파르메니온은 담담하게 반론을 폈다.

— 지금 말씀드린 것은, 말귀를 알아듣는 상대에 한한 것입니다. 얘기가 통하지 않는 적에 대해서는 싸워 이길 수밖에 없지요.

왕은 만족스럽게 끄덕였다.

— 그렇다니 안심이다. 자네의 말대로 따르자니, 그저 바람둥이처럼, 그것도 정력마저 절륜한 방탕한 왕이 아니면 안 된다는 식으로 들렸다네.

필리포스 2세는 검고 무성한 턱수염을 쓸어 내리더니 크게 웃으며 말을 몰아 앞으로 향했다. 모여든 병사들을 굽어보며 군단 중앙에 이르렀을 즈음 누군가가 외쳤다.

— 전령입니다! 왕궁으로부터 전령이 도착했습니다!

뒤를 돌아보자, 저편 언덕에서 이리로 말을 타고 달려오는 사내가 보였다. 군단의 끄트머리에 있던 병사가 마중을 나간다. 어느새 군마에서 백마로 바꿔 타고 진홍색의 망토를 펄럭이는, 꽤나 화려한 차림새였다.

─ 아타로스가 마중 나갔군요.

왕을 뒤따라온 파르메니온이 손으로 햇빛을 가리고 멀리 전방을 내다보았다.

─ 무슨 일일까요?

─ 알 수 없지. 올림피아스가 무얼 생각하는지 나로서는 도통 알 수가 없다네. 그 여자는 내 아내이기 이전에 무녀이니 말일세.

필리포스는 불쾌한 표정을 얼핏 드러냈다. 불안한 눈으로 전령을 바라본다. 이처럼 무언가를 두려워하는 왕의 모습을 파르메니온은 결코 본 적이 없다. 왕궁에서 보내 오는 사자(使者)는 언제나 왕비에 관한 터무니없는 소식을 전하러 온다. 정말이지 이대로 왕궁으로 달려가 죽여 버리고 싶은 생각이 들 정도로, 황당하고 어처구니없는 소식 일색이었다. 왕은 아마도 이제부터 듣게 될 아내로부터의 새로운 소식에 몸서리쳐 하고 있는 것일 게다. 예를 들면, 뱀에 얽힌 사건은 지금도 기억에 생생하다. 아니, 기억해내는 것만으로도 매사 대범하기 이를 데 없는 파르메니온마저 전신에 소름이 끼치는 것이다. 이야기인즉슨 다음과 같다.

마케도니아 왕 필리포스 2세가 올림피아스를 왕비로 맞이한 지 이제 막 넉 달인가 다섯 달째가 되던 즈음이었다. 전장에 나가 있던 필리포스에게 왕궁에서 심부름꾼이 왔다. 왕비로부터의 전갈이라 한다.

'전하께서 언제나 전쟁터에 계신 까닭에 소녀는 불안해서 견딜 수가 없사옵니다. 아무쪼록, 사모트라케섬에서 무녀를 불러올 수 있도록 허락해 주십시오.'

어쩌면 이리도 사랑스러울까, 처음에는 이렇게만 여겨졌다. 전령에게는 왕비가 하고픈 대로 해도 좋다고 전할 것을 명했으나 아무래도 아쉬운 기분이 들었다. 아내 곁으로 돌아가고 싶은 맘을 금할 길이 없었다. 필리포스로서는 보기 드문 충동이었다. 서둘러 전투를 끝내자마자 사랑스러운 아내가 기다리는 페라의 왕궁으로 귀환하였다.

왕궁에 도착한 것은 밤이었다. 물론 새벽이라 할 정도의 시각은 아니었다. 다소 여유 있는 저녁식사라면 때마침 한창일 적절한 시간이었다. 그러므로 필리포스 2세는 왕비가 당연히 마중을 나올 것이라 생각했다. 그런데 왕비의 모습은 막상 어디에도 보이지 않았다. 식당을 살펴보게 하였으나 왕비는 저녁상을 물린 후라 한다. 필리포스 또한 직접 왕궁 안을 돌아다니며 왕비를 찾았다. 그러나 왕비는 보이지 않았다. 시종들에게 물을 때면 한결같이 올림피아스비(妃)는 이미 잠자리에 드셨다고 하는 것이었다.

— 그렇다면 내 쪽에서 가겠노라.

왕은 갑옷을 벗는 시간마저 아까워 전장에서의 차림 그대로 침실로 향했다. 왕비의 침소(寢所)는 왕궁의 후미진 곳에 있었다. 이오니아식의 구조를 의식한 궁전이었기에 돌로 된 원기둥이 도처에 세워져 있었다. 침실로 향하는 통로에도 양측에 흰 대리석의 원기둥이 줄지어 있다. 그 복도 끝에 올림피아스의 침실이 있었다.

왕은 갑옷을 철걱철걱 울리며 흰 대리석 통로를 나아갔다. 침실에 가까워짐에 따라 가슴이 뛰었다. 이러한 소녀 같은 심정을 맛보며 가장 놀란 것은 물론 필리포스 자신이었다. 그는 무력(武力)만이 전부라고 생각하는 그런 사내였다. 여자는 호색과 정치의 도구에 지나지 않는다고 잘라 말하는 남자였다. 그러나 사모트라케섬의 광연(狂宴)에서 머리카락을 헝클어뜨린 채 춤추는 왕비의 모습에 매혹된 이래, 필리포스의 여성관은 변화되었다. 여자를 사랑스러운 존재로, 그리고

사랑해야 할 존재로 생각하게 되었던 것이다.

그는 흥분되는 마음을 가라앉히며 침실로 향했다. 도중, 한 마리의 뱀을 우연히 발견했을 때에도 그다지 개의치 않았다. 왕은 뱀의 머리를 밟아 짓이겼다. 두세 번 짓밟아 죽인 후 통로 구석에 내버렸다. 성큼성큼 큰 보폭으로 나아갔다. 뱀을 죽이는 데 낭비한 시간을 벌충할 요량으로. 침실 문 앞에 이르렀을 때, 왕의 마음속에 소소한 장난기가 발동했다. 필리포스는 올림피아스를 놀래 줄 작정으로 소리를 죽여 가며 문을 열고는, 비단 휘장 뒤편에 몸을 숨긴 채 침대에 누운 왕비를 훔쳐보았다. 순간, 그의 일생을 지배할 터무니없이 충격적인 사건이 그를 기다리고 있었다. 필리포스는 그 자리에 얼어붙은 채 왕비를 바라보았다. 믿을 수가 없었다. 이런 황당한 광경을 현실이라 믿을 인간이 과연 있을까?

하얀 시트 위에 나신을 드러낸 올림피아스가 있었다. 아름다운 곡선의 허리. 그리고 포도송이를 연상케 하는 모양새 좋은 유방. 왕은 무의식중에 올림피아스여, 하고 왕비를 부를 뻔했다. 무시무시한 전율이 급습하고 급기야 그의 마음을 갈기갈기 찢어 놓은 것은 바로 그 순간이었다. 올림피아스 곁에 불그스름한 검은색을 띤 물체가 놓여 있는 것이 눈에 띄었다. 불빛을 받아 희미하게 빛났다. 그것은 두툼하고 둥근, 길죽한 것이었다. 구불구불 말려 있다. 왕비의 나신을 둘러싸듯이. 필리포스의 방어본능이 온 신경을 곤두세운 것과 시각(視覺)이 그것을 큰 뱀으로 감지한 것은 거의 동시였다.

거대한 뱀의 머리가 왕비의 유방 사이에서 그 모습을 드러냈다. 뱀은 침입자의 존재를 먼저 재빨리 알아챈 듯했다. 뒤로 젖힌 코끝을 쳐들며 맹렬하게 혀를 날름거렸다. 왕비는 큰 뱀의 몸통에 팔을 감고 있다. 황홀경에 젖은 그 얼굴에 필리포스는 다시 한 번 공포를 느꼈다. 눈에 신경을 집중하여 구부러진 뱀의 몸체를 따라 훑어내려 갔다. 몸통이 꿈틀하고 경련한다. 그와 동시에 왕비가 환희로 가득 찬 신음소리를 흘렸다. 듣는 것만으로도 간절해질 듯한 신음소리였다.

필리포스는 부들부들 떨며 다시 뱀의 몸통이 흐른 모양새를 더듬고 있었다. 나신의 둘레를 한 바퀴 돌았다. 몸통이 갑자기 가늘어진다. 꼬리에 가까워졌다는 증거이다. 꼬리 끝이 어디에 있는지 무척이나 신경이 쓰였다. 꼬리 끝까지 더듬어 갈 요량으로 눈을 부릅떴다. 가늘어진 꼬리가 왕비의 허벅지를 한 바퀴 감아 가랑이 사이로 기어 들어가 있다. 이어 한층 더한 충격이 필리포스왕에게 닥쳐온 것은 바로 그때였다. 왕비 올림피아스가 절절한 신음소리를 내며 꼬옥 오므리고 있던 다리를 활짝 벌렸다. 미끈한 살집의 둔덕에 이어 그 아래로 음부가 드러났다. 필리포스 자신이 아직 몇 번도 채 들어가 보지 못한, 아프로디테의 성스러운 주름 사이에 큰 뱀의 꼬리 끝이 파묻혀 있었다. 검은 꼬리가 부드럽게, 또한 음탕하게 꿈틀거리고 있었다. 꿈틀거림에 따라 올림피아스는 절정을 느끼는 듯 신음하고 한숨을 토해내는 것이었다.

충격은 거기까지였다. 다음은 광기만이 필리포스를 사로잡았다. 검(劍)을 빼어 들고 휘장을 가르고, 갑옷을 철컥거리며 침대로 다가갔다. 올림피아스가 비명을 질렀다. 그 비명이 그의 광기를 더욱 부채질했다. 토시를 낀 한 팔을 단숨에 뻗어 큰 뱀의 두꺼운 몸통을 움켜쥐었다. 큰 뱀이 저항한다. 말로 형언할 수 없는 힘이 그의 손가락을 밀어냈다. 그러나 필리포스 또한 광기에 사로잡혀 있었다. 몸통을 움켜 쥘 수 없다고 깨닫자 쥐고 있던 검을 반대편 손으로 바꿔 쥐자마자 그대로 몸통에 찔러 넣었다. 뱀이 키악 하고 위협적인 소리를 내며 몸통을 있는 대로 오므렸다. 찔러 넣은 검이 팅겨 나온다. 상처에서 거무죽죽한 피가 뿜어져 나온다.

바로 그 다음 순간, 큰 뱀은 무시무시한 기세로 필리포스왕의 얼굴을 겨냥하여 달려들었다. 피할 틈도 없었다. 돌연한 반격이었다. 뱀은 왕의 오른쪽 눈언저리에 이빨을 꽂아 넣고 몸을 비틀었다. 온통 근육 덩어리가 아닐까 싶을 정도로 힘이 넘치는 뱀의 몸통은 눈 깜짝할 사이에 필리포스의 허리를 감았다. 비늘투성이의 몸이 거짓말처럼 착 달라붙어 그때부터 팽팽하게 몸을 조여 왔다. 게다가 뱀의 이빨은 왕의 오른쪽 눈에 박힌 그대로였다. 왕은 비명을 질렀다. 비명을 지르며 검을 버리고 양손으로 큰 뱀의 머리를 움켜 잡았다. 그리고 있는 힘껏 뱀을 안면에서 떼어내기 시작했다. 피부가 찢겨 나갔다. 살점이 떨어져 나갔다. 피가 뿜어져 나온다. 눈이 보이지 않는다. 심한 통증이 인다. 그럼에도 필리포스는 힘을 늦추지 않고 잡아당겼다. 뱀의 이빨이 간신히 안면에서 떨어져 나갔다.

그는 노여움에 이성을 잃고 악마와 같은 형상으로 뱀의 머리를 공격하기 시작했다. 온몸의 힘을 팔에 집중했다. 이어, 뱀이 소리를 내었다. 고통스러워하며 머리를 심하게 흔들어 댔다. 그러나 필리포스 또한 힘을 늦추지 않았다. 이윽고 목 부분이 찢기면서 뱀의 목에서 피가 사방으로 튀었다. 동시에, 그의 몸을 옥죄고 있던 몸통도 힘이 빠져 갔다.

필리포스에게 있어서는 이대로 머리가 터져 나가는 게 아닌가 싶을 만큼 장시간에 걸친 사투였다. 그러나 실제 상황은 불과 수초에 지나지 않았던 것인 듯했다. 그 증거로 누구 하나 달려오지 않았던 것이다.

왕은 죽은 뱀을 몸에서 떼어내고는 얼굴을 눌러 지혈을 했다. 출혈이 심하다. 오른쪽 눈에서 뜨거운 피가 콸콸 쏟아져 내린다. 통증 또한 심했다. 그럼에도 불구하고 바로 오른쪽 눈을 들어 방안을 살피려 했다. 그러나 보이지 않는다. 모조리!시력을 잃은 눈은 피로 칠해진 어둠만을 비출 뿐이었다.

— 이런 얼빠진 년이!

필리포스왕은 비틀거리며 일어섰다. 침대 위에서 빳빳하게 굳어 있는 올림피아스에게 다가가 피범벅이 된 손으로 그녀의 뺨을 올려붙였다. 왕비가 비명을 지르며 뺨을 감쌌다. 왕은 도무지 분노를 가라앉힐 수가 없었다. 침대를 뒤집어 엎고 벽을 치며, 휘장이란 휘장은 죄다 찢어 발겼다.

— 대체 뭐하는 짓이냐, 이년!

왕은 한참을 미쳐 날뛴 후, 다시 올림피아스의 옆으로 돌아와 윽박질렀다. 그러나 이번엔 올림피아스도 가만 있지 않았다.

— 당신, 신의 사자를 죽였군요!아폴론의 성스러운 뱀을!

— 무어라!

필리포스는 아내를 걷어찼다. 그녀의 벗은 몸이 대리석 바닥을 두 번, 세 번 거듭해서 굴렀다.

— 더러운 년!뱀과 살을 섞다니!

그는 다시 한 번 걷어찼다. 왕비의 입술에서 피가 한 줄기 흘러내린다. 그녀는 저주에 가득 찬 눈으로 남편을 노려보았다.

— 당신은 신을 죽인 거에요!나는 아폴론의 무녀, 신과 살을 섞는 것은 정해진 일일진대!

그러나 필리포스는 길길이 날뛰었다. 아내의 뺨을 미친 듯이 올려붙이고 이어 계속해서 걷어찼다. 그럼에도 화는 전연 가라앉지 않는다. 길게 뻗은 큰 뱀의 시체를 잡아당겨 검으로 갈가리 찢었다. 뱀의 살점이 찢길 때마다 그녀는 비명을 질렀다. 그 비명 소리가 필리포스에게 희열(喜悅)을 안겨 주었다. 마지막으로 뱀

의 머리를 완전히 베어낸 순간, 올림피아스는 실신해 버렸다.

이것이 신혼 4, 5개월째에 생긴 일이었다. 아내는 신의 뱀을 잃었다. 그러나 필리포스 또한 한쪽 눈을 잃었다. 그 후 남편은 아내의 침소에 들르지 않게 되었다. 아내 또한 더 이상 남편을 침실로 초대하지 않았다.

필리포스에게 있어 왕비는 뱀에 빠진 요녀였다. 뱀에 홀려 완전히 넋이 나간, 무시무시하고도 기분 나쁜 마녀였다. 그러고 보니, 올림피아스는 결혼 직후부터 기묘한 꿈 얘기를 되풀이해 가며 털어 놓았다. 그녀가 잠들어 있을 때면 갑자기 천둥이 치고 그녀의 배로 번개가 내리친다고 했다. 끔찍한 충격에 튕겨 일어나면 언제나 침대 위에 뱀이 있다는 것이다. 그리고 그 뱀은 낫같이 생긴 머리를 들어 올리며 그녀에게 늘 이렇게 말하는 것이다.

— 우리는 아폴론의 사자(使者). 그대는 신의 자식을 잉태하게 될 것이다.

필리포스도 처음에는 아내의 꿈 얘기를 웃어넘겼다. 그러던 것이, 큰 뱀과 정을 통하고 있는 광경을 목격한 직후 믿을 수 없는 사태가 생겨났다. 왕비가 실제로 수태를 한 것이다. 물론 짐작 가는 바가 없는 것은 아니었다. 그러나 그가 마지막으로 아내와 잠자리를 같이 한 것은 두 달도 전의 일이었다. 필리포스는 골몰했다. 아내에게 씨를 내린 것이 큰 뱀은 아닐까 하고.

전장에 나간 이래, 필리포스는 갖은 노력을 다해 가며 아내의 일을 잊으려고 노력했다. 태어날 아이의 일도 될 수 있으면 생각하지 않으려고 노력했다. 생각하기 싫은 일을 잊는 데에는 목숨이 왔다 갔다 하는 전쟁터가 최고였다.

필리포스는 귀신이라도 떨쳐내듯 머리를 흔들고는 고삐를 당겼다. 말이 허둥대며 앞발을 들어올렸다. 멀리서 아타로스가 손을 크게 흔들어 대고 있다.

― 무슨 일이지… 아타로스 녀석.

파르메니온은 호들갑을 이해할 수 없다는 듯 촉각을 곤두세웠다. 아타로스가 한 팔을 휘휘 저으며 이리로 달려오고 있다. 큰소리로 무어라 외치고 있다. 아직 거리가 멀어 무슨 말인지는 들리지 않는다.

왕의 눈에 불안으로 인한 근심이 서렸다. 페라의 궁전에서 온 사자는 대저(大抵) 쓸만한 얘기라고는 전하는 법이 없었다. 올림피아스가 더 커다란 뱀을 침소에 끌어들이기라도 했다는 것일까. 왕은 근심스러웠다. 아타로스의 행동이 부산스러운 것도 거슬렸다. 장군이 다시 외친다.

― 왕자전하 탄생이오!

말이 우렁찬 목소리에 놀라 뒷걸음질쳤다. 왕은 말을 진정시키며 파르메니온에게 되물었다.

― 이보게, 아타로스가 무어라 했는가?

파르메니온의 얼굴 또한 바짝 긴장해 있었다.

― 분명… 왕자전하 탄생이라고.

― 그렇군!

필리포스 2세의 표정에 순간 화색이 돌았다. 줄지어 늘어서 있던 군단에서도 일제히 함성이 울려 퍼졌다. 함성은 힘찬 메아리가 되어 전장 위를 내달렸다.

― 왕자전하 탄생!

― 왕자전하 탄생!

군단 전체가 열광으로 들끓었다. 필리포스 2세는 말을 박차 달려오는 아타로스를 맞이하러 나갔다.

말과 말이 엇갈린다. 그 순간 왕은 장군의 얼굴을 쳐다보며 물었다.

— 짐의 자식인가? 사람의 아이이더냐 말이다!

— 전하께서 바라마지 않으시던! 늠름한 아기님이신 줄로 아뢰옵니다.

왕을 사로잡고 있던 불안이 흔적도 없이 사라졌다. 그는 그대로 말을 내달려, 달려오는 사자(使者)를 가로막았다. 허둥지둥 말에서 내리려는 사자를 제지하며 다그치듯 물었다.

— 아이는 어떠한가?

사자는 공손히 예를 올리고는 무척이나 환한 표정으로 이렇게 답했다.

— 어느 한 곳 덜함이 없으시옵고 울음소리 또한 우렁찬, 훌륭한 왕자님이시옵니다. 왕비께서도 건강하시옵고, 만사 심려하실 일이 없는 줄 아뢰옵니다. 그리고 이에 덧붙여, 부디 어서 돌아오시기만을 바란다는 왕비님의 전언이….

— 왕비가? 올림피아스가 그리 말했는가?

— 예. 금번 왕자님의 탄생은 왕비마마께 더할 나위 없는 광영(光榮)인 줄로 아뢰옵니다.

필리포스 2세는 끄덕이며 사자와 함께 병영(兵營)으로 돌아왔다. 파르메니온과 아타로스가 서로 어깨를 치며 기뻐하고 있었다. 왕은 한 손을 들어 부하들을 제지했다. 좌중의 소란이 거짓말처럼 가라앉았다.

— 오늘은 경사스러운 날이노라. 세 가지 승리가 겹쳤도다!

필리포스 2세는 이렇게 외쳤다. 병사들 사이에서 환호성이 터진다. 왕은 미소를 띠며 자신의 군대를 굽어보았다.

— 그 첫 번째는, 이류리아인과의 싸움에서 승리한 것이다. 우리는 선왕의 원수를 갚고 마케도니아의 명예를 되찾았다. 포티다이아의 도시들 또한 우리 마케도니아가 점령하게 된 것이다!

다시 환호성이 울려 퍼진다. 병사들이 하늘을 향해 창을 높이 쳐든다. 왕은 고삐를 당겨 말의 머리를 일으켜 세웠다. 이어 낭랑하게 울려 퍼지는 목소리로 소리 높여 외쳤다.

— 두 번째 승리는, 올림피아 경기에서의 우승이다. 경마 경기에서 우리 마케도니아가 그리스 연방에 압승을 거두었다!

또다시 병사들이 우렁찬 함성을 올린다. 함성이 잦아들기를 기다려 필리포스 2세는 한 손을 높이 쳐들었다.

— 마지막으로 세 번째 승리는 짐에게 왕자가 생겼다는 것이다!

비명이 들려왔다. 환희가 지나치다 못해 광기에 사로잡힌 병사들의 소리였다.

— 삼중(三重)의 승리로 탄생한 짐의 왕자는, 불패(不敗)의 몸이 될 것이다. 역관(易官)들이여, 왕자의 미래를 점쳐 보라!

명령이 떨어지기가 무섭게 병사들 사이에서 검은 법의를 걸친 역관이 새장을 들고 걸어 나왔다. 역관은 새장을 열어 안에 있던 작은 새를 하늘로 날려보냈다. 자그마한 몸집에 새하얀 꼬리를 가진 새였다. 자유를 되찾은 새는 그 자리에서 동쪽 하늘을 향해 날아갔다. 역관은 새가 날아간 방향을 확인하자 왕의 곁에 무릎을 꿇었다.

— 길조(吉兆)이옵니다! 점괘에 따르면 왕자의 장래는 떠오르는 해의 기상. 금일 하늘처럼 구름이라고는 한 점도 찾아볼 수 없는 미래이옵니다.

— 그렇구나, 수고하였도다!

왕의 이 말과 군단 내에서 환희의 함성이 들끓기 시작한 것은 거의 동시였다. 너나할것없이 전쟁의 승리와 함께 찾아온 경사스러운 소식들로 기쁨에 취해 제정신들이 아니었다.

— 자, 귀국이다! 원하는 만큼 그리스 여자들을 데리고 돌아가라! 맘껏 즐기도록 하여라. 우리는 승리자다.

환호성이 그치지 않았다. 병사들은 땅을 구르고 손바닥을 힘차게 맞부딪쳐 소리를 내어 아폴론 신께 찬가를 바쳤다. 마케도니아의 왕위를 이은 지 어언 3년째. 하지만 필리포스 2세에게 있어 이날만큼 맑게 개인 하루는 일찍이 없었다.

아킬레우스의 후예

영광(榮光)이란 마케도니아 왕국을 위해 존재하는 말이었다. 폴리스의 공화(共和) 사회처럼 시민들끼리 선출하고 정한 지도자가 아니다. 신(神)이 정하고, 그 혈통이 보증하는 지도자야말로 왕제(王制), 그 명예의 상징인 것이다. 이는 폴리스 시민들이 말하듯 케케묵은 것일지도 모른다. 하지만 오래된 것일수록 그 생명력은 강한 법. 왕(王)은 영광(榮光)을 부르고, 그 빛은 영웅(英雄)을 부른다. 이리하여 왕제는 그 어떤 다른 체제보다도 많은 영웅들을 탄생시키는데…. 그 영웅들의 명부(名簿)에 실릴 또 한 사람의 영웅, 정통의 피를 이어받은 아이가 태어났다. 영웅은 이렇게 그토록 불멸의 이름이 된다.

시민 전체가 축복한 하루였다. 올림피아스 또한 침대에 누워, 바라마지 않던 일에 진정으로 즐거워했다. 갓난아기는 확실히 건장했다. 너무 컸기 때문에 제왕

절개를 하지 않으면 안 되었다. 그러나 그런 것쯤은 아무래도 좋았다. 어찌되었건 이것으로써 소원해졌던 부군(夫君)과의 관계도 원만해질 듯했다.

올림피아스는 침대에 누워 왕자의 사랑스러운 얼굴을 바라보았다. 어떤 이름을 지어줘야 할까, 하는 문제로 무척이나 고민하고 있었다. 남편 필리포스가 귀국하는 대로 왕자에게 뭔가 근사한 이름을 지어줘야 할 텐데. 그녀는 그렇게 생각했다. 하지만 물론 그녀 자신 또한 심중에 품은 이름이 있었으니… 그녀의 가계(家系)에는 영웅 중의 영웅 아킬레우스가 있었던 것이다. 따라서 첫 아이인 사내아이에게는 어떻게 해서라도 아킬레우스에서 유래한 이름을 선사하고 싶었다.

올림피아스는 변경 출신이라고는 하나, 더할 나위 없이 오랜 명문에 속하는 가문의 소생이었다. 그녀의 아버지는 네오프토레모스 1세이다. 이 이름은 영웅 아킬레우스의 아들에서 유래한 것이다. 아킬레우스의 아들 네오프토레모스는 트로이 함락 후 미망인이 된 헥토르의 부인 안드로마케를 두 번째 부인으로 들였고, 둘의 사이에서 태어난 아들 모롯소스가 에페이로스 최초의 왕이 된 것이다. 따라서 에페이로스 왕의 자손들은 이 영웅의 직계임을 긍지로 여겼다. 이 자부심 강한 명가(名家)에서 태어난 그녀 또한 이름에 구애받는 여성인 것이다. 물론 아킬레우스라는 인물이 실제로 트로이 전쟁에서 활약했는지 그것을 증명할 만한 증거는 없다. 그러나 그리스권의 사람들은 신화와 역사와의 구별을 알지 못했다. 그들은 진정으로 신화상의 인물을 자신들의 선조라고 믿어 의심하지 않고 있었다.

더군다나, 올림피아스는 다른 종류의 신앙 또한 지니고 있었는데 자신은 그저 인간이 아닌 정령―이를테면 바다의 요정―의 피를 이어받았다고 믿고 있었다. 이는 아킬레우스의 어머니 테티스가 바다의 요정이었다고 전해 내려오기 때문이었다. 현재까지 전해지는 올림피아스에 관한 사료(史料) 중, 가장 사실에 가까운 것이라 생각되는 것은 그녀의 전례가 드문 미모에 관한 일화이다. 그녀의 미모는 숲의 야수들조차 황홀하게 만들었다고 한다. 뷘의 미술사 박물관에는 기원전 3세기에 제작되었다는 카메오가 보존되어 있다. 여기에는 올림피아스와 알렉산더의 옆얼굴이 조각되어 있다. 아마도 둘의 얼굴을 실제로 알고 있는 자가 조각한 것인 듯, 실로 젊은 무사의 늠름함이 넘쳐나는 아들과 더불어 어머니인 올림피아스는 그리스 전통의 미인을 그린 듯한 이상적인 옆얼굴을 갖추고 있다. 필시 왕자의 눈부신 용모와 빼어난 체력은 모계에서 물려받은 형질일 것이다.

올림피아스는 실로, 불 같은 성격의 소유자인 탓에 남편인 필리포스 2세의 고충도 흔히 볼 수 있는 그런 것은 아니었다. 우선은 혈통 문제였다. 그 또한 아킬레우스에 필적할 신화상의 영웅을 찾아내지 않으면 안 되었던 것이다. 가계(家系)의 족보를 이리저리 엮은 결과, 헤라클레스를 선조로 하기로 하였으나 애당초 형세는 불리했다.

이에 필리포스는 페라의 궁전에 도착하기 직전 기발한 생각을 떠올렸다. 그것은 바로 탄생한 왕자에게 그녀의 가계를 계승하는 이름을 지어 주는 것이었다. 아내의 민감한 자부심을 만족시켜 주기에는 최상의 방법이었다. 그는 궁전에 돌아오자마자 곧장 산실로 향했다. 그리고 아직 산후의 부기가 남아 있는 아내를 애정을 담아 포옹했다.

— 올림피아스, 큰일을 치뤘소! 홀로 있게 한 짐을 용서하구려.

그렇게 말하고는 아내에게 입을 맞췄다. 이미 일 년 가까이 그 비슷한 어떤 행동도 한 적이 없던 터였다. 올림피아스는 놀라면서도 반사적으로 남편을 품안으로 맞아들였다. 그때까지 쌓였던 감정들이 흔적도 없이 사라졌다.

— 전하, 어서 돌아오십시오. 그리고 부디 바라옵건대 왕자를 보아 주시옵소서.

왕비는 처음으로 웃는 얼굴을 보이며 남편의 손을 잡았다.

— 물론이오.

필리포스는 요람에 재운 자신의 아이를 흘긋 바라보았다. 눈을 감고 있었지만 강보 사이로 엿보이는 그 손이 마치 청개구리의 그것처럼 작고 사랑스러웠다. 무심결에 엄지와 검지 손가락으로 아기의 손을 잡아보았다. 그러자 아기가 눈을 떴다. 둥글고도 고요한 눈이었다. 필리포스 2세는 문득 아기의 눈동자에 마음을 빼앗기고 말았다. 어딘가 먼 곳을 바라보는 듯한 두 개의 눈동자. 그 두 개의 눈동자는 신기하게도 좌우의 색이 달랐다. 한쪽은 맑은 밤색, 또 다른 한쪽은 짙은 청색으로 물들어 있었다. 부친은 아기의 눈동자를 계속 바라보았다. 아내가 시선을 남편에게로 향해 물었다.

— 무언가 잘못된 일이라도?

남편은 문득 고개를 들더니 아내를 돌아보았다.

— 아… 이 아이의 눈 색깔 때문이라오.

— 눈 색깔이요?

— 각각 색이 다르오. 한쪽은 밤색, 그리고 또 한쪽은 파란색. 참으로 희한하게도….

올림피아스는 전혀 놀라지 않았다. 오히려 다행스럽다는 듯이 한결 부드러운 목소리로 속삭였다.

— 그건 조금도 걱정하실 일이 아니옵니다. 색이 다른 눈은 정령(精靈)의 눈이라 불리며 신(神)과 정령들을 볼 수 있답니다. 이 아이는 분명… 아폴론과 제우스의 모습을 볼 수 있다는 것이겠지요.

필리포스는 끄덕이었다.

─ 그렇군. 정령의 눈이라… 그대의 아들답구려.

남편은 그렇게 속삭이더니 침대에 누운 아내 곁으로 돌아왔다.

─ 그건 그렇고, 저 아이의 이름말인데….

─ 예?

아내는 다소 긴장했다. 이 순간이 가장 중요한 국면이었다. 영웅 아킬레우스의 피를 받은 아이라는 증명을 어떻게든 이름으로 실현시켜 두고 싶었다.

─ 실은….

아내가 말을 꺼내려는 순간, 필리포스는 아내의 입술에 손가락을 가져다 대었다.

─ 쉿! 말하지 않아도 되오. 그대의 성미는 내 잘 알고 있소. 신을 볼 수 있는 눈으로 은총을 받은 아이라면, 이름 또한 신의 직계라는 것을 분명히 할 수 있는 것이 아니면 안 된다고 하려는 게 아니오?

그렇게 속삭이며 남편은 미소를 지었다. 올림피아스가 드물게 당황한 모습을 보였다. 속내를 들킨 그녀는 수줍음으로 가득 찼다.

─ 말씀하신 대로이옵니다.

그녀의 볼이 희미하게 홍조를 띤다. 그 모습을 본 남편은 만족스럽다는 듯이 고개를 끄덕였다.

─ 그건 그렇고, 그대의 선조(先祖)는 트로이 전쟁의 영웅 아킬레우스였지?

─ 예.

─ 그럼, 유서 깊은 그대의 가문에 경의를 표하는 뜻으로 아킬레우스의 자손에게 잘 어울리는 이름을 짓도록 하지. 알렉산더. 어떻소, 이 이름이라면?

─ 알렉산더!

아내는 놀라움에 할 말을 잃었다. 알렉산더. 그녀의 동생과 같은 이름이었던 것

이다. 동생은 지금 에페이로스 왕의 지위에 있다. 에페이로스의 왕과 같은 이름이라면 왕자는 틀림없는 아킬레우스의 직계인 셈이 된다.

올림피아스는 말했다.

— 전하, 그 이름은 제 동생의….

— 그렇소. 에페이로스 왕 알렉산더에서 딴 이름이오. 숙부의 이름을 조카가 잇는 거요. 이 또한 경사스러운 일이지 않은가? 나의 왕비여!

그녀는 희미하게 눈물을 글썽이며 남편의 몸에 양팔을 둘렀다. 남편은 아내의 상반신을 안아 일으키고는 다시 한 번 입술을 탐했다. 두 사람의 몸이 하나가 되었다. 그 옆에서 갓난아기가 천진난만하게 볼을 부풀렸다. 정령의 눈을 가진 아이는 어딘가 아득히 먼 곳을 물끄러미 바라보고 있었다.

타일 바닥의 기억

5년의 세월이 흘렀다. 페라의 궁전도 그 면모를 새롭게 하여 더욱 크고 더욱 화려하게 개축(改築)되었다. 새 궁전의 자랑은 누가 뭐라 해도, 광활한 지표를 덮어 만든 끝간 데 없이 드넓은 타일 바닥이었다. 그리스 연방의 건축 양식에 영향을 받은 마케도니아는 자신들이 헬레니즘 문화권에 속한다는 사실을 널리 알리기 위해 이따금 그리스식의 타일을 채용해 왔다. 새 궁전 또한 예외는 아니었다. 검은색과 흰색의 돌들로 정성스럽게 지면을 채워 나갔으나 돌은 몇 만 개가 있어도 부족했다. 그러나 필리포스왕은 이렇게 명하였다. 궁전 안이건, 정원이건, 땅이 조금이라도 보이는 곳은 전부 돌로 채우라고. 흑색과 백색의 돌을 사용하는 것은 타일 바닥을 갖가지 문양으로 장식하기 위한 것이었다.

바다로부터 그리 멀지 않은 페라의 궁전에서 가장 먼저 타일로 채워진 곳은

다름 아닌 해안에서 궁전에 이르는 공간이었다. 이곳에는 바둑판 문양으로 장식한 타일이 깔렸다. 강렬한 태양 빛을 받아 희고 검은 두 개의 대립된 색이 푸른 하늘 아래 얽혀 들었다. 이를 해안가 바위에서 바라보면 지면에 거대한 바둑판이 만들어진 것 같은 풍경이 되었다. 흰 대리석 원기둥이 즐비한 궁전 내부에는 갖가지 색의 돌을 사용한 모자이크가 만들어졌다. 모두 신화 속의 유명한 장면을 재현한 괄목할 만한 그림들 천지였다. 사슴을 습격하는 그리폰, 치타를 탄 디오니소스신(神), 사자를 사냥하는 헤라클레스, 그리고 트로이 전쟁에 출진하는 아킬레우스. 모두 훌륭한 솜씨의 타일이었다.

어린 알렉산더는 틈만 나면 이러한 타일 그림 위에 앉아 환상이 넘쳐나는 신화의 세계를 물리지도 않고 계속 들여다보았다. 간혹 한 살 아래인 누이동생 클레오파트라를 불러, 타일 바닥에 묘사된 무시무시한 동물들의 이야기를 들려주곤 했다.

— 이건 그리폰이야. 날개가 달렸고, 발톱이 사자처럼 날카로워. 이놈에게 걸리면 누구든 꼼짝도 못 하지. 노려보는 것만으로도 죽게 되거든.

— 그럼 오라버니, 이쪽은?

— 이건 히드라. 어머님의 선조이신 아킬레우스가 무찌른 바다 괴물이야. 아홉 개의 머리를 가진 뱀이지.

누이동생은 눈을 한층 더 동그랗게 뜨며 무서움에 질린 나머지 입술을 꼬옥 오무린 채 괴물의 그림을 바라다보았다. 하나 하나 모자이크를 보며 거기에 그려진 괴물의 이야기를 했다. 그러는 동안 둘은 점점 해안 쪽을 향해 가게 되었다. 궁전에서 멀어졌음을 알아챈 순간 흰 대리석 계단에 맞닥뜨리게 되었다. 계단을 따라 내려가 보니 이번엔 흑과 백의 기하학적인 문양이 끝없이 펼쳐지는 정원이었다.

바다는 어린 두 아이를 매료시켰다. 조수(潮水)가 만들어낸 웅덩이에는 붉고 푸른 불가사리들이 있었다. 말미잘도 무수히 많았다. 간혹, 반투명의 해파리를 보기도 했다. 그런 바다 생물들은 타일에 그려진 신화 속 괴물들과 어딘지 모르게 닮아 있었던 것이다. 둘은 오후 내내 바닷가에서 놀았다. 놀다 지친 나머지 차가운 타일 위에서 깜빡 잠든 아이들은 해가 지기 직전에야 눈을 떴다. 주위는 이미 서늘해져 있었다. 알렉산더는 누이동생을 흔들어 깨워 궁전으로 돌아가자고 재촉했다.

궁전 안의 분위기가 조금 변해 있었다. 늘 그렇지만 부왕인 필리포스는 전장에 나가고 없었다. 그런 이유로 어린 남매가 우선적으로 찾게 되는 것은 어머니의 모습이다. 궁전 안의 분위기가 이상하다고 느낀 것은 어머니의 모습이 어디에도 보이지 않았기 때문이다. 아니, 어머니뿐만 이 아니라 여관들도 모두 사라지고 없었다. 말을 걸어오는 것은 시종 혹은 가신(家臣)들뿐이었다. 이 변고에 가장 당황한 것은 역시 여동생인 클레오파트라였다. 궁 안에 남은 여자라고는 그녀뿐이라 해도 과언이 아니었다. 클레오파트라는 그래서 더욱 불안해졌을 것이다. 오빠에게 착 달라붙어 소리 죽여 울었다.

알렉산더는 시종에게 어머니가 있는 곳으로 데려가 달라고 부탁했다. 하지만 흰색 튜니카를 두른 남자들은 얼굴을 찌푸리며 쌀쌀맞게 고개를 저을 뿐이었다.

— 왕자님, 오늘밤은 안 됩니다. 착한 왕자님이시니 어서 잠자리로.

남자들은 너나할것없이, 궁전 여기저기에 진을 치고 뭔가 은밀한 얘기들을 나누고 있었다. 알렉산더는 귀를 기울여 보았다. 하지만 얘기의 내용은 알 수가 없었다. 그저 사람들의 말끝마다 '디오니소스' 라는 이름이 반복적으로 언급되는

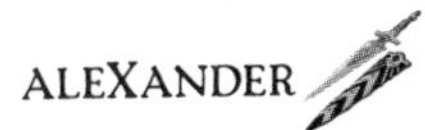

것만을 확인했다. 그러나 다섯 살 어린아이에게 디오니소스의 의미는 이해하기 어려운 것이었다.

그 동안 어린 누이는 단념하고 방으로 돌아갔다. 놀랍게도 저녁식사 준비마저 남자들이 하고 있었다. 이렇게 이상한 날은 알렉산더의 기억에 없었다. 성에서 여자들이 사라져 버렸다. 그렇게 생각하자 점점 더 허전해지고 급기야 초조함마저 느껴졌다.

이윽고 해가 저물었다. 주위에 점차 어둠이 몰려오고 공기 역시 싸늘해져만 갔다. 누이와 함께 침대에 들어가 잠시 천장의 박쥐들을 바라보았다. 박쥐는 거의 움직이지 않았다. 곧 졸음이 몰려 왔고 꾸벅꾸벅 졸 무렵, 밖에서 희미하게 음악 소리가 들려 왔다. 알렉산더는 이미 잠들어 숨소리를 내고 있는 여동생이 깨지 않도록, 조용히 침대를 나와 테라스로 나갔다. 어두웠다. 소리가 들려오는 방향은 바닷가가 아니었다. 뒤켠의 숲 쪽이었다. 그쪽을 바라보자 숲 그늘에서 언뜻 새하얀 불빛이 보였다. 음악 소리도 그 불빛 쪽에서 들려오고 있다.

누가 부는 것일까 싶은 희미한 피리 소리였다. 그것도 잔잔한 선율이 아니었다. 어딘가 열광적인, 기묘한 열기를 품고 있었다. 기묘하게도 사람의 마음을 유혹하는 듯한 음률이었다. 게다가 보고 있자니 불빛의 그림자 주위로 사람 모습 또한 보인다. 뭔가 연회라도 베풀고 있는 듯했다. 아마, 무료했던 것이리라. 알렉산더는 눈처럼 흰 불빛에 이끌려 테라스 틈으로 해서 정원으로 내려가고 있었다. 차가운 타일 위를 지나 이윽고 숲 가장자리에 이르렀다. 거기에서부터 바닥은 흙으로 바뀌어 있다. 한 발짝, 흙 위로 발을 내딛었다. 타일 바닥과는 다른, 끈적하게 들러붙는 듯한 냉기가 발바닥으로 스며들었다. 무심코 발을 뗐다. 잠시 후 알렉산더는 한 번 더 흙을 밟아보았다. 다소 가라앉는 듯한 탄력 있는 감촉이었다.

이번에는 발을 떼지 않았다. 내딛은 다리에 힘을 모으고 다른 한쪽 다리도 흙 위로 내딛었다. 달라붙는 것 같은 흙의 감촉. 나쁘지 않았다. 어딘지 모르게 야성적인 느낌마저 들었다.

알렉산더는 짧은 튜니카를 둘렀을 뿐인 가벼운 차림으로 숲으로 걸어 들어갔다. 늦가을의 숲은 밤이 되면 대번에 몹시 추워진다. 추워서 소름이 돋았다. 하지만 불빛이라는 표적이 있었다. 따뜻한 모닥불이 타는 광경을 상상하며 알렉산더는 나아갔다. 모닥불이 보이기 시작했다. 음악이 분명하게 들려온다. 날카로운 피리 소리와 함께 큰북을 두드리는 소리, 그리고 찬가를 부르는 소리가 들려오기 시작했다. 숲 사이 빈터에 여자들이 모여 있었다.

알렉산더는 공터 가장자리에 있는 커다란 덤불에 숨었다. 잎 그늘 사이로 바깥의 정황을 엿보았다. 여자들은 하얀 튜니카를 두르고 굵은 밧줄 같은 띠를 허리에 두르고 있다. 머리를 풀어헤쳐 산발하고 그 위에 화관(花冠)을 쓰고 있다. 전원이 원형을 이뤄 음악에 맞춰 춤을 추고 있었다. 양손을 내밀어 괴이하게 허리를 비틀며 간혹 가다 머리를 격렬하게 흔든다.

여자들은 낮은 목소리로 찬가를 읊조렸다. 읊조림과 동시에 양손을 하늘로 향하고 가슴을 뒤로 젖혀 머리를 흔들었다. 불이 한창 타오르고 있었다. 불 곁에 놓인 나무통 위에는 검은 포도송이가 장식돼 있었다. 알렉산더는 나뭇가지를 헤치고 어머니의 모습을 찾았으나, 춤추는 무리들의 원 안에서 어머니를 찾을 수는 없었다. 그의 눈에 눈물이 번져 나왔다.

— 어머님.

입 안에서 중얼거렸다. 한 번 더 불꽃 쪽으로 눈을 돌렸다. 타오르는 불 뒤편으로 사람의 모습이 보였다. 머리카락이 초원의 잡초처럼 제멋대로 늘어뜨려져 있

었다. 굵은 밧줄로 맨 하얀 튜니카에, 발에는 하얀 샌들을 신고 있었다. 그녀는 양 팔을 앞으로 뻗은 채 미친 듯한 목소리로 찬가를 부르고 있다.

— 어머님!

그 찬가 소리에 금세 어머니란 것을 알아차렸다. 알렉산더는 덤불에서 뛰쳐나오려 했으나 그곳의 음산한 기운은 그의 발목을 놔주지 않았다. 불길 뒤에서 낭랑하게 노래하던 여자가 양손을 하늘을 찌를 듯이 뻗어 올렸다. 그 팔이 또렷한 윤곽이 되어 소년의 눈에 꽂혔다. 양팔에 뭔가 감겨 있었다.

여자는 노래를 계속하며 한 걸음씩 앞으로 나아갔다. 그 여세를 몰아 불길이 커다랗게 흔들렸다. 그녀는 노래를 계속했다. 그녀의 억양에는 그 어떤 이상한 점도 없었다. 양팔을 들어 몸부림치듯 허리를 비틀며 또 한 걸음 앞으로 나아갔다. 불꽃이 흔들린다. 한 발짝씩 내딛는 속도가 점점 빨라진다. 여자는 허리를 틀고 머리카락을 흔들어대며 전진해 간다. 그리고 이어 그녀의 발이 불꽃 한가운데로 빠져 들어간다. 순간 불티가 솟아올랐다. 둘레에서 원을 그리며 춤추던 여자들이 돌연 노래의 박자를 올렸다. 그와 동시에 격하게 몸을 비틀며 미친 듯한 움직임으로 내달았다.

그 동안 불길 속으로 발을 내딛은 여자는 불티를 날리며 불의 장막을 통과했다. 불길 속을 그대로 지나간 것이다! 알렉산더는 숨을 멈추고 어머니의 모습에 눈을 고정시켰다. 어머니는 불길 속에서 그 모습을 드러냈다. 눈썹을 진하게 그리고 눈 주위에 푸른 칠을 하고, 무슨 연유인지 무시무시한 숲의 마녀 같은 표정을 하고 나타났다.

하얀 튜니카도, 그녀의 검은 머리칼도, 불에 그을린 흔적 하나 없었다. 그녀는 하늘로 치뻗은 양팔을 다시 전방을 향해 내밀었다. 그 팔에는 녹색의 살아 있는 띠가 들러붙어 있었다. 띠는 심하게 구불거린다. 뱀이었다! 어머니는 기분 나쁜 뱀을 양팔에 감고 있었다. 팔을 교차하여 뱀을 흥분시키고 뱀이 덤벼들려 하는 것을 허리를 틀어 피한다.

올림피아스가 불꽃 앞에 그 모습을 드러낸 순간 음악이 대번에 격렬해졌다. 여자들은 미친 듯 튀어 오르고 머리를 좌우로 흔들었다. 풀어헤쳐진 머리카락들이 뱀처럼 움직인다. 올림피아스는 하얀 이를 드러내며 허리를 튼다. 뱀들이 눈썹 쪽으로 기어 올라간다. 음악은 미친 듯이 빨라졌다. 여자들은 울부짖으며 옷을 갈기갈기 찢었다. 신이 들린 것이다. 흰 튜니카가 조각조각 찢겨 나가고 풍만한 유방이 드러났다. 허리띠를 풀러 그것 역시 벗어 던졌다. 검은빛의 농염한 수풀에 싸인 음부 또한 드러난다.

여자들은 차례로 옷을 당겨 찢었다. 나체가 하나, 둘 생겨남과 동시에 춤을 추던 원 또한 흐트러지기 시작했다. 중앙에 선 올림피아스도 흰 튜니카를 찢기 시작했다. 가슴 부분이 찢기고 흰 유방이 삐져 나왔다. 이어 굵은 밧줄을 풀자 튜니카가 발치로 미끄러져 내렸다. 실오라기 하나 걸치지 않은 모습이 되었다. 알렉산더는 비명조차 지를 수가 없었다. 공포에 질린 나머지 그 자리에서 얼어붙었다. 이건 그가 알고 있는 어머니가 아니었다. 숲의 마녀에 지나지 않을 뿐, 그 이상도 이하도 아니었다.

이윽고 여자들은 입을 모아 야수처럼 울부짖으며 숲 속으로 걸어 들어갔다. 실오라기 하나 걸치지 않은 하얀 몸이 어두운 숲 사이를 달려간다. 손을 흔들고 머리를 풀어헤치고 다리를 벌린 그녀들의 모습은 광란의 정점을 이루었다. 어머니 또한, 양손으로 머리카락을 쓸어 올리며 관능적인 춤을 추기 시작했다. 도저히 소년이 정면으로 바라볼 수 있는 춤이 아니었다. 어머니는 양 다리를 있는 대

로 벌려 음부를 드러내고는 허리를 앞뒤로 흔들었다. 머리카락이 흩날려 그녀의 얼굴을 가렸다.

알렉산더는 거의 비명을 지를 뻔했다. 동시에 숲 속으로 들어간 전라의 여인들이 그가 몸을 숨긴 덤불 옆을 스쳐 지나갔다. 그는 무의식적으로 고개를 숙였다. 그러나 덤불 뒤편으로 돌아 숲으로 들어서려던 여자에게 알렉산더의 작은 몸이 발각되고 말았다. 여자는 살의가 담긴 눈으로 알렉산더를 쏘아보았다. 다음 순간, 손톱을 기른 손으로 후려갈기며 소년의 머리카락을 세게 잡아당겼다. 그는 흐느껴 울며 저항했다. 그러나 여자들의 완력은 예상외로 강했다. 알렉산더는 튜니카를 조각조각 찢기운 채, 그대로 지면에 내동댕이쳐졌다.

— 찢어버려라! 마침 알맞은 제물이 나타났다!

누군가가 외쳤다. 광란에 빠진 여자들은 앞을 다투어 알렉산더에게 달려들었다. 팔을 붙잡히고 갈고리 같은 손톱에 긁히며… 그는 비명을 질렀다. 누가 좀 도와달라고 애타게 불러댔다. 하지만 침묵뿐이었다. 여자들에게 저항하고 있는 동안 이번에는 어머니가 다가왔다. 어머니의 눈빛에 잔인함이 서려 있다. 이렇게 무서운 눈매를 한 모친을 알렉산더는 본 적이 없었다. 어머니는 한마디 말도 없이 뱀이 감긴 양팔을 들어 올렸다. 상체를 앞으로 구부린 탓에 풍만한 유방이 변형되어 아래로 흘러내렸다.

그 순간, 본능이 알렉산더를 지켜냈다. 양손을 지면에 댈 틈도 없이 그대로 내달려 어머니의 다리 사이로 용케 피했다. 어머니는 눈앞에 있던 알렉산더를 놓치자 순간적으로 표정을 굳혔다. 그 틈에 아들은 다행스럽게도 밀의의 현장으로부터 빠져 나올 수 있었다. 그 다음부터는 내내 도망치는 토끼마냥 궁전을 향해 달렸다. 바로 뒤에서 벌거벗은 여자들이 야수 떼처럼 추격해 온다. 이젠 끝이라고 몇 번이나 단념할 뻔했는지 모른다. 그러나 소년의 정신이 그를 다그쳐 최후의 순간까지 다리를 멈추지 않도록 도왔다. 흐느껴 울며 훌쩍거리며 알렉산더가 궁전으로 도망쳐 들어오는 것을 시종 몇몇이 안아 일으켰다.

— 어머님이! 어머님이 괴물로!

소년은 거기까지 울부짖더니 일시에 맥이 풀려버린 듯했다. 자신을 안아 올린 시종의 어깨 너머로 숲 쪽을 돌아보았다. 숲의 나무들이 흔들리고 있었다. 덤불 가장자리 근처에 하얀 여인의 나체가 얼핏 보였다. 두 명의 병사가 창을 휘두르며 여자들을 쫓으려 하고 있다. 목격한 것은 거기까지였다. 시종은 자신의 튜니카 자락에 왕자를 감싸고는 궁전 구석으로 달렸다. 원기둥 사이를 통과하고 회랑을 지나 왕자의 처소로 뛰어들었다. 왕자의 처소 입구에 서 있던 근위병이 알렉산더를 안은 시종의 등장에 놀라며 외쳤다.

— 아니! 알렉산더님!

시종은 노여움에 찬 소리를 질렀다.

— 멍청한 놈 같으니! 왕자를 문 밖으로 나오게 해서는 아니 된다 일렀거늘! 오늘밤이 디오니소스제(祭)라는 사실을 잊은 게냐!

위병(衛兵)은 머리를 숙이며 문을 닫았다.

— 알겠나, 오늘밤은 이 안에서 알렉산더님을 지켜라! 광란상태의 여인들이 근접하는 일이 없도록.

— 알겠습니다.

잠시, 그들 사이에 욕설이 오갔다. 알렉산더는 두려움에 사로잡혀 이불 속에서 떨고 있었다. 아무것도 모르고 응석을 부려왔던 어머니가 야수(野獸)로 변한 것을 알게 되자 그의 마음속에서는 완벽했던 낙원이 산산이 무너져 내렸다.

그날 밤, 밖에서는 피리 소리와 찬가가 끝없이 이어졌다. 덕분에 새벽이 다되도록 잠을 이루지 못했다. 유모가 들려준 옛날 이야기를 통해 밤과 그 다음날 새벽과의 사이는 깊고 거대한 늪으로 가로막혀 결코 이어지지 않는다고 생각해 왔다. 그러나 디오니소스제가 있던 그날 밤—어머니를 비롯한 여관들이 광란의 연회를 벌인 그날 밤—, 밤과 다음날 새벽 사이를 가로막는 깊은 늪 따위는 결코 없다는 사실을 발견했다. 무시무시한 노랫소리가 계속해서 들려오는 가운데 어둠이 엷어지고 서서히 낮이 되돌아오는 광경을 그는 자신의 눈으로 확인한 것이다.

ALEXANDER

제2장
가르침의 귀감

노부나가, 남만의 고대사에 대해 묻다

오다 노부나가(織田信長)는 프로이스의 이야기가 일단락되자, 선교사들을 자신이 그토록 자부해 마지않는 텐슈카쿠(天主閣)로 안내했다. 노부나가는 아즈치 성에 관한 한, 늘 텐슈(守)카쿠가 아닌 텐슈(主)카쿠로 지칭케 하는 일에 부심(腐心)하였다. 왜냐하면 아즈치 성은 지금까지 무수히 건축되어 온 기껏 요새로서의 성이 아니었기 때문이다. 아즈치 성은 인간 위에 군림하며 신(神) 위에 자리한 천하의 주인, 천주(天主)의 저택이었다.

텐슈카쿠에서는 비와호(湖)의 전경을 한층 더 아름답게 감상할 수 있었다. 프로이스 곁에 선 노부나가는 전방에 아득하게 펼쳐진 산들의 이름을 일일이 알려 주었다. 어느 산이 어느 방위에 있고, 그 너머에는 여차하게 불리는 나라가 있는지를 명확하게 설명해 주었다. 이 무장(武將)은 그저 지식으로서 지형을 외우고

있는 것이 아니다. 전략의 지침으로써 이를 활용하려 노력하고 있었던 것이다. 아마도 아즈치산에 이토록 장엄한 성을 세운 목적 또한, 필시 범인(凡人)들의 생각이 미칠 만한 것은 아니리라.

호수를 먼 곳까지 두루 둘러본 프로이스는 노부나가에게 질문했다.

— 노부나가 전하, 어찌하여 성을 이곳에 세우게 되셨는지요?

솔직한 질문은 언제나 노부나가를 즐겁게 하였다. 그는 선교사들의 질문이 사물의 핵심을 언급한다는 사실을 잘 알고 있었다. 하긴 그 때문에 비로소 이방인들을 신뢰할 마음이 생겨난 것이기도 했다. 노부나가는 입 끝에 희미한 미소를 띠우며 곁눈질로 프로이스를 바라보았다.

— 그대는 어찌 생각하는지?

이것은 일종의 도발이었다. 노부나가는 언제나 사람을 시험한다. 그가 기대하는 것은 그의 마음에 드는 답이 아니다. 얼마나 솔직하게 생각하는 바를 말하는가 하는 성실함이었다. 무엇보다 프로이스는 노부나가의 마음에 들려고 애쓴다거나 하는 속셈을 지니고 있지 않았다.

— 사카이(堺)⁹⁾에서, 센소우에키(千宗易)¹⁰⁾님께 들었사옵니다. 이 아즈치산은 교토(京都)와 히에이산(比叡山)의 귀문(鬼門)¹¹⁾에 해당한다는 것이었습니다. 노부나가님께서는 그 둘 모두를 제압하려는 뜻이 아니시온지요.

프로이스의 대답을 듣자 노부나가는 웃기 시작했다. 한참을 계속 웃어제꼈다. 그리고 이방인을 향해 돌아서서는 이렇게 말했다.

---

9. 사카이(堺) : 오사카 남쪽의 도시. 전국(戰國)시대 무역항으로 대(對) 명(明)무역·남만무역 등 해외교류의 거점.

10. 센소우에키(千宗易) : 젊은 날의 노부나가가 장차 큰 인물이 될 것을 알아보고 후원해 주었던 사카이(堺)의 거상(巨商).

11. 귀문(鬼門) : 동북방─음양도에서 귀신이 출입하는 방향. 통상 기피하는 방위.

— 짐은 천하를 손에 넣을 것이다. 제압 따위를 할 생각은 없다. 히에이산도 천황(天皇)도 모두 내 발밑에 엎드리게 할 것이다.

— 그렇다면 천신(天神)에 가장 가까운 곳이라 여기시어….

— 그런 것은 아니노라. 이유는 지극히 간단한 것. 이곳이 일본국의 중심이기 때문이다. 짐은 중심에 자리한다.

프로이스는 머리를 깊이 조아리며 예를 올렸다. 그리고는 다시금 차분한 어조로 화제를 알렉산더의 이야기로 되돌렸다.

— … 노부나가 전하, 역산대왕 역시 성(城)과 수도(首都)를 세움에 있어 상식을 초월한 정열을 소유하고 있었사옵니다. 그가 탄생하기까지의 이야기는 흡족하셨는지요?

일본국의 대왕은 다시 온화한 눈빛으로 돌아와 질문에 답하였다.

— 대단히 흥미로웠노라. 역산의 탄생을 둘러싼 괴이한 정황이며, 그 어미의 괴상한 사연들은 모두 후세(後世)에 꾸며낸 것들이겠지. 하지만 기리시야(希臘)인가 하는 고대 국가의 정치에는 실로 관심을 끄는 부분이 있었노라.

— 그러시오면?

— 기리시야에서는 왕제를 시대에 뒤떨어진 것이라 경멸하여, 백성들끼리 군주를 선출한다고 했지 않았는가. 짐의 생각으로, 그것은 사카이의 장사치들이나 선호할 만한 제도이네.

— 말씀하신 대로이옵니다, 전하. 기리시야의 국가들을 지배한 것은 유력한 상인과 귀족들이었습니다.

— 분명 사카이 정도의 작은 도시, 그것도 재력 있는 상인들이 모인 곳이라면 군주를 선출하는 것도 좋겠지. 하지만 기리시야 주변에는 하루시야(百兒齋亞)와

마세돈니아(馬基頓尼亞) 같은 무력 국가들이 있다. 무장들에게는 제아무리 금전을 뿌린다 해도 효과가 없을 터. 그 상황에서 기리시야는 무장들을 손에 넣기 위해 어떤 방법을 썼느냐?

프로이스는 다시 한 번 노부나가의 무서움을 실감했다. 이 인물은 기기묘묘한 사건들로 펼쳐진 알렉산더 탄생의 전설을 들으면서도, 실제로는 상상 속의 그림 같은 이야기에 휩쓸리지 않은 것이다. 실로 냉정하게 고대 그리스의 정치투쟁사를 분석한 것이다. 프로이스는 머리 속으로 말을 간추렸다. 노부나가가 참고할 만한 사실을 되도록 간결하게 전달하리라 생각했다.

— 사실인즉슨… 기리시야도 더 이상 자력만으로는 마케도니아도, 페르시아도 물리칠 수 없게 되었음을 인정하지 않은 채, 한결같이 국내의 이권을 지키는 데에만 급급하고 있었사옵니다. 다시 말해, 국가와 국가가 손을 잡고 난적(難敵)에게 대항하는 것도 아니었으며, 독자적으로 군사력을 키우는 것도 아니었습니다. 그러나 그 내부에는 앞날을 걱정하는 현자(賢者) 또한 있었으니, 그리스 연방에 있어 가장 유력한 도시 아테네에는 데모스테네스와 더불어 이소크라테스라는 양대 현자가 있었습니다. 두 사람 모두, 그리스가 추구해야 할 길은 놀랍게도 적국 마케도니아의 필리포스 2세를 지도자로 하는 동맹을 맺는 것이라고 하였던 것입니다.

노부나가는 이해할 수 없다는 표정으로 고개를 갸웃거렸다.

— 적국의 왕을 맹주(盟主)로 삼는다는 말인가?

— 예. 결국 기리시야인들은 필리포스 2세에게 패하여 동맹을 맺게 되었습니다.

프로이스의 이야기는 노부나가에게 또 다른 의문 하나를 안겨 주었다.

— 기리시야는 그걸로 됐다고 치자. 하지만 그 누구더냐…. 당사자인 무장, 그 히루호(比留穗) 2세인지 하는 사내가 받아들이지 않을 것이다. 왜? 그는 승자이고, 희랍을 언제라도 손에 넣을 수 있게 된 것이니.

프로이스가 거기에서 탁 하고 무릎을 쳤다.

— 아닙니다. 노부나가 전하, 그 점이 필리포스 2세의 현명함이며, 또한 그 야망의 광대함인 줄로 아뢰옵니다. 그의 목적은 그리스를 전멸하는 것에 있지 아니하였으니, 오히려 그리스의 힘을 활용하여 대적 페르시아를 쳐부수고 세계를 정복하는 일이었습니다. 이에 필리포스 2세는 그리스와 동맹을 맺어 자치(自治)를 허락하는 한편, 마케도니아에 대해서는 항상 군사적 지원을 약속할 의무를 지운 것입니다. 오로지 세계정복을 위해.

노부나가는 프로이스의 설명을 잠자코 듣기만 했다. 깊이 생각하는 모습이었다. 말을 멈춘 프로이스는 대왕의 다음 말을 기다렸다. 잠시 시간이 흐른 후 무장(武將)은 다음과 같이 말하기 시작했다.

— 프로이스. 그대는 웃을 지도 모르겠으나, 나는 서른다섯에 오와리(尾張)와 미노(美濃)를 평정하고, 텐카후부(天下布武)의 인(印)을 공식적으로 사용하게 되었다.

— 텐카후부?

— 그렇지. 천하에 무(武)를 선포한다는 뜻이다. 결국 짐은 무(武)로써 천하를 호령하겠노라 공언한 게다. 그 당시 많은 무장들이 짐을 거짓말쟁이라 욕했다. 조정(朝廷)은 짐을 일컬어 야만스러운, 정치도 모르는 놈이라 멸시하였다. 하지만 그 누구도 짐의 참뜻을 꿰뚫어 본 이는 없었다. 새로운 궁성을 세운 땅에 붙인 이름에 짐의 모든 뜻이 담겨 있었음에도 불구하고!

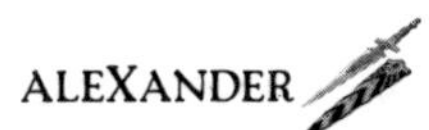

프로이스는 눈을 빛내며 노부나가에게 물었다.

— 그 지명이라면?

— 기후(岐阜).

— 기후….

노부나가는 마왕(魔王)이라 불리는 사내에게 어울릴 법한, 형언할 수 없을 정도의 예리한 시선을 이방인에게 던지며 끄덕였다.

— 기후(岐阜)라는 말은 중국의 고전에서 유래한 이름이니라. 중국 전체를 평정하고, 주(周)라 불리는 왕조를 일으킨 무왕(武王)이, 지난날 맨 처음으로 중국 제패를 위해 군사를 일으킨 출정(出征)의 땅—그것을 기잔(岐山)이라 한다. 무왕은 난잡할 대로 난잡해진 전(前) 왕조를 쳐부수고 새로운 세상을 열었다. 다시 말하자면, 짐 또한 주왕(周王)이 되어 난세의 일본을 평정하겠노라는 맹세를 담은 이름이었다.

프로이스는 크게 고개를 끄덕였다.

— 세상을 일체의 저항 없이, 평온하게 지배해 나가는 데에는 무력이라는 배경이 가장 중요하다. 그 두 번째가 정치이다. 그건 그렇고, 정치 얘기가 나왔으니 말이지만 짐은 짐의 누이를 북오우미(北近江)의 아자이 나가마사(淺井長政)에게 출가시켰다. 아자이에게 후방을 습격당하는 일을 미연에 방지하고자.

— 필리포스 2세와 같은 전략이셨군요. 숙적 이류리아를 무찌르기 위해 우선 인접국의 왕녀를 비(妃)로 맞아들인 것과 같은.

노부나가는 두터운 코 밑 수염을 희미하게 일그러뜨리며 짓궂은 표정을 지어 보였다.

— 그 누이는 오이치(お市)라 하는데, 역산대왕의 모친을 그대로 베껴낸 것 같

은 기질이라네. 오이치는 기가 세지. 정치에도 끼여들고… 한마디로 사내 그릇인 셈이지. 허나 부군(夫君)을 위해서라면 목숨에 연연함이 없을 정도로 극력 헌신했다네.

프로이스는 오이치라는 이름에서 무척이나 영리하고 그 의지 또한 강한 전국(戰國)의 여인을 떠올렸다.

— 그러하오면, 오이치님은 뱀을 부리거나 하시는지요? 옷을 벗은 채로 춤을 추시는 겁니까?

이 질문에는 노부나가도 당황하였다. 잠시 폭소가 터졌다. 마왕(魔王)이 이토록 격의 없는 웃음을 보인 것은 전에 없는 일이었다.

— 아니, 아니… 물론 그런 것은 아니다. 짐이 말하고 싶은 것은 역산의 부왕인 지의 정략(政略)이, 이 자리에 있는 짐과 서로 잘 통한다는 것이네. 세상은 짐을 잔혹한 자라 부른다. 인정사정 없이 사람을 죽인다고 두려워하지. 그러나 짐은 인명을 살상하기보다는 오히려 강화(講和)를 그 전법(戰法)으로 하여 왔다. 손자(孫子)병법에 이르듯, 전쟁에 이기는 것은 평범한 무장이나, 위대한 무장은 전쟁을 하지 않고 이긴다. 짐은 결코 조정(朝廷)을 적으로 돌린 적이 없다. 짐은 천황 위에 군림하는 자라 자부하지만, 조정에 재정적 지원만큼은 충분히 해왔다. 황궁(皇宮)의 수리는 선친대로부터 오다(織田) 가문이 부담하고 있는 것이다. 아시카가(足利)[12] 장군에 대해서도 마찬가지이다. 저들은 방치해 두면 저절로 사라질 존재들이다. 사라지더라도 전혀 상관없지만 천하를 평정하기 위한 간판으로 쓸 수 있기에 요시아키(義昭)를 새 장군으로 임명해 주었다. 이는 모두, 어떻게 하면

---

12. 아시카가 요시아키(足利義昭) : 무로마치 바쿠후(室町幕府, 1336~1573) 15대 장군으로 노부나가에 의해 장군으로 옹립되나 1573년 불화로 인해 축출됨.

피를 보지 않고 천하를 손에 넣을 수 있을 것인가 생각한 끝에 나온 정략이니라.

노부나가는 그렇게 말하고는 때마침 생각났다는 듯이 화제를 돌렸다.

— 그러고 보니 이미 저녁을 들 시간이로군. 짐은 역산대왕의 이야기를 조금 더 듣고 싶노라. 거기 누구 없느냐, 요리를 준비하여 선교사들에게 저녁을 대접하도록 하여라.

노부나가는 자리를 옮기자 손수 상을 날라 두 이방인에게 요리를 권했다. 식사는 쇼우진(精進) 요리[13]였다. 왕은 성직(聖職)에 종사하는 이들의 본분을 진정으로 이해하고 있었다. 예수교 역시 살생을 금하고 육류를 먹지 않는 것이다. 대왕은 선교사들이 식사를 마치기를 기다렸다. 이런 대접은 좀처럼 없는 일이었다. 성미 급하기로 천하 제일인 무장(武將)이 이방인들을 위해 상을 날라다 주었다는 얘길 듣는다면, 교토의 조정 가신들은 어떤 표정을 지을 것인가.

식사를 하는 동안 노부나가는 잠자코 앉아 있었다. 정작 노부나가 본인은 식사를 하지 않았으며, 가신(家臣)들에게도 퇴청(退廳)을 명하지 않았다. 이는 한마디로 선교사의 이야기를 끝까지 들어두라 명하고 있는 것과 다를 바 없었다. 밖에는 어느새 어둠이 깔려 있었다. 상을 물렸다. 노부나가는 다시 두 사람 앞에 정좌하더니 일말의 지친 기색도 없이 말을 시작했다.

— 그대들을 붙잡아 두는 결과가 되었다. 이 점, 미안하게 생각하노라. 그러나 짐은 이방인들을 신뢰하고 있다. 머나먼 남만, 그리고 천축을 건너 우리 일본에 이르렀다는 것은 여간한 고초가 아니었을 터이다. 그 노고를 이겨낸 것만으로도 그대들은 신뢰받을 만하다. 자, 그럼 머나먼 남만의 고대사에 대해 묻겠노라. 프로이스, 역산대왕이 다섯 살이 된 지점까지 얘기했던가? 그 다음 얘기를 계속해

---

13. 쇼우진(精進) 요리 : 야채만으로 만든 요리.

주지 않겠나?

　루이스 프로이스는 공손하게 예를 올리고 앉은 자세를 바로잡고는 재차 이야기를 시작했다.

　— 노부나가 전하께서는 언제 관례(冠禮)를 치르셨는지요.

　— 열셋의 나이였도다.

　— 오, 알렉산더 또한 열셋에 스승을 만났습니다. 재미있는 우연인 줄로 아뢰옵니다.

　— 서양에서도 관례는 열셋에 하는가?

　— 그렇습니다. 일본과 서양은 습속(習俗)상 은연중에 통하는 바가 있는 듯하옵니다. 실은, 제게 제안이 하나 있사옵니다. 역산대왕의 생애를 전해 올리기 전에, 전하께 도움이 될 만한 이야기 하나를 먼저 전해 올릴 수 있도록 허락해 주시옵소서.

　노부나가는 프로이스의 권유에 관심을 보였다.

　— 어떠한 얘기인고?

　— 예, 저희 서양에서는 알렉산더의 전설이 일반적으로 널리 읽히고 있사옵니다. 이 이야기는 작자에 따라 여러 가지로 차이가 있습니다. 그중에는 알렉산더가 중국을 침공하여 중국황제와 대결한다는 터무니없는 후일담을 전하는 자도 있습니다만, 현재 정본(定本)으로 다루어지는 것은 프로타르코스라 하는 희랍의 신관(神官)이 기술한 《대비열전(對比列傳)》인 줄로 아뢰옵니다.

　— 남만의 신관이라고?

　— 그렇습니다. 프로타르코스는 빼어난 학식에 뛰어난 화술까지 겸비한 인물이었습니다. 이에 그는 오랜 옛날의 무장과 영웅을 당대의 무장들과 비교하여 기

술한 책을 편찬한 것입니다. 실은 제 자신 또한 노부나가 전하의 이야기를 삼가 전해들은 동안, 노부나가 전하와 마케도니아 왕을 대비해 보았으면 하는 바람이 생긴 줄로 아뢰옵니다. 프로타르코스는 서양의 무장들을 서로 비교한 데 반해, 저는 일본과 서양의 무장을 직접 비교하는 영예를 얻게 된 것이라고나…. 아무쪼록 이러한 제 행동을 너그러이 받아들여 주시옵소서.

노부나가는 관대하게 웃어 보이며 상관없노라고 말하였다. 프로이스는 안심이 되었는지 다시 차분한 어조로 이야기를 재개하였다.

— 이를테면 일본국 역시 예로부터 전기(戰記)를 기록해 왔습니다. 전쟁에 관한 것으로 《헤이케모노가타리(平家物語)》《겐페이세이수이키(源平盛衰記)》 등이 있습니다. 더욱 이전으로 거슬러 올라가면 진무텐노(神武天皇)의 동방정벌 신화가 있습니다. 하지만 그 어디에도 전쟁의 양상을 손에 잡히도록 생생하게 전하는 책은 기실 존재하지 않사옵니다. 이에 비해, 우리 남만의 전기(戰記) 중에는 역사라는, 가능한 한 사실에 입각하여 기록한 문헌이 있사옵니다. 전쟁의 전황은 진정 눈앞에 보일 정도로 상세하게 기술되어 있습니다만, 프로타르코스의 《대비열전(對比列傳)》은 교훈이라 할 만한 소견마저 언급되어 있는 덕에 오늘날까지 널리 읽히고 있는 줄로 아뢰옵니다. 교훈이란 가르침을 말합니다. 저희가 현재 일본어로 옮기는 작업을 진행하고 있는 《이솝 이야기》는 교훈집 중 최고의 예라 할 수 있사옵니다. 일본어로는 이소보(以曾保)라 표기할 생각입니다. 노부나가 전하께서 원하신다면 한 부 선사하고 싶습니다만, 그건 그렇고 프로타르코스가 쓴 알렉산더전(傳)에서의 첫 번째 교훈은 바로 이 가르침에 관한 것이었습니다. 사람은 가르침을 받는 스승에게 크게 감화된다. 그러므로 스승은 늘 스승다운 행동을 보이지 않으면 안 된다는….

프로이스의 이야기가 길어지기 시작하자 노부나가가 말 중간을 끊으며 말하였다.

— 동감이다. 승려와 신관은 입에 발린 말로는 가르칠 수 있을지 몰라도, 실제로 하는 짓거리는 가르침과 거리가 멀다. 그들은 술을 마시고, 처(妻)를 두고, 도박을 한다. 그렇다면 왜 가르침에 있어서도 그와 같이 말하지 않느냐 말이다. 짐은 거짓을 일삼는 중들은 모두 죽여 없애도 상관없다 생각하고 있노라.

프로이스는 노부나가의 의견에 하나하나 동의를 표했다. 이어 점차 목소리를 낮추며 본론에 들어갔다.

— 말씀하신 대로이옵니다, 노부나가 전하. 분명, 오래 전 서양에는 가르침을 스스로 실천하는 훌륭한 스승이 있었사옵니다. 마케도니아 왕가는 나라의 교훈을 자손에게 전하기 위해 필리포스 2세 이전부터 최고의 스승을 초빙하는 관습이 있었습니다. 그리스의 철인(哲人) 소크라테스도 마케도니아로 와서 교육을 맡아달라는 의뢰를 받았다 하옵고, 저명한 비극작가인 에우리피데스는 페라의 궁전에 초대되어 죽을 때까지 체류하였다고 합니다. 이처럼, 가르침은 나라의 풍격(風格)을 높여 줍니다. 이에 필리포스 2세는 그 당시 가장 수준 높은 학문으로 유명했던 철학자를 외국에서 불러들였습니다. 이 철인(哲人)의 이름은 아리스토텔레스. 알렉산더는 열세 살을 기해 이 위대한 철인을 스승으로 삼게 됨으로써, 소년기를 실로 풍부한 결실과 함께 보내게 된 줄로 아뢰옵니다. 귀기울여 주십시오. 젊은 왕자에게 가르침을 전하는 위대한 교사의 이야기이옵니다.

현기증

숲 속의 차가운 공기가 목구멍을 가른다. 숨이 꽉 막히고, 모공이란 모공마다 땀이 솟는다. 나무들이 서로 겹치고 잿빛으로 보인다. 다리와 팔의 움직임이 머리에 떠올리는 것 이상으로 빨라진다. 이렇게 되면 온몸이 하늘로 부웅 떠오르는 느낌이 든다. 환각이 몰려온다. 그럼에도 불구하고 알렉산더는 계속해서 달렸다.

페라의 궁전에서 태고(太古)의 숲까지 이어진 먼길을 달릴 때면 그 피로로 인해 환각이 몰려온다. 눈앞이 하얘지고 환영(幻影)이 나타난다. 의사의 말에 따르면 숨이 극도로 가빠질 경우 대부분의 인간은 환각을 본다고 한다. 알렉산더는 몸이 하늘로 떠올라 공중을 달리는 듯한 기분이 드는, 바로 그 순간의 느낌이 너무나 좋았다. 사고(思考)가 멎고 오직 근육만이 격렬하게 숨쉬는 상태는 주객(主

춈)이 전도되어 위아래가 뒤집힌 그림과도 같았다. 특히, 격한 움직임 속에 정신을 잃어 숲을 질주하는 사튀로스신처럼 거친 기운이 몰려올 때면 몸 전체에 뻣뻣한 털이 자라고, 짤막한 꼬리가 솟고, 다리가 발굽으로 변화하는 것 같은 체험을 맛볼 수 있었다. 물론, 알렉산더의 몸에는 성인 남자로 보여질 만한 야수 같은 굵은 털은 없었다. 이제 막 일곱 살이 된 몸에는 곱슬거리는 갈색의 머리카락, 그리고 반짝반짝 빛나는 솜털밖에 없었다.

전력으로 질주하는 동안 그의 하얀 피부가 붉게 물들었다. 전신이 뜨거워진다. 타는 듯이 뜨거워진다. 이렇게 열이 오르는 동안 이성은 완전히 사라지고, 그 다음엔 자신이 무엇을 하고 있는지도 모르게 된다. 알렉산더는 이 순간을 각별히 사랑했다.

숲 그늘의 웅덩이를 발견한 그는 튜니카를 벗어 던지고 물보라를 일으키며 물 속으로 뛰어들었다. 수없이 많은 하얀 기포가 전신을 감싸 그의 몸을 연못에서 밀어내려 한다. 그러나 그는 개의치 않고 양팔을 움직인다. 두 다리를 아래위로 움직인다. 포말을 차고 물 속에 하얀 벽을 만든다. 입에서도 공기방울이 계속 뿜어져 나온다. 몸 안의 열이 급격하게 식어 간다. 저항하듯 전신을 움직여 헤엄을 친다. 몸 안에 타는 불꽃이 기세를 되찾는다. 전신이 다시금 붉은빛을 머금는다. 알렉산더는 그제야 수면으로 얼굴을 내민다. 조금만 더 가면 저편 절벽에 도착한다. 숨을 돌릴 틈도 없이 웅덩이를 가로지르고 재빨리 땅에 올라 다시 풀 위를 달리기 시작한다. 왜 이렇게 달리는 것일까. 왜 여기까지 몸을 끓도록 하는 게 좋은 것일까. 달리면서 생각했다.

우선, 이 육체적인 고통은 그에게 형언할 수 없는 열락을 안겨 주었다. 그리고 격정으로 치달아 제정신을 잃을 때면 뭔가 두려우면서도 멋진 세계를 잠시나마

볼 수 있는 환희가 주어지는 것이었다. 그러나 거기까지였다. 달리며 생각해낸 이유는 거기까지였다. 그의 의식은 때마침 흐려져 진정한 이유가 마음의 표층에 떠오르는 것을 막았다.

왜 알몸으로 숲을 이리저리 달리고 싶은 것일까?

이유는 얼마든지 댈 수 있었다. 그러나 무의식 속에 끊임없이 울려 퍼지는 목소리가 있었으니…. 올림피아스! 어머니의 이름이었다. 아니, 그에게 있어서는 숲의 정령과도 마찬가지였다. 어릴 때부터 어머니의 온기가 그리워질 때면 가끔 숲으로 헤매곤 했다. 본능적인 예지라고 불러야 옳을 것인가. 어머니가 궁전에 없을 때 어느 곳을 찾아 헤매야 어머니를 만날 수 있을지 소년은 알고 있었던 것이다.

숲을 돌며 걷는 것이다. 깊고 깊은 숲 속 구석진 곳에 문득 기분 나쁜 찬가 소리가 들려오면, 그곳이 어머니가 있는 곳이다. 아무리 보고 싶더라도 어머니를 발견했다고 그대로 달려가서는 안 된다. 숲 속에서 알몸이 되어 머리칼을 구불거리는 뱀처럼 풀어헤친 어머니는 필리포스의 아내, 올림피아스가 아니다. 알렉산더의 어머니, 올림피아스 또한 아니다. 숲의 정령, 사튀로스와 디오니소스 신에게 몸도 혼도 모조리 바친 무녀, 사모트라케 밀의(密儀)의 제주(祭主), 신들린 야수의 암컷. 그래서 알렉산더는 제사를 올리는 어머니에게서 가장 가까운 덤불을 택해 우선 몸을 숨겼다.

어머니가 팔다리를 비틀고, 허리를 돌리고, 가슴을 젖히고, 머리카락을 뒤흔들며 춤을 추고 있었다. 금색의 목걸이와 팔찌, 그리고 날카로운 소리를 내는 발찌 외에 몸에 걸치고 있는 것은 아무것도 없었다. 하얀 피부가 알렉산더의 시선을 붙들어 맸다. 너무도 아름다운 피부였다. 살갗 밑을 흐르는 피가 비쳐 보일 정도로 하얗고 투명한 피부였다.

어찌 말하면 좋을 것인가. 그것은 어머니를 보는 어린아이의 눈과는 다른 것이었다. 숲 그늘에서 사냥감을 노리는 늑대의 눈이었다. 바로, 야수로 되돌아가 전신에 거친 털을 돋운 알렉산더가 잡아먹을 듯이 늑대의 암컷을 바라보는 눈이었다. 실제로 알렉산더의 몸의 일부는 자신도 수습할 수 없는 변화를 일으키고 있었다. 그 변화가 무엇을 의미하는지, 어린아이의 이성으로는 해명할 수 없었으나 본능만은 이미 알고 있는 듯했다. 크게 웃어젖히더니 변화한 부분을 손가락질하며 수근대고 있었다.

그때였다. 몸 안에서 단숨에 열이 오르더니 온몸이 타는 듯이 뜨거워졌다. 너무나 달아오른 나머지 땀조차 솟지 않는다. 눈앞에는 핏빛 안개가 서리고 팔다리가 제멋대로 움직이기 시작한다. 그 시점부터 그의 의식은 전혀 다른 별개의 것으로 변해버렸다. 자신의 행동이 보이기는 했지만 타인의 모습이라도 보는 것처럼 감각이 사라졌다. 아픔도, 괴로움도, 쾌감도, 아무것도 느껴지지 않았다.

알렉산더는 그때 처음으로 덤불 밖으로 나아갔다. 나무들 사이에 자리한 빈터로, 몇몇 여관들과 저주스러운 밀의에 빠진 올림피아스가 있는 그 곁으로 걸어나간다. 올림피아스는 숲 그늘에서 반신반수(半神半獸)의 사튀로스가 나타난 것을 알아채고는, 이 세상의 것이 아닌 듯한 웃음을 지어 보인다. 이어 작지만, 난폭한 수신(獸神)을 제례(祭禮)의 원 안으로 맞아들인다. 어머니는 어린 수신 앞에 무릎을 꿇고 입고 있던 튜니카를 정성스럽게 벗겨준다. 그 사이 그는 미동도 없이 머문다. 어머니의 것과 같은 새하얀 살이 드러난다. 마치 흐르는 피가 비쳐 보일 듯이 붉은 색을 머금고 있다.

몸 안의 수줍은 변화를 일으킨 부분도 드러내어졌다. 그러나 이미 부끄러움은 없었다. 오히려 자랑스럽게 앞으로 밀어낸다. 어머니는 궁전에서는 한 번도 보인 적 없는 고운 웃음을 띠며 눈을 반쯤 감은 채 어린 수신(獸神)의 그 부분을 입술로 감쌌다. 천둥소리가 난다. 그의 머리 속만큼은 번개가 번쩍인다. 눈앞이 하얘진다. 정신이 들고 보니, 어머니와 함께 미친 듯이 밀의 춤을 추고 있었다. 육안으로 보는 것이 아니다. 그러나 이 광연(狂宴)을 지켜보는 또 다른 눈이 있다는 사실을 알렉산더는 이미 알고 있었다. 핏발이 선, 깜빡거리지도 않는 눈. 너무나도 검은 얼굴 탓에 눈만 드러나 보인다. 그것이 신(神)인지 아닌지 어린 알렉산더는 알 수가 없었다. 그러나 그 눈의 뚫어질 듯한 시선을 받자 몸 안의 피가 끓어올랐다. 춤은 더욱 격렬해지고 급기야 미칠 지경에 이르렀다. 알렉산더는 이대로 무너져 내릴 것만 같았다. 그러나 어머니가 용서치 않는다. 허리를 내맡긴 채 다시 춤을 계속 출 것을 재촉당한다.

— 당신은 신이 되는 거에요. 신! … 아킬레우스!

어머니의 뜨거운 한숨과 열띤 말들이 그의 귀에 실려 왔다. 현기증이 났다. 숲이 빙글빙글 돌기 시작했다. 무성한 나뭇가지 사이로 비쳐야 할 햇빛이 발밑에서 비치고, 대지는 어느샌가 하늘 위에 있었다. 그 대지를 그의 두 다리가 떠받들고 있다. 가볍게 뛰어오르면 그 발은 대지를 벗어나 아래로 떨어졌다.

이미 이 세상의 광경이 아니었다. 알렉산더는 태고(太古)의 숲으로 되돌아갔다. 신들이 아직 지상에 있던 시대, 아니 인간 대신 신만이 살고 있던 오랜 옛날. 그 숲에서 길을 잃고 방황하고 있던 알렉산더 역시 신으로 변하였다. 그 순간이었다. 이것이 과연 몇 살 때의 일이었던가. 일곱 살, 분명 일곱 살이었다. 다른 차원으로 그 모습을 바꾼 숲이 갑자기 무너져 내렸다. 신께 바치는 술병을 땅 위에

던져 깨듯이 태고의 숲은 한순간에 허물어졌다. 무슨 일이 생긴 것일까? 그 당시는 물론 지금도 전혀 기억하지 못한다.

무시무시한 고함소리가 들려오고 신들의 공간이 산산이 부서졌다. 그 부서져 내린 틈 사이로 원래의 고요한 숲이 드러났다. 떨어져 내린 파편들이 환영이 되었다 사라지자, 대신 궁전의 숲이 견고한 녹색의 벽을 점차로 넓혀 갔다. 지면(地面)의 찬 기운이 갑자기 발밑에서부터 타고 올라왔다. 열기가 사라지고 등골에 오한이 일었다. 알렉산더는 이미 어린 수신(獸神)이 아니었다. 옆에 있던 모친도 평소 어머니의 모습으로 되돌아와 있었다. 긴 머리카락으로 얼굴을 가린 채 유방과 탐스러운 하복부 아래를 손으로 가리고 서 있다.

정신이 들고 보니 앞에 왕이 있었다. 꽈악 움켜쥔 주먹으로 미루어 보건데 노여움에 떨고 있음이 분명했다. 부왕 뒤에는 두 명의 장군이 서 있었다. 파르메니온과 아타로스였다. 모두 입을 굳게 다문 채 침묵만을 고집하고 있었다.

다리가 갑자기 비틀거렸다. 서 있을 수가 없게 되자 그대로 땅 위에 주저앉고 말았다. 섬뜩한 냉기가 엉치께를 삼켰다. 아버지는 아무 말도 하지 않고 앞으로 나오더니 눈 깜짝할 사이에 모친을 쳐서 날려보냈다. 어머니의 머리채가 검은 방패처럼 펼쳐졌다고 생각한 순간, 갑자기 시들더니 지표 위로 흐르듯이 떨어져 내렸다. 아버지는 걸치고 있던 붉은 망토를 어깨에서 잘라내어 쓰러진 모친 위에 던졌다. 그리고 알렉산더의 곁으로 몸을 굽혔다. 무서운 눈이었다. 노여움과 증오에 불타는 눈이었다. 아버지는 아들의 턱을 손가락으로 슬쩍 들어올리고는 있는 힘껏 따귀를 갈겼다. 그 아픔이 알렉산더에게 이성을 회복시켜 주었다. 아들은 눈에 눈물이 가득 고인 채로 아버지를 노려보았다. 그러나 필리포스는 강철처럼 억센 손으로 아들의 어깨를 움켜잡았다. 불에 달군 집게로 집힌 듯한 심한 통

증이 어깨부터 목덜미를 타고 달렸다.

— 알렉산더! 너는 무당의 굿판이나 익힐 작정인 게냐!

아버지는 그렇게 큰소리로 외치고 다시 한 번 손바닥으로 아들의 뺨을 갈겼다.

— 내가 언제 무녀가 되라고 명했느냐! 언제!

그렇게 외치며 더욱 세게 때렸다. 몸을 추스릴 틈도 없었다. 때리는 대로 몸을 맡긴 채 그래도 계속 부왕을 노려보았다.

— 당신에게는 그런 말을 할 권리가 없어요!

어머니의 새된 목소리가 들렸다. 망토를 몸에 감아 두르고 몸을 반쯤 일으켜 세운 올림피아스는 적의를 담은 눈동자로 남편을 쏘아보고 있었다. 필리포스는 몸을 틀어 이번에는 아내의 뺨을 올려붙였다.

— 대체 무슨 교육을 시키고 있는 게냐! 네 년은 알렉산더마저 뱀이나 부리게 만들 속셈인 게냐!

올림피아스는 잡아먹기라도 할 것처럼 남편에게 대들었다.

— 인간의 행동을 명하는 것은 신이에요. 신의 말을 듣는 것이 보다 잘사는 방법이라구요. 신의 말을 직접 듣는 방법을 내 아이에게 전수하는 게 뭐가 잘못된 건가요!

올림피아스는 한치도 물러서지 않았다. 필리포스 앞에 버티고 서서 흐느껴 우는 아들을 끌어안았다. 이것이 필리포스의 노여움을 다시 불러일으켰다. 그는 검을 빼어 들고 그 날끝을 그녀의 유방에 들이댔다. 피가 한줄기 붉은 실이 되어 흘러내렸다.

— 아앗!

그녀는 신음하며 입술을 깨물었다. 필리포스를 올려다보는 눈동자는 증오로 가득 차 있다.

— 바보 같은 것들! 그런 야만스러운 밀의는 때려치란 말이다! 신탁이라면 최고로 권위 있는 델포이의 신전에 맡길 일이다. 그곳의 무녀는 너보다도 훨씬 영험하다. 네게는 알렉산더를 왕의 아들로 키워낼 의무가 있단 말이다! 벌거벗고 춤추는 무리로 끌어들이다니, 왕의 아들을 원숭이로 만들 참이냐!

부왕은 사납게 외쳐댔다. 그러나 그녀에게도 평소에 쌓인 불만이 있었다.

— 제멋대로군요! 당신이 언제 궁전에 머문 적이 있던가요? 늘 전쟁터! 왕자의 일 따윈 안중에도 없는 주제에! 무엇보다, 전쟁터에 왜 여자를 데리고 가죠? 왜 여기저기 도시마다 첩을 두냐구요! 왕비인 나는 도대체 당신의 뭔가요? 왕자의 유모라고 할 참인가요!

— 어리석은 것!

다시 따귀가 날아들었다. 올림피아스는 울부짖으며 맹렬한 기세로 남편에게 덤벼들었다.

— 당신에게 때릴 권리 따윈 없어요! 당신을 저주할 거에요! 난 알렉산더를 신관(神官)으로 만들고 싶단 말이에요. 이 아이에게는 소질이 있어요. 신관인 동시에 대왕이기도 한—이것이 마케도니아와 에페이로스 연합 왕국에 가장 훌륭한 왕이에요. 고국(古國) 에페이로스의 왕은 디오니소스 밀의의 사제이기도 하다구요!

— 이젠 됐다. 올림피아스, 너는 뱀에게 안겨 있거라. 네 소원대로 해주겠다. 얼마든지! 하지만 알렉산더만큼은 안 된다. 나의 후계자다. 이제부터 교육은 내 손으로 하겠다!

필리포스는 그렇게 말하고는 숲 저편으로 사라져 갔다. 파르메니온과 아타

로스는 결국 끝까지 말 한마디 하지 않은 채 왕을 따랐다. 숲 속에는 모자(母子)만이 남겨졌다. 알렉산더가 몸을 떨고 있다. 어머니는 검은 머리카락으로 아들을 감싸들이듯 품어 안았다. 어머니의 살이 불처럼 뜨거웠다.

올림피아스, 나의 어머니

어린 알렉산더에게 결정적인 영향을 끼친 인물을 꼽는다면 이는 분명 어머니인 올림피아스였다. 어머니는 과연 아들에게 어떠한 교육을 시켰을까? 이는 다음과 같은 일화를 통해 충분히 짐작할 수 있다.

올림피아스는 아들의 양육을 위해 모국(母國)의 친척 중 하나인 레오니다스를 지명했다. 이에 레오니다스는 이방의 학자 류시마코스를 교사로 초청하여 왕비가 명한 대로 교육토록 하였다. 즉, 류시마코스는 왕자를 늘 아킬레우스라 부르고 신화 속 아킬레우스의 스승이었던 피오이니쿠스란 이름을 자신의 이름으로 하였다. 두 사람은 말 그대로 신화 속의 아킬레우스와 스승 피오이니쿠스가 되었던 것이다. 공상(空想)의 위력을 수단으로 하여 동경하는 대상이 되는 것. 연극 배우처럼 역에 몰두하는 것. 이렇게 목표하는 인물과 한 몸이 되면 원망(願望)은

그 염원을 통해 이루어진다. 신들림을 통한 접신(接神)의 체험을 쌓아온 올림피아스에게 잘 어울리는, 원망(願望)을 성취하는 방법이었다.

모친은 어린 시절부터 아름다운 아들에게 계속해서 암시를 주었다.

— 그대의 아버지는 저런 필리포스 따위가 아니에요. 전능한 신, 제우스랍니다. 제우스가 뱀으로 변신하여 내 곁으로 왔어요. 그러고 나서 그대를 잉태한 거랍니다.

입에 담기에도 조심스러운 이 말은 바로, 그녀가 아들을 향해 불어넣은 친부(親父)를 둘러싼 환상이었다.

이 암시는 알렉산더의 마음에 확신을 심어 주었다. 자신에게는 신의 피가 흐르고 있다는. 후일 알렉산더가 모친에게 쓴 편지를 보면, 이 확신은 절대적인 것임이 분명했다.

어머님, 저는 리비아 사막의 시와라는 오아시스에 와 있습니다. 이곳에서 아몬 신(神)을 섬기는 신관으로부터 어머님만이 이해하실 수 있는 비밀의 신탁(神託)을 받았습니다. 그것은 제 아버지에 관한 비밀인 듯합니다. 귀국하는 대로 찾아 뵙고 이 신탁을 전해 올리겠습니다.

비밀이란 아마 알렉산더가 제우스의 아이라는 출생에 얽힌 이야기일 것이다. 이유인즉슨 이집트의 아몬 신이란 그리스의 제우스 혹은 아폴론과 동격(同格)의 신이기 때문이다. 신탁은 결국 모친에게 전달되지 않은 듯하지만서도 말이다.

아마 알렉산더는 모친을, 그 마술적인 예언벽(豫言癖)과 무녀의 업(業)에 관해서만큼은 무시무시한 마녀라 여기고 있었을 것이다. 그만큼 모친을 두려워했다.

모친 올림피아스는 어떤 일이든지 강신 상태에서 얻은 신탁에 의지하곤 했다. 신의 명령이기 때문에 무슨 일이 있어도 그에 복종하지 않으면 안 된다는. 그리하여 그녀는 남편인 필리포스 2세에게도 신탁을 강요한 흔적이 있다. 두 사람의 사이가 급격히 악화된 가장 큰 이유 또한 이 때문이다. 왜냐하면 필리포스 2세 자신은 상당히 천재적인 정치가로 지리멸렬한 신탁에 귀를 기울일 마음 따윈 전혀 없었기 때문이었다.

어쨌든 훗날 알렉산더를 광기로 이끈─스스로를 신이라 칭한 오만한 자세는 분명 모친으로부터 다져진 교육에서 유래한 것이었다. 이것말고도 더없이 중대한 가르침 하나가 모친으로부터 아들에게 전수되었으니 그것은 비밀의 지식이었다. 세상에는 신과 접하지 않고서는 손에 넣을 수 없는 초월적인 예지(叡智)가 있다. 문자(文字)로 남겨서도 아니 되고, 다른 이에게 전해서도 아니 되는. 그저 신과의 사이에서만 논할 수 있는 것들이 있다. 그것은 우주와 세계의 본질에 관한 예지인 것이다. 모친은 그것을 무녀로서 광란상태에 빠졌을 때에 체득하였다. 이에 그녀는 아들에게도 밀의를 체험시킴으로써 신을 접할 수 있는 훈련을 조금씩 실행하고 있었던 것이다.

아버지의 가르침

한편, 부왕 필리포스 2세 또한 교육에 있어서는 올림피아스 못지 않은 정열을 지니고 있었다. 마케도니아 왕가(王家)는 성립 당시부터 대학자를 궁전에 초빙하는 일에 적극적이었다. 그리스 연방에게 야만국(野蠻國)이라 무시당하기 싫었던 역대의 왕들은 그리스에서 최고의 두뇌를 불러들였다. 잘 알려진 인물로는 비극 작가 에우리피데스. 그는 페라의 궁전에 체류하며 《바커스의 무녀(巫女)》를 시작으로 몇 편인가의 희곡을 저술하였다. 사망한 것 또한 페라의 땅이었다. 아테네에서 명성을 떨치던 소크라테스를 페라의 궁전으로 초청하려 한 것 또한 마케도니아 왕가였다. 결과적으로는 실패했으나 그 적극적인 시도는 인정받아 마땅하다.

당연 필리포스왕은 아들이 그리스어를 배워 그리스 말을 자유자재로 쓸 수 있게 되기를 바라는 마음이었다. 그들이 자랑하는 헬레니즘 문화권에 속하기 위해서는 어떻게 해서든 그리스어를 몸에 익힐 필요가 있었다. 부왕은 아들이 열세 살이 되자 그리스 문화의 진수를 몸에 익힌 교사를 찾기 시작했다. 낙점을 받은 인물은 아리스토텔레스였다. 모든 학문을 총합하여 철학에서 자연과학, 신학(神學)에서 동식물학까지 연구한 거장. 그러므로 아리스토텔레스에게는 하늘 아래의 문제는 모르는 것이 없는 것이다.

그러나 이러한 대학자를 마케도니아의 일개 가정교사로 썩히는 것은 안타까운 일이었다. 그리스 연방 전체의 손실이라고까지 일컬어졌다. 또한, 아리스토텔레스 자신도 가능하면 변방으로는 가고 싶지 않았을 것이다. 그렇다면 아리스토텔레스는 어떠한 경로를 통해 마케도니아로 오게 된 것일까. 결론부터 말하자면, 초빙료로 지불된 어마어마한 비용과 오랜 옛날부터의 친분이 효력을 발휘하였다. 예전, 아리스토텔레스의 부친 니코마코스는 마케도니아 왕궁의 시의(侍醫)로 고용됐던 적이 있었다. 니코마코스가 페라에 머물렀던 것은 필리포스의 선친이었던 아뮨타스 3세 시대였다. 어쩌면 필리포스도 이 시의와는 안면이 있었을지도 모른다. 그 인연은 자손들의 시대에도 여전히 이어져 왕궁의 몇몇인가는 아리스토텔레스가(家)와 친분을 유지하고 있었던 듯하다. 필리포스 2세는 이 연줄에 기대어 끝내는 아리스토텔레스를 페라로 초빙하는 데 성공하였다.

아리스토텔레스는 스승인 플라톤에 이어 그리스 세계 최고의 학자였다. 열일곱 살에 플라톤의 아카데미에 들어가 스승 밑에서 어언 20여 년을 계속 학문에 매진하였다. 스승의 사후에는 소아시아 서안(西岸)에 있는 레스보스섬에 정착하여 생물과 자연 현상의 연구에 몰두했다. 소아시아의 서안 지방은 아리스토텔레스에게 있어 의미 깊은 곳이었다. 이곳은 고도(古都) 트로이에 가까운 역사의 고

장인 동시에, 플라톤을 존경하고 흠모하는 유력한 귀족 헤르메이아스가 지배하는 곳이기도 했다. 그는 이곳에서 친우 헤르메이아스의 양녀를 처로 맞이하였고, 또한 자신의 조카인 젊은 카리스테네스와 함께 살고 있었다. 이는 아리스토텔레스가 이곳에 정착할 생각이었음을 의미한다. 무엇보다도 에게해(海), 그 천혜의 자연이 풍성한 이곳은 자연과학을 연구하기엔 더할 나위 없는 장소였다.

마케도니아와 이곳 소아시아 지역은 헬레스폰토스 해협을 사이에 두고 바로 이웃해 있었다. 소아시아라고는 하지만 그곳에 트로이가 있었다는 사실로 미루어 보더라도 분명, 그리스 문화권에 속하는 지역이다. 그러나 실제로 이곳을 지배하는 것은 페르시아 제국이었다. 그러므로 필리포스 2세에게 있어서는 아리스토텔레스의 연구지가 자리한 소아시아 서안은 전략적으로도 매우 의의가 깊은 지역이었다.

아마도 필리포스는 어린 시절, 아리스토텔레스와 친분이 있었음에 분명하다. 그가 소아시아를 페르시아 제국으로부터 해방시킨다는 정치적 목표에 관해 아리스토텔레스의 조언을 구했으리라는 것은 전혀 불가능한 일이 아니다. 이 대(大)학자는 이를테면, 페르시아 점령지의 그리스인 대표로서 마케도니아의 페르시아 정복에 협력할 것을 요청받은 게 아닐까.

그 증거가 있다. 필리포스 2세는 아리스토텔레스의 후원자였던 헤르메이아스와 군사적인 밀약(密約)을 맺었다. 이 군사동맹은 양편이 힘을 합해 소아시아 서안을 페르시아의 손에서 독립시키자는 것이었다. 이 밀약을 맺은 이유가 또한 흥미롭다. 사실 필리포스 2세는 아리스토텔레스를 소아시아에서 초빙하기 수개월 전, 이미 페르시아 제국의 알타 크세르크세스 3세와의 사이에 평화 조약을 체결한 상태였다. 그 내용은 한마디로 상호불가침 조약이라 할 수 있었다. 마케도니아는 소아시아와 모종의 관계도 맺지 않으며 페르시아 또한 그리스 연방을 공격하지 않는다는 서약이었다. 이 조약은 서로의 필요성에서 나온 일종의 보험 대책이기도 하였다. 이는 페르시아에 있어 소아시아 서안은 반항과 반란을 반복하는 도시가 집중된 곳이었기 때문이다. 만에 하나 이곳이 마케도니아와 손을 잡는다면 페르시아를 위협하는 세력이 되지 않는다고는 장담할 수 없었다.

한편, 마케도니아에게 있어서 다루기 힘든 지역은 자존심 강한 폴리스가 집중된 그리스 본토였다. 특히 지도적 위치에 있었던 아테네에는 그리스에서 유일하게 성실한 정치가라 불리는 데모스테네스가 있었다. 그는 무력으로 그리스를 침략하는 변방의 야만 왕국 마케도니아를 북방의 숲으로 쫓아낼 수단을 끊임없이 모색하고 있었다. 그러나 막강한 변경 왕국의 전력(戰力) 앞에 그리스의 군사력은 상대가 되지 않았다. 그때 눈 여겨 본 것이 바로 페르시아의 존재였던 것이다. 그것은 바로 그리스가 가진 유일한 무기, 외교를 통해 페르시아와 손을 잡는 것이었다. 데모스테네스의 머리 속을 가득 채우고 있던 것은 그것을 실현할 전략을 짜내는 일이었다.

이러한 이유로, 양쪽은 불가침 조약을 체결하기에 이르렀다. 반면, 이는 필리포스의 위장 공작이기도 했다. 페르시아와 악수를 한 그 손으로 실제로는 페르시아를 치려는 헤르메이아스와도 악수를 하고 있었기 때문이다.

아리스토텔레스는, 이를테면 소아시아와 마케도니아의 연결을 중개하는 사자(使者)와도 같은 역할을 맡고 있었다. 그렇기 때문에 부왕 필리포스는 모친 올림피아스와는 전혀 다른 관점에서 알렉산더의 교육 방침을 정하였다. 부왕은 아들에게 페르시아를 정복하고, 그리스를 지배할 대왕에게 필수 불가결한 교양과 능력을 갖춰주려 하였다. 부왕은 그 어미가 모든 것을 지배하는 펠라의 궁전을

피해 서남방에 펼쳐진 베르미온 산맥 중턱에 새로운 학문의 장을 마련했다. 이곳에서 3년 동안, 아리스토텔레스는 마케도니아의 황태자에게 그리스 문화의 진수를 철저하게 학습시켰다.

미에자의 학원에서

눈부신 햇살과 부드러운 목초로 둘러싸인 낙원의 향기마저 스며나는 학원이 었다. 그러나 오늘만큼은 강당도, 정원도, 숙사(宿舍)도 깊은 슬픔으로 가득 차 있었다. 그중에서도 스승 아리스토텔레스의 슬픔이 가장 컸다. 올해로 마흔하나 인 스승은 점점 희어지는 머리카락을 넓은 이마 위에 드리우고, 얼굴을 양손으로 덮은 채 제단 앞에 웅크리고 있었다. 조카인 카리스테네스도 울고 있다. 제단 앞 에는 커다란 나무 상자가 놓여 있었다. 안에 든 것은 아름다운 비단 튜니카, 새 양 피지, 필기구, 그리고 술이 든 술병이었다.

스승의 뒤에는 제자들이 엎드려 절을 하고 있었다. 필리포스 2세의 후계자 알렉 산더, 알렉산더의 소꿉친구 헤파이스티온, 파르메니온 장군의 아들 필로타스, 안 티파트로스 장군의 아들 카산드로스, 그리고 유력한 귀족의 아들 프톨레마이오

스. 모두 알렉산더 왕자와 비슷한 또래의 소년들이었다. 왕자가 부왕을 계승하여 마케도니아 왕위에 오를 때 왕을 보좌하는 유력한 장군이 될 정예들인 것이다.

침묵이 이어졌다. 마치 낙원처럼 화창한 오후, 강당 한구석에는 슬픔이 감돌고 있었다. 아리스토텔레스는 힘없이 일어서서는 제단을 향해 사자(死者)의 이름을 세 번 외쳤다.

헤르메이아스.

헤르메이아스.

헤르메이아스.

이어 뒤에 서 있던 제자들에게서도 낮게 중얼거리는 소리가 울려 퍼졌다.

헤르메이아스, 헤르메이아스, 헤르메이아스….

다시 침묵이 흐르기 시작하였다. 스승은 카리스테네스의 도움을 받아 나무 상자를 들어올리더니 어둑어둑한 강당을 나와 정원으로 향했다. 아름다운 햇살이었다. 정토(淨土)의 꽃〔아마란스〕[14]이라 불리는 노란색 꽃이 흐드러지게 핀 정원 구석에는 새로 구덩이가 파여 있었다. 흙 냄새가 감돈다. 아리스토텔레스는 나무 상자를 그곳까지 들고 갔다. 제자 중 한 명이 스승을 대신하여 무거운 상자를 들려 하였으나 이내 거절당하고 말았다. 할 수 없이 알렉산더는 헌화(獻花)를 받들고 프톨레마이오스가 술병을 끌어안았다. 나무 상자를 구덩이에 묻었다. 아리스토텔레스는 '편히 쉬소서. 부디 대지가 그대에게 너무 무겁지 않기를.' 하고 인사를 고했다.

제자들의 손으로 흙을 덮었다. 땅 고르기〔정지(整地)〕가 끝난 후 프톨레마이오스가 앞으로 나아가 술병을 기울였다. 포도주의 달콤한 향이 솟아올랐다. 흙

---

14. 아마란스(amaranth) : 영원히 시들지 않는다는 상상 속의 꽃. 비름속(屬)의 식물로 노란색 혹은 자주색의 꽃을 피움.

이 그 향내와 함께 술을 머금었다. 마치 땅 밑의 혼령에게 술을 전해 주려는 듯이. 이어서 알렉산더가 아마란스를 바쳤다. 찬가가 울려 퍼졌다. 참례(參禮)한 사람들도 낮은 목소리로 음률을 더했다. 천국을 비추듯 아름다운 태양이 장례식을 지켜보고 있었다. 그런데도 장례중에는 내내 으스스한 추위가 느껴졌다. 태양이 더운 열기를 제 안에 가두어 버린 것만 같았다.

식이 끝났다. 아리스토텔레스는 제자들을 모아 놓고 죽은 이를 기리는 강의를 시작했다. 스승의 하얀 튜니카가 눈부셨다. 가장자리를 장식한 금실이 반짝반짝 빛났다.

— 제자들이여! 오늘처럼 슬픈 날은 일찍이 나에게 없었다. 내가 소아시아에 있을 당시, 모든 지원을 아끼지 않았던 학우(學友) 헤르메이아스가 페르시아인에게 처형되어 이 세상을 떴다. 여기에 헤르메이아스 최후의 유언이 있다. 카리스테네스, 그 유언을 모두에게 전해라.

카리스테네스는 예를 올리고는 소년다운 높은 목소리로 이렇게 읊었다.

— 내 벗에게 전해라. 나는 철학을 사랑하는 자에게 어울리지 않는 것을 행하지 않았으며, 또한 평소 입에 올린 말과 다른 언동(言動)을 일절 하지 않았음을.

아리스토텔레스는 고개를 떨구었다. 그리고 격한 목소리로 명하였다.

— 한 번 더!

카리스테네스는 잠시 주춤하였으나, 곧 정신을 가다듬고 낭독을 시작했다.

내 벗에게 전해라.

나는

철학을 사랑하는 자에게 어울리지 않는 것을 행하지 않았으며,

ALEXANDER 

또한 평소 입에 올린 말과 다른 언동(言動)을

일절 하지 않았음을.

침묵이 계속되었다. 아리스토텔레스는 주름투성이 눈가를 눈물로 적셨다. 한동안 그대로 서 있던 그는 한두 번 눈시울을 닦은 후 제자들을 둘러보았다.

— 알겠는가, 이것은 평소의 학문으로는 결코 얻을 수 없는 훌륭한 현실의 가르침이다. 헤르메이아스는, 인간은 언젠가 죽게 마련이라는 것을 가르쳐 주었다. 방금 낭독한 최후의 유언에 있던 대로.

스승은 다시금 제자들을 둘러보았다. 소년들은 입을 다물고 고개를 수그린 채 스승의 창백한 얼굴을 올려다본다. 아리스토텔레스는 말했다.

— 평소, 나는 너희들에게 지혜를 사랑하라고 가르쳤다. 지혜는 정치나 전쟁과는 관련된 바가 없다. 꽃을 관찰하여 진리를 깨닫는다. 구름을 보고 하늘의 모양을 인식한다. 이것은 지혜의 공로(功勞)인 것이다. 그러나 우리들은 자연 안에 있는 동시에 인간이 만든 사회 속에 있다. 사회를 관찰할 경우, 우리는 지혜만으로는 사회를 이해할 수 없다. 왜냐하면 지혜는 신에게 속한 것으로, 신이 만든 자연을 해명하기 위한 도구이기 때문이다. 한편, 사회는 인간이 만든 것이기에 어느 정도의 도리(道理)와 많은 오류(誤謬)와 더 더욱 많은 악의(惡意) 등으로 이루어져 있다. 우리는 사회를 대함에 있어 지혜와 함께 논리(論理), 다시 말해 삶에 대한 방법이라는 척도를 늘 준비해 두지 않으면 안 된다.

아리스토텔레스의 목소리에 점차 힘이 실렸다. 스승은 자연을 공부할 때는 지극히 자상하고 온화하게 지도한다. 마치 안내자 같은 인상이다. 그러나 사회를 공부할 때면 자상함이라고는 눈을 씻고 찾아볼래야 볼 수가 없다. 엄격하게, 냉정하게, 한층 비판적으로 변한다.

— 헤르메이아스는 너희들도 알다시피, 나의 은사(恩師) 플라톤의 학문을 사랑했던 진정한 철학자였다. 또한, 이치에 맞지 않게 복종을 강요해 오는 페르시아에 대항하여, 의연한 태도를 견지해 온 그리스인이었다. 그는 오래도록 소아시아를 유린해 온 페르시아를 물리치기 위해 마케도니아와 동맹을 맺었다. 내가 지금 이렇게 너희들 앞에서 강의를 할 수 있는 것도, 양국의 동맹이 성립된 덕이다. 나 역시, 대국 페르시아에 대항하는 길은 마케도니아를 포함한 전(全)그리스 세력이 단결하는 것 외에는 없다고 생각하고 있다. 언젠가 너희들에게 군사학(軍事學)과 정치학(政治學)을 가르칠 생각이지만, 하나의 민족에 있어 자치(自治)와 자부심이 사라지는 것만큼 비통한 사태는 없다. 현재의 소아시아는 바로 그러한 상태에 놓여 있다.

— 나의 벗 헤르메이아스가 페르시아군에게 살해되었다. 비밀리에 마케도니아와 내통하여 모반을 획책한 죄라고 한다. 페르시아는 당초부터 헤르메이아스를 위험 인물로 지목해 왔다. 작은 꼬투리라도 잡히는 날에는 그대로 잡아들여 목을 날려버리겠다고 별러 왔다. 불운하게도 그 덫에 걸리고 만 것이다. 아마도 밀고한 자가 있었을 것이다.

— 제군들, 알겠는가. 이처럼 사회는 거대해지면 질수록, 이질적인 것과 섞이면 섞일수록, 헤르메이아스 같은 덕망 있는 인사(人士)가 희생된다. 그런 혼란한 사회에서는 윤리(倫理)나 도리(道理) 대신, 악의(惡意)와 사리(私利)가 위세를 떨친다. 질서는 무너지고 카오스가 지배하는 곳이 된다. 인간 사회에 카오스가 번지면, 그것은 곧 우주의 확고한 질서를 붕괴시키는 힘이 되는 것이다.

— 알았는가, 제군들이여! 우주는 질서로 이루어져 있다. 만약 인간 사회가 영

원히 평화를 유지하고 싶다면 질서를 회복하는….

스승의 목소리는 이미 평소의 힘차고, 다소 날카로운 소리로 변해 있었다. 아리스토텔레스는 제자들을 둘러보았다. 그리고는 상기된 얼굴로 스승을 바라보는 알렉산더의 시선에 부딪혔다. 스승은 말했다.

— 알렉산더, 뭔가 하고 싶은 말이 있는 게냐?

왕자는 스승의 돌연한 물음에 침을 한 번 삼킨 후, 질문했다.

— 여쭙겠습니다. 인간 사회의 질서란 어떤 것입니까?

아리스토텔레스의 눈에 어두운 불길이 일었다. 너는 지금 이 순간만큼은 마케도니아의 왕자가 아니다. 한 명의 제자에 불과하다. 바로 그렇게 말하는 눈이었다.

— 알렉산더, 듣거라. 우주의 질서는 계층으로 이루어져 있다. 예를 들면, 하늘은 달보다 위에 존재한다. 제1천체는 별, 제2천체는 영혼인 것처럼, 각각 머무는 지점이 다르다. 만약 달과 별과 영혼을 함께 있게 한다면 천체는 어떻게 되지?

— 혼란을 일으킵니다.

— 그렇다. 달은 토성과 부딪힐지도 모르고, 별은 땅에 떨어져 버린다. 태양은 낮과 밤을 정확하게 가르지 못하게 되겠지. 신(神)은 그것을 막기 위해 우주를 아름다운 계층으로 나눈 것이다.

— 조화〔하모니아〕로군요.

알렉산더는 말했다. 스승은 미소지었다.

— 잘 알고 있구나! 말 그대로 조화이다. 인간 사회 또한 마찬가지다. 위로는 지도자부터 아래로는 노예까지, 조화로운 계층을 만드는 일이야말로 질서인 것이다. 그렇게 되면 내란과 폭동은 사라진다. 사회와 사회 사이에도 아름다운 조

화가 만들어지면 전쟁은 필요없게 된다. 헤르메이아스는 국가와 국가간에 그러한 아름다운 조화를 이루어 내려다 죽고 말았다.

그러나 알렉산더는 사적인 감정에 빠져들기 시작한 아리스토텔레스의 반쯤 감긴 눈을 대번에 부릅뜨게 하였다.

— 그러면 인간 사회에도 분명한 상하 관계가 있다는 것이 되는군요. 우주가 가장 높은 신을 제일 위에 두듯.

— ….

아리스토텔레스는 질문에 답하기 전, 왕자의 표정을 응시하며 질문의 진의(眞意)를 읽어내려 하였다. 그러나 단정한 대리석 조각을 연상케 하는 왕자의 얼굴에 위축된 기색이라고는 조금도 없었다.

— 알렉산더여, 너의 질문에 답하마. 분명 인간 사회에는 함께할 수 없는 이질적인 계층이 존재한다. 예를 들자면, 오리엔트〔동방(東方)〕다. 페르시아는 우리와는 그 문화의 질이 다르다. 그리고 북방의 가리아, 이곳 또한 질적으로 차이가 난다. 이디오피아는 더 더욱 다르다. 그곳에 사는 자들은 피부색이 검다. 또한 인더스라는 나라가 저 멀리 동쪽에 있다고 한다. 그들은 괴물과 다를 바 없다는 평판이다.

— 스승님, 그런 나라들은 어떠한 질서로써 조화를 이루는지요?

이 질문에 아리스토텔레스는 불쾌함을 드러냈다.

— 대개의 인간 사회가 질서를 유지하는 방법은 하나밖에 없다. 우월한 자가 열등한 자 위에 서서 이끌어 가는 것이다.

— 우월한 자라면?

알렉산더가 거듭하여 질문한다. 아리스토텔레스는 소년의 질문을 권위로 되

받아쳤다.

— 말할 것까지도 없다. 지혜, 논리, 그리고 정치에 뛰어난 자다.

— 어느 나라 사람들에게 해당되는 것입니까?

스승은 장난기 많은 제자를 혼내듯 큰소리로 말했다.

— 당연 그리스가 아니냐!

그 말을 들은 알렉산더의 표정이 무서울 정도로 차가워졌다. 스승은 제자의 태도에 화가 치밀었다.

— 알렉산더, 너는 그리스어를 배우고 그리스어로 말한다. 그리고 내게서 학문과 논리를 배우고 있다. 이것은 무엇을 위함이냐?

— 훌륭한 마케도니아 왕이 되기 위해서입니다.

— 그렇다. 마케도니아는 왜 그리스어를 사용하고 그리스식의 건물을 세우고, 그리스의 습속을 취하고 있는 게냐? 이는 바로 인간 사회, 그 정점에 선 그리스 문화를 배우기 위한 것이다.

그때 알렉산더는 처음으로 스승에게 반론을 폈다. 아리스토텔레스에게 있어서도 지금까지 겪어보지 못한 사건이었다. 소년은 스승을 직시하며 이렇게 말했다.

— 마케도니아는 그리스가 아닙니다. 마케도니아는 그리스를 정복할 겁니다. 조만간 페르시아도. 부왕 필리포스는 늘 그리 말씀하십니다. 이것은 질서가 아닌지요?

— 적어도, 조화로운 질서는 아니다.

스승이 노여움에 찬 목소리로 말했다.

— 조화가 있든 없든, 나름의 질서라고는 할 수 없는지요?

스승은 제자의 바로 옆까지 걸어와 머리 위에서 소년을 내려다보았다.

― 없다. 군사 정복은 곧 무너진다. 정복당한 사회 자체가 정복자를 위의 계층으로 받아들이지 않는 한….

― 위에 서는 것이 마케도니아면 안 됩니까?

― 아니 된다. 첫째, 마케도니아에 자랑할 만한 문화라는 게 있느냐? 모두 그리스로부터 빌린 것이 아니지 않느냐?

스승은 드물게 정색을 하였다. 헤르메이아스의 죽음이라는 엄숙한 현실을 바탕으로, 윤리와 도리의 본질을 가르치려 했던 스승의 생각이 조금씩 조금씩 빗나가기 시작했다. 알렉산더는 곧장 반론에 들어간다.

― 분명, 마케도니아에는 자랑할 만한 문화가 없습니다. 모두 스승님께서 언급하신 대로입니다. 그러나 마케도니아인들은 남에게 배운 문화를 활용하고, 오리엔트의 우수한 풍습과 전통 또한 배우고 익힙니다. 마케도니아는 그리스와 페르시아를 지배하게 될 겁니다. 이렇듯, 서로 뒤섞이는 것으로부터 조화가 생겨나는 게 아닌지요?

여기에서 아리스토텔레스는 폭발하고 말았다. 그는 선의(善意)로 마케도니아에 머물 목적이었다. 그런데 그 선의가 지금 짓밟힐 위험에 처한 것이다.

― 그것은 조화가 아니라 카오스다. 달과 별과 태양을 일방적으로 뒤섞는 행위이다. 필리포스 2세 전하께 부족한 점이 바로 그 점이다. 마케도니아가 세계 위에 군림하는 것은, 사회의 조화로운 질서를 엉망으로 만들 뿐이다. 어떠냐, 부디 아들인 너라도 전하께 이러한 사실을 전해 올리는 것이.

알렉산더는 공손하게 예를 올리고 스승을 향해 말하였다.

― 좋습니다. 그 대신 가르쳐 주십시오. 무력으로 적을 무찌르고, 각 민족의 풍

습을 서로 혼합하여 새로운 질서를 만드는 행위가 옳지 않은 것이라면, 나의 부친이 어떻게 하면 좋을지를….

아리스토텔레스의 노여움은 제자의 냉정한 태도 덕에 서서히 가라앉았다.

— 나는 이미 이전부터 필리포스 전하께 충고하고 있다. 우선, 그리스 문화를 완전히 채택할 것을. 그리고 두 번째로 정복이 아니라 동맹을 맺을 것. 하나로 뒤섞는 것이 아니라, 우호적인 인접 국가 관계가 될 것을….

제자는 끄덕이며 싱긋 미소지었다.

— 잘 알았습니다. 헤르메이아스님도, 스승님께서 말씀하신 대로 행하신 것일 겁니다. 그리고 돌아가셨습니다. 아마 부친은 살아남기 위해 스승님께서 말씀하신 그 반대의 것을 실행에 옮길 것입니다.

자연이 부르는 대로

아리스토텔레스는 미에자의 학원에 각양각색의 학문에 통달한 교사들을 불러모았다. 전 분야의 학문에 관해 최고의 교사에게 가르침을 구할 수 있는 학원. 아리스토텔레스가 구상한 이상적인 학원이 마케도니아 땅에 거의 완전하게 실현되었다.

스승이 각별히 노력을 기울이는 학문은 새롭게 성하기 시작한 식물학(植物學)이었다. 아리스토텔레스 시대의 식물학은 약학(藥學)을 의미하며 건강과 위생, 그리하여 의학(醫學)과 장수학(長壽學)에도 관련되는 총체적인 과학이었다. 아리스토텔레스는 이 분야의 전임교수로 레스보스섬의 테오프라스투스를 선택하였다. 이 학자는 식물에 관해서는 무엇이든 알고 있었다. 모든 풀들을 입에 넣어보고 독인지 약인지, 무엇보다 식용할 수 있는지를 감정했다는 믿기지 않을 정도

의 식물학적 지식을 섭렵한 학자였다. 테오프라스투스는 이곳 미에자 주변에서 손에 넣을 수 있는 식물들뿐만 아니라, 멀리 미지의 세계에서 전해진 식물에 대해서도 풍부한 지식을 가지고 있었다. 그는 항상 어린 학생들에게 여행을 적극 권장했다.

— 알겠는가? 제군들이여. 이 세계는 넓다. 아직 우리들이 발도 딛어보지 못한 영역이 얼마든지 있다. 그리스에는 이 세상 끝에 '밤의 나라' 라는 곳이 있고, 바로 그곳에 젊음의 샘이 있다는 말이 돌고 있다. 그 물을 마시기만 하면 영원토록 젊음을 유지할 수 있다는. 하지만 밤의 나라에는 도저히 살아서는 도착할 수 없을 터. 그 대신 이 세상에는 젊음의 샘만큼 영험(靈驗)하지는 않지만, 그 탁월함으로 사람의 생명을 건질 식물(植物)과 광물(鑛物)이 얼마든지 널려 있다. 그것을 발견하는 길은 여행을 하는 일이다. 어떤 오지(奧地)라도 겁내지 말고 나아가라. 오지로 가면 갈수록, 놀라운 약효를 지닌 식물과 마주치게 되는 법이다.

테오프라스투스는 거구의 사내였다. 늘어진 아랫배가 웃을 때마다 출렁출렁 흔들릴 정도의 거구였다. 그는 열광적으로 이국으로의 여행을 권한 뒤, 화분(花盆) 하나를 꺼내 제자들에게 내보였다.

질그릇으로 된 화분에는 두꺼운 잎을 지닌 기묘한 식물이 심어져 있었다. 소맥(小麥)의 잎을 훨씬 두껍게 하여 가장자리에 가시를 달아 놓은 형상인데, 중앙에서 하나의 줄기가 높이 뻗고 그 줄기에 붉고 아름다운 꽃이 피어 있었다. 테오프라스투스는 그 식물의 두터운 잎 하나를 꺾었다. 잘린 부분에서 끈적하고 투명한 점액이 배어 나온다. 안쪽의 하얀 살이 보였다. 점액이 실처럼 길게 이어져 내린다. 식물학자는 그 잎을 칼로 쪼개 나눠주었다. 입 안에 넣자마자 쓴맛이 감돌았지만 어딘지 모르게 달콤하고도 감칠 맛 나는 잎이었다.

— 선생님, 이게 뭐죠?

파르메니온의 아들 필로타스가 물었다. 식물학자는 애교스러운 콧수염을 한 손으로 슬쩍 당기며 이렇게 답하였다.

— 알로에라고 불리는 식물이다. 멀리 이디오피아에서 나는 풀인지라, 그리스 세계에는 내가 소장하고 있는 이것 한 포기밖에 없단다. 난 이걸 페르시아 상인에게서 구했는데, 그네들이 이디오피아에서 이집트까지 지배하고 있기 때문이지.

학자는 그렇게 설명하고는 남은 잎을 맛있다는 듯이 먹어치웠다.

— 이 잎은 방금 시험해 본 것처럼 먹을 수 있다. 이놈을 먹으면 장수할 수 있다. 또한 열병에 놀라울 정도의 효과가 있다. 이걸 전쟁터에 가지고 가거라. 상처난 곳에 바르면 제아무리 큰 상처도 떡 하니 낫는다. 우리 학파(學派)는 이 풀을 기적의 풀〔미라비리아〕이라고도 부르지.

테오프라스투스는 우쭐대며 화분을 높이 쳐들었다. 여기에 몹시 관심을 보인 것이 필로타스와 카산드로스였다.

— 선생님, 부디 그 풀을 좀 나눠주십시오. 저희들의 부친은 군인이십니다. 전투를 계속하시는 탓에 늘 상처가….

그러나 학자는 미안하다는 듯이 얼굴을 찡그렸다.

— 그런데 말이지, 나눠줄 수가 없단다. 무엇보다, 여기 이 한 포기밖에 없는 걸…. 다시는 손에 넣을 수 없을지도 모르고…. 필시 이집트나 이디오피아 놈들은 이 비약(秘藥)을 그리스인에게 넘겨주려 들지 않을 테니 말이다.

이 답변에 가장 먼저 반응을 보인 것은 알렉산더였다. 친구인 헤파이스티온의 어깨를 두들기며 말했다.

― 가면 된다. 태양이 작열하는 그곳으로 직접 원정해서 점령하면 된다. 그땐 이 약을 손에 넣을 수 있게 될 거야.

테오프라스투스는 박수를 치며 왕자의 생각을 칭찬했다. 그리고 자신의 곁으로 불러 소년의 양 어깨에 손을 얹었다. 이는 애정을 나타내는 행동이었다. 그때였다. 식물학자는 코를 벌름거리며 아름다운 알렉산더의 얼굴에 코를 가까이 가져갔다.

알렉산더는 오른쪽과 왼쪽, 색이 다른 눈동자를 이상하다는 듯 크게 떴다. 그러나 학자는 체면도 염치도 없이 왕자의 목덜미를 킁킁댔다. 그는 놀라움을 금치 못하겠다는 어조로 말했다.

― 오오, 네게 무척이나 향긋한 냄새가 나는구나! 마치 약초 같은!

그러자 학생들마저 왕자를 둘러싸고 냄새를 맡기 시작했다. 확실히 왕자의 살에서는 불편한 속을 상쾌하게 해주는 듯한, 가슴이 다 후련해지는 듯한 향기가 스며났다. 테오프라스투스는 알로에에도 코를 가까이 가져가더니 다시 한 번 왕자의 방향(芳香)을 맡기 시작했다.

― 이거 재미있구나. 몸에서 향을 내는 아이라니, 처음 보는 일이야. 알로에의 향과 비슷한 걸. 잠깐, 손을 이리.

학자는 알렉산더의 손목을 잡아 양 손바닥으로 감쌌다.

― 호호, 뜨겁구나! 역시 그러면 그렇지. 네 몸은 대단히 뜨겁단다. 이는 정신의 활동이 격렬하다는 증거지. 너는 머리뿐 아니라 그 몸으로도 사물을 느끼고 서로 교류할 수 있을 게야. 이래저래 신기한 애구나.

테오프라스투스의 설명은 이러했다. 방향(芳香)이라는 것은 습한 기운이 열에 의해 데워져 발생하는 것이다. 그러므로 알로에를 비롯해 향료 그리고 향이 강한 대부분의 초목들은 모두 이디오피아나 이집트같이 고온 건조한 땅에서 자란다. 태양의 열이 강한 탓에 식물이 몸 안에 지닌 습기를 점차 증발(蒸發)시키기 때문이라는 설명이었다.

알렉산더의 몸 또한 이것과 마찬가지였다. 체내(體內)에서 영혼의 활동이 격렬하여 평소에도 높은 체온을 유지하는 탓에, 몸의 습기가 고온으로 데워져 땀이 아닌 방향으로 변하는 것이다.

─ 네 얼굴은 아름답고, 체격 또한 우아하다. 그리고 무엇보다 피부가 투명할 정도로 희다. 이는 모두 높은 체온 때문이다. 몸 안이 끓고 있기 때문이지. 너는 신과 접할 수도 있을 것이다. 접신(接神)시의 몸은 타는 듯한 열기로 가득 차는 법이다. 무녀들이 술을 마시고, 미친 듯이 노래하고 춤추는 것도 이를테면 몸 안의 열을 끌어 올려 정신을 흔들어 깨우기 위한 것이다. 단….

식물학자는 향기를 발산하는 왕자의 얼굴을 멍하니 바라보며 충고를 한마디 전하였다.

─ 몸이 더운 자는 그 열 때문에 물을 자주 마신다. 술 또한 자주 마신다. 너는 성인(成人)이 된 후에는 절제(節制)에 힘써야 한다. 과욕은 금물이다. 특히 과음은 목숨을 앗아갈 것이다. 또한 여성을 향한 욕구에도 주의해라. 애욕(愛慾)은 너의 열을 한층 더 높일 터이니.

─ 예. 알겠습니다.

그의 볼이 발그스름하게 상기되었다. 지금까지 자신의 몸이 유난히 높은 열을 지니고 있다는 사실을 전혀 몰랐다. 그러고 보면, 하얀 피부, 아름다운 얼굴, 격정(激情), 그리고 호전적인 기질은 모친의 그것과 쏙 빼어 닮은 것이었다.

알렉산더는 테오프라스투스에게 자신의 몸의 비밀을 지적받는 순간, 반사적

으로 어머니의 얼굴을 떠올렸다. 어머니의 몸은 뜨거웠다. 숲 속에서 밀의에 동참했을 때 자신을 끌어안은 어머니의 체온을 마치 불과 같다고 느꼈던 일이 생각났다. 식물학자 테오프라스투스는 말했다.

— 알렉산더, 너는 행운아다. 지식을 사랑하고 있으니 말이다. 게다가 약초를 연구하는 것 또한 좋아한다. 이는 무척이나 다행스러운 일이라 생각한다. 학문은 마음을 가라앉혀 준다. 열을 내려주지. 스승이신 아리스토텔레스를 좇아 열심히 학업에 매진하거라. 그렇게 하면 너의 그 열을 좋은 방향으로 이용할 수 있을 테니.

알렉산더는 끄덕였다. 그리고 스승을 향해 물었다.

— 저는 운동경기가 좋습니다. 검술도, 창술도, 마술(馬術)도. 그리고 수영 또한. 이러한 운동경기는 몸을 뜨겁게 만드는데, 그렇다면 제게 해로운 것입니까?

선생은 알로에 화분을 들어 아름다운 붉은 꽃을 쓰다듬으며 다음과 같이 말하였다.

— 그것은 전사의 소양(素養)이다. 열심히 단련할 일이다. 단, 하나만 명심해라. 그것이 너를 한층 다부지고 건강하게 해줄 터이니.

— 그것이 무엇입니까?

— 운동을 하지 않을 때는 극도로 절제하는 것이다. 과욕은 절대 안 된다. 술도 마셔서는 안 된다. 밀의에 참가하는 것 같은 일도, 될 수 있으면 피하거라.

알렉산더는 재차 예를 올렸다.

— 저는 스승이신 아리스토텔레스를 진정코 마음으로부터 존경하고 있습니다. 몸을 단련하는 시간을 제외하고는 스승님을 따라 오로지 면학에만 힘쓸 것입니다.

— 그래, 실로 장한 생각이다!

테오프라스투스는 만면에 웃음을 지으며 크게 끄덕었다. 그러나 주위에 있던 제자들이 끝내 참다못해 폭소를 터뜨렸다. 카리스테네스마저도 배를 잡고 웃는다. 테오프라스투스는 순간, 당혹스러운 표정을 보였다. 왜 제자들이 깔깔대는 것인지 이유를 알 수 없었기 때문이다. 알렉산더는 뒤로 돌아, 고개를 돌려 배를 잡고 웃고 있는 연중(連中)에게 눈짓을 하고는 벌떡 일어섰다. 그리고는 느닷없이 꽃밭 위를 달리기 시작했다. 아마란스, 코스모스, 그리고 엉겅퀴를 짓밟으며 깔깔대며 구르듯이 언덕을 달려 내려간다.

식물학자는 소중한 알로에 화분을 떨어뜨릴 뻔했다. 경악을 금치 못해 눈앞이 하얄 지경이다. 알렉산더를 따라 학생들이 언덕 중턱으로 달려간다. 중턱에 양 떼가 보였다. 몇 백 마리인지 셀 수도 없을 만큼의 많은 양들이 조용히 풀을 뜯고 있는 곳으로, 우선 알렉산더가 뛰어들었다. 양치기 개가 짖어댔다. 그러나 그런 것쯤 시선도 주지 않고 크게 양팔을 벌려 양을 쫓는다. 놀란 양들이 두 패로 갈린다. 그 사이를 칼로 베듯 달려나간다. 그 뒤를 학생들이 뒤쫓는다. 양들은 더욱 놀라, 이번에는 세 방향으로 뿔뿔이 흩어지기 시작했다.

— 이봐, 헤파이스티온! 그쪽으로 가라. 양들을 놓쳐선 안 된다!

소년들의 무리에서 헤파이스티온이 빠져 나와 오른쪽으로 돌았다. 그쪽으로 도망치려 했던 양들이 방향을 잃은 채 두려움에 떨고 있었다. 헤파이스티온은 양손을 크게 벌려 양들을 가로막는다. 개가 헤파이스티온을 보고 짖으며 대든다. 그러나 개는 소년의 공격적인 태도에 놀라 꼬리를 말아 감고 그 자리에서 도망친다.

알렉산더는 소리내어 웃으며 우왕좌왕하는 양들을 몰았다. 달아나려는 방향으로 먼저 달려가 양팔을 뻗는 것이다. 그러면 겁 많은 양들은 금세 방향을 바꾼

다. 양은 걸음이 느리다. 대신 항상 무리지어 움직인다. 그러므로 탁월한 전술의 소유자라면 이 눈처럼 흰 무리들을 어느 쪽으로든 마음대로 유도할 수 있는 것이다. 소년들은 알렉산더의 행동을 주시하며 함께 양을 몰고 있었다. 양을 언덕 위로 몰아갈 작정인 듯했다.

식물학자는 여전히 멍한 채 서 있었다. 알렉산더는 선생이 서 있는 꽃밭으로 양 떼를 몰아 간다. 다른 소년들도 거기에 동조한다. 마치, 거대한 누에 떼를 보는 것 같았다. 양들이 테오프라스투스를 쳐다보며 달려 올라온다. 선두에 선 양이 꽃밭으로 뛰어들었다. 그때 처음으로 식물학자의 입에서 비명이 튀어나왔다.

— 애, 애들아, 이봐, 그만둬라! 꽃밭이….

그러나 그의 절규는 아무런 위력도 발휘하지 못했다. 몇 백 마리의 하얀 누에들이 꽃을 밟고 지나간다. 막을 수가 없었다.

테오프라스투스는 양 떼를 다루는 방법을 몰랐다. 뻣뻣하게 굳은 채 그 자리에 붙박인 식물학자 곁을 양들이 스쳐 지나간다. 알로에 화분이 뒤집혔다. 열대 지방에서 가져온 진귀한 식물도 양들에게 짓밟혔다. 중턱 쪽에서 소년들의 목소리가 들렸다.

— 선생님! 충고 감사합니다! 이건 답례랍니다. 받아 주십시오!

웃음소리가 끝없이 울려 퍼졌다. 알렉산더는 굉장한 속력으로 언덕을 내달렸다. 소년들이 그 뒤를 쫓아 달려간다. 그러나 아무리 달려도 따라잡을 수가 없다. 왕자의 몸은 분명 엄청난 힘을 소유하고 있었다. 그 열이 남들 배의 효율로 몸을 움직여 가는 것이다.

식물학자는 그 광경을 바라보며 어깨를 떨구었다. 신기하게도 전혀 노엽지가 않았다. 왕자와 소년들이 가진 두려울 정도의 활력이 그저 감동스러울 뿐이었다. 열을 삭이라고 충고했던 것이 쓸데없는 얘기였다는 체념이 일었다.

　— 이, 멍청이들!

　테오프라스투스는 큰소리로 되받아쳤다. 제자들은 웃음소리로 답했다. 식물 학자 또한 저도 모르게 웃음 짓고 있었다. 양 떼가 그제서야 꽃밭에서 비켜나 주었다.

비전을 전수받다

스승 아리스토텔 레스는 당시, 이미 전설적인 대학자(大學者)로 그리스 사회에 군림하고 있었다. 플라톤의 아카데메이아를 맡아 운영하던 시대부터 그의 문하에는 가르침을 구하는 제자들이 끊이질 않았다. 그래서 그가 소아시아로 옮겨 학문의 전당(殿堂)을 세웠을 즈음에는, 지극히 자연스럽게 아리스토텔 레스 학파라 불러도 손색없을 집단이 형성되어 있었다. 먼저, 학파가 크게 융성한 데에는 그 나름의 이유가 있었다. 아리스토텔레스 학파에는 지금까지 등장했던 대학자들의 경우에서 찾아볼 수 없었던 결정적인 차이점이 있었다. 무엇이 달랐던 것일까?

아리스토텔 레스는 동서고금의 학문적인 성과에 대해 그것들을 상세히 교정(校訂)한 텍스트를 마련했다. 교과서를 완성한 것이다. 이 방법은 스승이었던 플라톤에게서 전수받은 것이었다. 당시의 그리스 세계에는 문서를 작성하는 일, 문자로 기록하는 일이 학문 연구의 수단으로써 그 가치를 전혀 인정받지 못하고 있었다. 2천 년 후의 현대인에게 있어서는 믿을 수 없는 정황이겠지만, 문자로 씌어진 서적은 신상(神像)이나 신전(神殿), 혹은 벽화 등의 구체적인 구조물(構造物)보다도 그 의의에 있어 훨씬 열등한 업적으로 여겨졌다. 그렇다면 학문을 대체 어떠한 방법으로 행했던 것일까?

대화(對話), 그리고 강의(講義)였다.

말〔구어(口語)〕을 통해 사상과 관념을 서로 전하는 것, 이것으로 철학 연구의 진수(眞髓)를 추구하였다. 일례로, 수학자 피타고라스의 경우를 들어보자.

피타고라스는 그의 신성한 기하학(幾何學)을 문자를 통해 제자들에게 전한 것이 아니었다. 스승 자신이 직접 기하학의 비밀을 말로써 이야기하여 전한 것이다. 그리고 수(數)의 비밀은 기호(記號)와 음(音) 등의 더없이 관능적(官能的)인 수단을 통해 제자들에게 몸으로 느껴 이해토록 하였다. 피타고라스 학파가 음악 연구에 열중한 것은 바로, 음악이야말로 수의 본질을 가르쳐 주는, 살아 있는 교재였기 때문이다.

그와 동시에, 피타고라스는 수의 본질에 도달한 올바른 음악이 인간의 정신과 육체 또한 올바르게 한다고 믿었다. 제자들에게 음악을 연주하게 하고 또한 듣게 함으로써, 제자들 자신이 정신을 고양하고 육체를 건강하게 할 수 있다고 믿었다. 그 흔적이 현재 우리들이 사용하는 말에도 남아 있다. 강장제(强壯劑)를 의미하는 토닉이라는 말은, 영어로는 톤(tone), 그리스어로는 토노스(tonos), 다시 말해 음조(音調)가 그 어원(語原)이다. 왜 음(音)이 강장제로 바뀌게 되었을까. 두말할 나위 없이, 피타고라스 학파의 신념이 여기에 투영되어 있는 것이다. 올바른 음조를 들으면 몸의 리듬 또한 올바른 조화를 이룬다. 조화〔하모니아〕라는 말은

원래 음악에서의 화성(和聲), 다시 말해 올바르게 울리는 음(音)들의 조합(組合)이라는 개념을 가리키는 말이었다.

따라서 피타고라스 학파는 문자를 통한 기록을 남기지 않았다. 그들은 스승이 이야기한 말들을 전부 기억했던 것이다. '하모니아' 라고 하는 절대적인 개념을 실제로 화성[하모니아]을 들음으로써 체득한 것이다.

피타고라스 학파의 생활을 조금 더 이야기 해보자. 그들은 하루를 회상(回想)과 함께 시작한다. 전날 있었던 일들을 새벽부터 잠자리에 들 때까지 순서대로 회상하는 것이다. 물론 그중에는 전날의 일을 회상하고 있는 자신을 깨닫는 일 또한 포함되어 있다. 즉, 그들은 결과적으로 매일매일 자신이 사물을 인식하기 시작한 이후의 일들을 계속해서 돌이켜 생각하고 있다. 이것이 문서를 필요로 하지 않았던 이유인 것이다.

이렇게 말하면, 많은 독자들은 반론을 펼 것이다. '하루의 시작에 맞춰 전날의 일을 하나하나 다시 생각한다면 하루는 그걸로 끝나버리지 않느냐. 왜냐하면, 어제건 오늘이건 하루라는 시간의 길이는 똑같은데' 라고 말이다. 그러나 그렇지 않다. 분명 기억(記憶)은 체험하는 것과 같은 시간을 필요로 한다. 왜냐하면 체험이 그대로 기억이 되기 때문이다. 그러나 회상(回想)은 다르다. 빠르게 지나칠 수가 있는 것이다. 숙련된 피타고라스 학파는 과거의 체험을 모두 되새기는 데 한 시간도 걸리지 않았다고 전해진다.

이렇게 피타고라스 학파는 문자를 통한 기록이 아닌, 체험을 회상하는 방식으로 수(數)의 원리와 우주의 비밀을 가르쳤다. 이 학문에 숙달된 자는 바로 밤하늘에 귀를 기울여 천체의 다섯 행성이 전하는 우주의 음악을 들을 수 있게 되는 것이다. 이 음악이 들려왔을 때 비로소 그는 우주의 진리(眞理)를 이해했다고 인정

받는 것이다.

또한 소크라테스는 문자(文字)에 의미를 두지 않았다. 그는 낮이면 거리에서 남녀노소 불문하여 말을 걸고 토론을 하곤 하였다. 토론을 통해, 서로가 가진 사상(思想)과 발상(發想)의 허점을 수정하고 장점을 살리며, 한층 더 진리에 가까운 사상에 도달하는 것이었다.

소크라테스는 또한 대화로써 화자(話者) 자신이 스스로 생각을 가다듬어 가는 효과를 높이 평가했다. 이는 방안에 홀로 처박혀 책을 쓰는 자에게는 바랄 수도 없을 효용(效用)이었다. 소크라테스는 책이 아닌 사람으로부터 예지를 이끌어 낸 것이었다.

아리스토텔레스의 스승 플라톤 또한 기본적으로는 소크라테스의 발상을 소중히 여겼다. 그 역시 많이 이야기하고 많이 들었다. 그러나 플라톤은 아카데메이아라 일컫는 학원을 세우면서 자신이 얻은 예지의 대부분을 후대에 전할 필요를 절감했다. 플라톤은 죽더라도 학원은 오래도록 남는다. 그러기 위해서는 플라톤 자신의 말들을 오래도록 남기지 않으면 안 된다. 그러나 플라톤이 문서로 기록한 것은 실상 사람과 사람간의 대화를 문자로 옮긴 것에 지나지 않았다. 그가 저술한 많은 책들은 플라톤 자신과 다른 철학자들과의 대화 형식으로 되어 있다. 즉, 그러한 구어체(口語體)를 통하지 않고서는 철학을 기록할 수 없었던 것이다.

아리스토텔레스는 달랐다. 그는 이전부터 대화형식의 서식(書式)을 취하지 않았다. 강의의 형식이라 해야 할지, 한마디로 말해 독자적(獨自的)인 형식으로 그의 저작(著作)을 저술한 것이다. 그것도 일인칭이라기보다는 삼인칭에 가까운 형태로. 아리스토텔레스에게 이러한 문서의 집필을 고안하게 한 것은 논리학이었다. 그는 사람과의 대화가 아니더라도 문어체(文語體) 자체를 올바르게 쌓아

올리는 것을 통해 진리에 도달하고, 더욱이 그것을 증명할 수 있다는 사실을 발견했다. 자문자답(自問自答)이 아니다. 오히려 전심전력(全心全力), 문장(文章)을 계속하여 써 나가는 것을 통해 기계적(機械的)이라 할지 아니, 오히려 문법적(文法的) 혹은 기호적(記號的)인 진리가 얻어진다고 생각한 것이었다.

그러기 위해서 아리스토텔레스는 모든 주제에 걸쳐 논문을 썼다. 논문을 써내려 가는 것을 통해 그 전의 논문, 그 전의 발상이 차례차례 연결되어 각각 무관하게 기술하고 있다고 생각해 온 저작들이, 결국에는 하나의 거대한 학문의 체계로 커져 나간다는 사실을 깨달았다.

그런 이유로 그는 정력적으로 집필에 임하였다. 쓰고, 쓰고, 또 썼다. 그는 또한 《일리어드》를 비롯한 고대 그리스 책들에 대해 실로 상세한 주석을 보탰다. 주석이 텍스트의 가치를 높여 간다는 사실을 스스로 입증하였다. 아리스토텔레스의 제자들은 모두 이 주석서(註釋書)를 읽음으로써 아리스토텔레스와 동등(同等)한 지식을 얻을 수 있었다. 그러나 기록을 남기는 철학자 아리스토텔레스에게는 문장으로 남겨 전할 수 없는 예지(叡智)라 할 것이 존재하였으니, 그것이 바로 비전(秘傳)이었다.

그러므로 아리스토텔레스가 진정으로 정색을 하고 가르치는 것은 바로 이 비전에 한해서였다. 그 이외에는 자신의 아래에 있는 교사들이 대신 가르친다 하여도 별로 상관하지 않았다. 왜냐하면 텍스트가 있으므로, 다른 교사가 가르치더라도 자신이 가르치는 것과 같은 지식이 제자들에게 전해질 것이기 때문이었다.

알렉산더에게 있어 스승이 비전을 강의하는 시간만큼 박진감 넘치는 시간이란 없었다. 스승이 아직 문자로 저술하지 않은 주제야말로 어린 왕자의 호기심을 자극했다. 아리스토텔레스가 비전을 전수하는 것은 언제나 햇볕이 눈부신, 광명으로 넘쳐나는 날의 오후로 정해져 있었다. 피타고라스나 플라톤이라면 이런 비전은 어둠 속에서 전수했을 것이다. 어둠은 사람의 마음을 신비로 이끈다. 생각하는 것이 아니라 느끼는 것으로 마음의 움직임을 바꾸게 한다. 그러므로 비의라 이름 붙은 행위들은 대부분 밤의 어둠을 무대로 펼쳐지는 것이 상식이었다.

하지만 아리스토텔레스는 달랐다. 그는 대를 이어 구전되어 온 비밀스러운 예지를 밝은 태양 아래에서 전수하였다. 이 습관에 대해 스승은 거의 언급하지 않았다. 단 한 번, 제자들 앞에서 이렇게 말한 적이 있을 뿐이다.

— 비밀리에 전해 내려오는 구전(口傳)의 대부분은, 밝은 곳에서는 먼지처럼 무의미한 것에 지나지 않게 되어버린다.

아리스토텔레스의 생각에 따르면 비전이란, 대낮의 태양 아래에서도 그 소중한 의미를 잃지 않는 내용이어야 했던 것이다. 알렉산더는 비전 수업을 낙으로 삼고 있었다. 이 시간만큼 그가 지금까지 품어 온 의문들이 완전하게 풀리는 체험은 일찍이 없었기 때문이다. 전날도 아리스토텔레스는 천지가 뒤집힐 정도로 놀라운 비전을 가르쳐 주었다. 이는 다음과 같다.

— 자, 그대들이여! 이것은 이집트의 신관들 사이에서 비밀리에 전해져 내려온 구전이다. 우리는 죽은 뒤에 어찌되는가? 자, 누가 답하겠느냐?

스승이 제자들을 둘러보자 총명한 프톨레마이오스가 손을 들며 답했다.

— 영혼은 밤의 나라로 향하고, 육신(肉身)은 땅 밑으로 가게 됩니다.

아리스토텔레스는 가만히 있었다.

— 그것은 억측이다. 누구도 확인한 자 없는. 그러나 이집트의 신관들은 사후 어찌되는지를 지극히 잘 알고 있었다. 왜냐하면, 이들은 황천국(黃泉國)을 목격했기 때문이다. 황천은 물론 밤의 세계에 있다. 그러나 밤의 세계는 사실대로 말

하자면 땅 위가 아닌, 천공(天空)에 존재하는 것이다. 그러므로 밤의 나라에 가기 위해서는 하늘로 올라가지 않으면 아니 된다. 영혼이 하늘로 오르기 위해 만들어 낸 돌계단, 그것이 이집트의 피라미드인 것이다.

아리스토텔레스는 거기까지 말하고는 제자들의 얼굴을 하나하나 둘러보았다.

— 제자들이여! 그대들은 마케도니아 명문가의 자제들이다. 왕자도 있고 장군의 아들도 있다. 그대들은 곧, 정치 혹은 전쟁을 위해 타국으로 떠나게 될 것이다. 그때에는 어찌 됐든 간에 그리스와 소아시아, 그리고 이집트를 빠뜨리지 말고 여행해 보아야 한다. 거기에는 일곱 가지의 경이(驚異)라 불리는 인간이 건축한 최대의 구축물(構築物)이 실재한다. 그대들은 인간과 인간이 더불어 어느 정도의 일을 가능케 하는지 그 극치를 우러러 볼 수 있을 것이다. 그중에서도 피라미드는 우주의 경이로움이라 불러도 좋을 것이다. 이 아름답고 장대한 석조(石造)의 높이는 인간이 세운 건축물 중 가장 높다는 에페수스의 아르테미스 신전의 여덟 배나 된다. 황금빛으로 반짝이는 모서리는 하늘을 찌를 듯이 높다.

나일강이 범람하는 8월, 영혼들은 이 피라미드 정상에 모인다. 그리고 피라미드 위로, 하늘에서 역상(逆狀)의 피라미드가 내려오기를 기다린다. 거꾸로 선 피라미드라고 얘기해도, 그대들은 이해할 수 없을지도 모른다. 8월이 되면, 피라미드의 정상에 또 하나의 피라미드가 그 정점을 아래로 향한 채 하늘에서 내려온다. 이것을 하늘에서 내려온 계단이라 부른다. 영혼은 이렇게 밤의 나라에서 보내진 계단을—다리(橋)를 건너 천계(天界)로 간다.

이렇게 신비롭고 놀라운 건조물(建造物)은 좀처럼 쉽게 볼 수 없는 것이다. 여행을 떠나 깊이 새겨 보아둘 일이다. 인간의 힘은 결국 밤의 나라에까지 다리를 놓은 것이다.

제자들 사이에서 웅성거림이 일었다. 아리스토텔레스는 그에 개의치 않았다.

― 그런 연유로, 이집트의 구전은 황천국(黃泉國)이 천계(天界)에 있다는 놀라운 사실을 알려준다. 알겠는가, 제자들이여. 영혼은 하늘로 오른다. 왜냐하면, 영혼은 하늘과 같은 성분으로 이루어져 있기 때문이다.

총명한 프톨레마이오스가 다시금 질문하였다.

― 스승님께서는 저희들에게 말씀해 주셨습니다. 이 세상은 네 개의 성분으로 구성되어 있다고.

― 물론 그렇게 말했다.

― 첫 번째는 불.

― 음.

― 두 번째는 물.

― 그래.

― 세 번째는 흙.

― 그렇다.

― 네 번째는 바람.

― 그렇지.

― 그렇다면 하늘의 성분은 이중 어느 것인지요?

아리스토텔레스는 끄덕였다. 프톨레마이오스를 자리에 앉히고는 조용한 목소리로 얘기를 시작했다.

― 여기부터는 비전이다. 실은, 세계는 네 개의 원소로 되어 있으나 그것만으로는 완전하지 않다. 또 하나, 생명을 부여하는 원소가 있으니. 물론, 대지는 흙으로 되어 있고, 그 흙을 물과 불이 떠받치고 있다. 그 위에 불은 바람을 낳고, 바람

은 불을 일으킨다. 그러나 그것은 모두 죽은 물질, 생명이 없는 물질을 만드는 것에 지나지 않는다. 우리들의 육체도 모두 마찬가지이다. 생명을 지닌 원소를 얻어 비로소 살아 있는 존재가 된다. 이 제5의 원소를, 나는 에테르라 부른다.

— 에테르?

— 그렇다. 순수한 공기라는 의미로.

— 어떤 물질인지요?

— 보이지도 않고 만질 수도 없지.

— 그렇다면 확인할 수가 없지 않습니까?

— 하지만 그것은 하늘에 가득 차 있으며, 우리들의 육체에도 깃들어 있다. 우리들이 사물을 볼 때, 바로 이 에테르를 눈에서 방사(放射)하고 있는 것이다. 그래서 보이는 것들이 생기에 넘쳐나게 되는 것이다.

알렉산더는 손을 들어 스승을 향해 질문하였다.

— 놀랍습니다, 스승님. 우리가 간혹 신을 보는 것은 그 에테르가 눈에서 다량으로 뿜어져 나오기 때문입니까? 신이란, 눈에 보이게 된 에테르를 일컫는 것입니까?

아리스토텔레스는 왕자를 바라보았다. 그리고 엄숙한 목소리로 답하였다.

— 알렉산더, 너는 하나를 들으면 열을 아는구나. 이는 바로 네가 물질계(物質界)와 신령계(神靈界)의 일을 상응(相應)시켜 생각할 수 있다는 게다.

— 예.

알렉산더는 눈을 빛내며 대답하였다. 스승의 대꾸는 사실상 답변도, 그 무엇도 아니었다. 그러나 알렉산더는 스승이 자신에게 동의하였다고 생각하였다. 스승은 손을 들어 수근거리기 시작한 제자들을 조용히 시켰다.

— 그럼, 오늘은 또 하나의 비전을 밝히기로 한다. 그대들이 이 비전을 알고 있는지, 알지 못하는지에 따라 이 세계를 보는 방식이 완전히 달라질 것이니 흥미로운 일이다. 우선 묻겠다. 이 세계는 어떻게 이루어져 있는가? 나의 조카 카리스테네스여, 답해 보거라.

카리스테네스는 갈색 머리, 갈색 피부를 지닌 그리스적인 용모의 소년이었다. 그는 아리스토텔레스와 같은 그리스인이라는 사실을 평생의 자랑으로 여기고 있었다. 그의 그리스어는 알렉산더의 그것보다 몇 배나 정확하고 몇 배나 아름다웠다. 카리스테네스는 말하였다.

— 중앙에, 하나의 거대한 육지가 있고, 육지 중앙으로부터 네 개의 큰 강이 흘러 바다를 채웁니다. 세계의 주위에는 오케아노스라 불리는 거대한 강이 흐르고 있습니다.

그러나 이 답은 아리스토텔레스를 실망시켰다. 그는 카리스테네스를 자리에 앉히고는, 안티파토로스 장군의 아들 카산드로스에게 물었다.

— 너는 어떻게 생각하느냐?

카산드로스는 검은 머리에 큰 눈망울을 가진 소년이었다.

— 이 세계는 둥근 원 같은 것입니다. 우주의 중앙에 떠 있으며, 그 주위에 태양과 달이 돌고 있습니다. 이 세상은 땅과 바다 등으로 이루어져 있습니다.

스승은 끄덕이며 카산드로스를 또한 착석시켰다. 그리고는 잠시 생각에 잠긴 후, 다음과 같이 말하였다.

— 모두들 마치 보고 오기라도 한 것처럼 거짓말을 한다. 그러나 세계를 구석구석까지 보고 온 자는 어디에도 없다. 그리스 문화권이 왜 뛰어난지, 왜 우월한지, 그 이유를 가르쳐 주겠다. 그리스인은 이처럼 미지의 주제에 관해 언제나 실

제로 해결하려 드는 행동력을 가지고 있다. 이것이 그리스의 예지에 있어 핵심을 이루는 부분이다. 그리스인이 현실 세계로 끌어들인 범주는 다음과 같다.

북은 토오레의 대지(大地). 북쪽 끝, 바다 위에 떠 있다고 전해진다. 서쪽은 헤라클레스의 기둥이 우뚝 선 지중해의 외곽. 동은 거대한 인더스. 그리고 남쪽은 극심한 열 때문에 인간마저 검게 그을렸다는 이디오피아.

우선, 이것이 확실한 것들이라 할 수 있을 것이다. 하지만 놀라지 마라. 지금으로부터 수백 년 혹은 수천 년을 거슬러 올라간 고대에 살았던 선조들은 더욱 넓은 세계를 알고 있었다. 우리 그리스 연방에는 멀리 이집트에서 전래되었다고 전해지는 지도가 남아 있다. 우리의 먼 선조들이 제작한 것이라 한다. 이 지도에는 물론 지금 얘기한 대로의 세계, 그리스인이 실제로 가보고 아는 세계가 기록되어 있다. 하지만 그 밖에도 세 군데, 우리가 전혀 알지 못하는 세계가 바닷속에 존재한다. 하나는 헤라클레스의 기둥 저편. 아마 나의 은사(恩師) 플라톤께서 아틀란티스라고 불렀던 세계일 것이다. 그분 말씀을 따르자면, 그 세계는 1만 년쯤 전에 바닷속으로 가라앉고 말았다고 한다.

나머지 두 세계는 나의 스승조차도 알지 못했다. 하나는 멀리 남쪽에 있었다. 인체가 까맣게 탈 정도로 뜨거운 이디오피아 너머, 머나먼 해상에 있다. 또 하나의 세계는 동쪽 외곽, 인더스를 넘은 해상(海上)이다. 전설로 전해지는 실크〔支那〕국[15]이 아니다. 그보다도 더욱 동쪽으로 치우친, 해상에 떠 있는 육지라고 한다.

아리스토텔레스는 거기까지 말하고는 알렉산더의 얼굴을 살폈다.

— 알렉산더여. 너의 부왕은 늘 이치에 맞지 않는 말을 하고 있다. 페르시아와

---

15. 실크〔支那〕국 : 중국.

그리스를 정복하고 세계를 자기 손에 쥐겠다는….

알렉산더는 두 눈을 자랑스럽게 빛내며 끄덕였다.

— 저도 아버님과 함께 세계정복에 나설 생각입니다.

— 이런, 그것 참 늠름하구나. 하지만 이것만은 알아두거라. 세계에는 아직, 미지의 영역이 너무도 많다. 그대 마케도니아의 전사들은 싸워서 영토를 넓히려 한다. 그건 좋다. 하지만 모처럼 손에 넣은 영토라 할지라도 그곳을 구석구석 탐험하고, 어떤 사람들과 어떤 생명체들이 살고 있는지 그것을 하나하나 기술하여 기록하지 않는 한, 세계를 지배했다고는 할 수 없는 것이다.

그대들은 언젠가 출정(出征)하게 될 것이다. 하지만 출진(出陣) 도중이라도 닿는 곳마다 눈에 들어오는 자연과 인공물(人工物)에 신중하게 주의를 집중해라. 그렇게 함으로써, 비로소 그대들은 세계를 지배할 수 있을 것이다. 지배한 세계를 후세에 물려줄 수 있는 것이다.

소년들의 눈이 빛났다. 그들, 마케도니아 귀족의 아들들은 모두 자신들의 미래를 알고 있었다. 아버지들이 무엇을 위해서 피를 흘리고 있는지 그 이유를 분명히 알고 있었다.

알렉산더가 외쳤다.

— 가겠습니다. 이 세상의 끝까지!

스승은 만족스러운 표정으로 소년들을 둘러보았다. 비전(秘傳)을 가르치기에 실로 어울리는 자격을 갖춘 소년들이었다. 아리스토텔레스는 마음속으로 시샘하였다. 그리스에도 이 야만국의 소년들처럼 세계의 끝을 보고야 말겠다고 눈을 빛낼 아이들이 반드시 생겨나 주길 바라는 마음이었다.

— 알렉산더, 듣거라.

— 예.

소년은 한쪽은 갈색, 다른 한쪽은 청색의 기이한 눈동자를 스승에게 집중했다. 아리스토텔레스는 말했다.

— 너에게는 언젠가, 비밀 중의 가장 큰 비밀, 최고의 비밀을 가르쳐 주겠다. 너는 그럴 만한 가치가 있는 아이이니.

— 어떤 비밀입니까, 스승님?

소년들은 눈을 빛내며 입을 모아 묻는다. 아리스토텔레스는 냉정한 눈으로 제자들을 바라보며 느릿하게 속삭였다.

— 이 우주의 본질이다. 그것을 알게 되면, 이 세계는 물론 우주를 지배할 수 있을 것이다….

신마(神馬)

아리스토텔레스는 마케도니아의 왕자를 교육함에 있어 교육상의 이상(理想)을 두 가지 정도 철회하지 않을 수 없는 처지에 이르렀다. 물론 어딘가에서 압력을 행사한 것은 아니다. 필리포스 2세가 막대한 비용을 건네주며 아들의 교육을 의뢰했을 당시, 교육에 관해서는 절대 개입하지 않는다는 서약을 받았던 바이다.

아리스토텔레스는 학원을 열고 한 달도 채 지나지 않은 동안 알렉산더 왕자의 성격을 파악했다. 그리고 자발적으로 자신의 이론을 수정할 결심을 하였다.

교육의 본질은 교사가 제자에게 무언가를 익혀 외우도록 하는 것에 있다. 가끔 강제력이 동원되기도 한다. 그러나 이 소년은 강제적인 것에 대해서는 이상하리 만치 반항을 표했다. 더욱이 정치학과 논리학을 좋아하지 않았다. 이미 정치에 관해서는 부친을 통해 실천적인 지식을 체득하고 있었고, 논리학에 있어서도

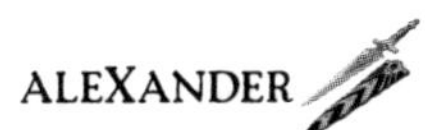

모친으로부터 믿기 어려운 수련을 받았기 때문이다. 논리에 있어 알렉산더는 이렇게 생각하고 있었다. 승리하는 자가 옳다고. 그리고 이기느냐 지느냐는 신의 뜻에 달려 있다고. 이 점에 관해 모친의 유아교육은 참으로 엄청난 효과를 발휘하였다. 알렉산더는 아킬레우스의 아들, 신의 아들이라 믿도록 주입받고 있었다. 그가 신의 아들이라면 어찌 신들이 그의 바람을 외면하겠는가.

아리스토텔레스는 이 점들을 거울삼아 이렇게 생각했다. 왕자에게 가르칠 수 있는 것은 자연과학과 세계에 관한 지식뿐이다. 여기에서 그는 아리스토텔레스학(學)의 진수라 일컬어지는 정치학과 논리학의 교육을 포기했다. 그가 그 다음으로 포기한 것은 무력을 경시(輕視)하는 가르침이었다. 그리스에서는 병사보다도 정치가가 존경받는다. 무력만의 싸움은 야만적인 행위로 취급된다. 그리스 연방 내에서도 스파르타처럼 딸들에게마저 군사교육을 시키는 도시는 비웃음을 사는 것이었다.

그러나 아리스토텔레스는 이 점에 있어서도 교화(敎化)를 단념했다. 마케도니아의 소년들은 뼛속 깊은 곳까지 야생(野生)의 피가 배어 있었기 때문이다. 아리스토텔레스를 그렇게 결심하도록 한 원인은 알렉산더에 얽힌, 어떤 사건에 있었다.

아직 이 학원이 생기기 전, 아리스토텔레스와 제자들이 궁전의 일각(一角)에 묵으며 교수안(敎授案)을 구성하고 있던 당시의 일이다. 필리포스 2세와 왕자의 교육 방침을 두고 의견을 나누고 있을 때, 피로니코스라는 인물이 궁전을 방문했다. 피로니코스는 테사리아인이었다. 테사리아라면, 강인한 근력(筋力)을 지닌 명마(名馬)의 산지였다. 그는 마케도니아 왕궁을 출입하며 무기와 군마를 거래하고 있었다. 그날, 피로니코스가 선보인 것은 한 마리의 거대한 흑마(黑馬)였다.

왕은 아리스토텔레스와의 대화를 잠시 중단하고 가신(家臣)들과 함께 그 말을 보러 나가기로 하였다. 마장(馬場)은 왕궁 뒤편에 있었고, 문제의 말은 그곳으로 끌려 나왔다. 보아하니, 완전한 야생마였다. 콧김을 거칠게 몰아쉬고 목에 땀을 흘리는 등 무척 흥분해 있는 상태였다. 왕은 기수(騎手) 하나를 지명하였다.

— 저 흑마를 길들여 보라.

기수는 우선 말의 옆구리로 다가가 말갈기 주위를 쓰다듬으려 했다. 그러자 말이 갑자기 모가지를 흔들더니 이빨을 드러내며 달려들어 물었다. 기수는 방심했던 탓이었는지 팔뚝을 물리고는 기겁을 하며 달아났다. 이어 다른 기수가 이 난폭한 말에게 다가갔다. 좀 전과 마찬가지로 옆구리로 다가가 어깨에 손을 얹고 올라타려 하였다. 그러나 한 쪽 다리를 걸치려 드는 순간, 말이 펄쩍 뛰었다. 앞발을 들고 서서 두세 번 허공을 긁었다. 그 충격으로 기수의 몸이 공중으로 튀어 날아갔다. 말은 땅에 떨어진 기수를 짓밟았다. 비명이 터진다. 지켜보던 사람들 사이에 긴장감이 감돌았다.

이번에는 기수 둘이 말에게 다가갔다. 머리 쪽과 옆구리 쪽으로 조금씩 조금씩 신중하게 접근했다. 그러나 말은 두 사람이 충분히 다가가기도 전부터 미쳐 날뛰었다. 손도 못대게 날뛰고 뒷발을 박차댄다. 이렇게 되자, 가까이 다가가는 일조차 불가능해졌다. 필리포스 2세는 동행한 아리스토텔레스에게 핑계김에 속삭였다.

— 쓸만한 기수(騎手)들은 모두 전지(戰地)에 나가 있기 때문에 제대로 된 놈들이 없소.

왕은 가신들을 향해 몸을 돌려 무시무시한 목소리로 호통을 쳤다.

— 이봐라, 너희들은 말 한 마리 길들이지 못한단 말이냐! 기수들을 불러라! 저 말을 타는 자에게는 상을 내리겠노라.

그러나 아무도 선뜻 나서지 않았다. 이 거대한 말의 흉폭함에 겁을 집어먹은 것도 무리는 아니었다. 이 말은 뿔만 없었지 마치 소처럼 머리를 낮게 수그린 채, 이빨을 드러내는 것이었다. 이어 두꺼운 말뚝마저 뒷다리로 차서 쓰러뜨렸다.

말을 붙잡아 매둔 말뚝이 쓰러지고, 말은 그 무거운 나무를 끌며 마장 안을 이리저리 내달렸다. 이윽고 말이 마장 중앙에 멈춰섰다. 거기에 한 명의 소년이 나타났다. 긴장하는 기색도 없이 경쾌한 발걸음으로 거대한 흑마에게 다가간다. 소년은 웃고 있었다. 왕은 눈을 의심했다.

— 이봐라, 알렉산더가 아니냐!

아리스토텔레스 또한 창백해졌다. 자신이 교육을 맡은 그 왕자가 마장(馬場) 안으로 걸어 들어왔기 때문이다.

— 물러서라, 알렉산더!

필리포스 2세가 당황하며 소리쳤다. 그러나 소년에게는 들리지 않는다. 그는 사뿐사뿐 말에게 다가간다. 거대한 검은 말은 다가오는 인기척을 눈치채지 못한 채 멈춰 서 있다. 세 발짝, 네 발짝, 다섯 발짝…. 흰색의 짧은 튜니카를 입고 건장한 다리를 드러낸 소년은 두려워하는 기색도 없이 말 옆으로 걸어갔다. 기수들처럼 옆구리 쪽으로 다가가지 않았다. 말의 정면에서 마주보며 다가간다. 때마침 내리쬐는 강렬한 햇빛을 정면으로 받아 새하얀 튜니카가 눈부시게 빛났다.

— 멈춰라!

부왕이 큰소리를 질렀다. 왕자는 그제서야 멈춰 서더니 부왕 쪽을 돌아보았다.

— 목숨을 잃을지도 모른다! 알렉산더, 이리로 오거라!

부왕이 손을 내밀었다. 그러나 왕자는 천연덕스러운 얼굴로 답하였다.

— 아무도 올라타지 못하는 듯하길래… 제가.

— 바보 같으니! 너는 아직 열세 살이다. 장정들도 어찌하지 못하는 것을!

그러나 왕자는 물러서지 않았다.

— 저 사람들보다는 잘 탈 수 있습니다.

그 말이 부왕을 진노케 하였다.

— 무슨 소릴 하는 게냐, 알렉산더! 예까지 와주신 아리스토텔레스 선생 앞에서 큰소리를 치다니, 부끄럽지도 않느냐?

알렉산더는 머리를 저었다.

— 부끄럽지 않습니다. 분명 사실을 말씀드리는 것인지라.

왕자의 바로 곁에 선 흑마(黑馬)는 신기하게도 고분고분했다. 필리포스 2세는 아들에게로 달려가려 하였다. 그러나 왕자에게 제지당했다.

— 안 됩니다. 그쪽에서 다가오시면 말이 놀랍니다!

왕은 아들의 경고를 무시하고 다시 또 한 걸음 다가서려 하였다. 그러자 말이 목을 틀어 왕 쪽으로 시선을 향했다. 갈기를 곤두세우고 힝힝거렸다. 다시금 흥분하기 시작한 것이다. 필리포스 2세는 그 자리에 붙박였다. 거기에서 왕자를 소리내어 불렀다.

— 큰소리만 치고, 만에 하나 올라타지 못할 시엔 벌을 내릴 것이다.

— 상관없습니다.

알렉산더는 자신감에 넘쳐 있었다. 왕은 화가 머리 끝까지 치밀어 올랐다. 왕은 마장에서 물러나 아들을 윽박질렀다.

— 그렇다면, 해보거라. 만약 실패한다면, 그 말로 하여금 널 물어 죽이게 하겠다.

— 뜻대로 하시옵소서!

그렇게 말하고 왕자는 다시 말에게로 다가가기 시작했다. 왕자의 걸음걸이는

가벼웠다. 쉽사리 가뿐하게 다가간다. 그러나 말은 미동도 하지 않았다. 지켜보는 사람들의 눈에 놀라움이 깃들었다. 그토록 미쳐 날뛰던 말이 고분고분해서가 아니었다. 왕자가 겁내는 기색이라고는 전혀 보이지 않았기 때문이었다.

왕자는 드디어 말 옆에 섰다. 느릿하게 손을 뻗어 땀이 살짝 밴 말의 콧등을 쓰다듬었다. 그래도 말은 가만히 있었다. 왕자는 말의 목덜미를 가볍게 토닥거렸다. 그래도 말은 그대로 있는 것이었다. 보는 이들은 어이가 없었다. 말이 온순해진 이유를 도무지 알 수 없었기 때문이었다. 알렉산더는 조금씩 말의 옆구리 쪽으로 몸을 옮겨갔다. 말은 딱 한 번, 히힝거리더니 앞발을 들어올렸다. 즉시, 왕자의 손이 말의 배에 가 닿는다. 그러자 말은 앞발을 내리고 움직이지 않았다. 왕자는 일말의 머뭇거림도 없이 말을 얼르고 어깨 부근을 쓰다듬은 후, 한쪽 다리를 박차 가볍게 뛰어올랐다. 다음 순간, 왕자의 몸은 말 위에 있었다. 주위로부터 일제히 환호성이 터져 나왔다.

— 탔다!

필리포스 2세는 눈을 쟁반만하게 뜨고는 아들을 지켜보았다. 말이 조금씩 걸음을 떼기 시작했다. 말 위에서 왕자가 엉덩이를 들며 허벅지를 조였다. 그러자 말은 멈춰 섰다. 조였던 허벅지를 풀고 다시 말 위에 앉는다. 그러자 말이 천천히 발을 옮기기 시작했다. 이어 왕자가 한 다리로 말의 배를 찼다. 돌연한 행동이었다. 말은 놀라서 앞다리를 허우적댔다. 그때를 놓치지 않고 다시 배를 차자 말은 달리기 시작했다. 마장(馬場)의 울타리를 따라 말이 달린다. 왕자는 상체를 바짝 숙여 말에게 몸을 밀착시켰다. 말은 기분 좋은 듯이 달린다. 울타리를 따라 오른쪽으로 달린다.

사람들은 박수를 쳤다. 환호하며 휘파람을 부는 이도 있었다. 아리스토텔레스는 망연자실하여 왕자의 모습을 계속 바라보았다. 소년 알렉산더는 부왕의 곁까지 말을 몰아 두 다리로 있는 힘껏 말의 몸통을 조여댔다. 말이 멈춰 선다. 숨소리 하나 흐트러짐 없이.

— 알렉산더!

부왕은 감격에 겨워 외쳤다.

— 큰소리를 내지 말아 주십시오. 말이 놀랍니다. 아무리 사나운 말도 실은 모두 겁쟁이인 셈입니다.

알렉산더는 얼굴을 찡그리며 부왕에게 주의를 요청했다. 왕은 몇 번이고 고개를 끄덕이고는 소리를 죽여 가며 얘기한다. 왕의 눈에는 눈물마저 어른거렸다.

— 이 얼마나 대단한 아들이냐! 너에게, 마케도니아 같은 작은 나라는 어울리지 않는다. 페르시아를 정복해라! 그리스로 진격해라!

알렉산더는 웃었다. 곁에 선 스승 아리스토텔레스 쪽으로 시선을 던졌다. 스승 또한 어안이 벙벙해져 있다. 시선을 다시 부왕에게로 돌린 그는 이렇게 말했다.

— 이것으로 약속은 지켰습니다. 제가 결코 큰소리를 친 것이 아니라는 사실이 입증됐습니다.

부왕은 크게 끄덕여 보였다.

— 짐이 어리석었다. 너의 승리니라!

— 그럼 이제 상을 내려 주십시오.

알렉산더는 그렇게 말하고는 말의 머리를 가리켰다. 말이 푸루루 하고 소리를 내었다.

— 이 말을 제게 선물해 주십시오.

왕자는 그렇게 말하고는 말 등에서 뛰어내렸다. 곧 상인 피로니코스가 달려왔다.

— 왕자님, 진정 훌륭한 솜씨였사옵니다! 감탄하였습니다. 왕자님이야말로 마케도니아 제일의 기수(騎手)인 줄로 아뢰옵니다.

— 아첨은 그만두고. 값은 얼마냐?

왕자는 나지막한 목소리로 상인에게 물었다.

— 그게, 테사리아에서도 몇 필 보기 드문 덩치의 말이라…. 13탈란트면?

— 13탈란트라고! 고약한 것 같으니.

돌연, 필리포스 2세가 벌컥 화를 냈다. 하긴 화를 내지 않는 것이 도리어 이상할 만한 가격이었다. 보통 군마 한 필의 값은 그 오십 분의 일에도 미치지 못했기 때문이다.

— 피로니코스!

왕은 노여움을 터뜨리며 상인에게 다가섰다. 그러자 갑자기 말이 난폭해질 기미를 보였다. 왕이 뒤로 물러섰다. 알렉산더는 웃으며 부왕에게 충고하였다.

— 부르는 값을 쳐주지 않으면, 아바마마께서 말에게 잡아먹힐 듯합니다.

이것으로 흥정이 이루어졌다. 터무니없는 값을 치른 왕은 불만스러운 얼굴로 말을 올려다보았다.

— 어쩌면 이토록 무시무시하게 생긴 말이 다 있느냐?

왕이 그렇게 중얼거린 것도 무리는 아니었다. 말의 얼굴은 괴물처럼 흉칙했다. 이마 사이가 불룩하게 솟고 갈기는 사자처럼 길었다. 그때, 아리스토텔레스가 마침 생각난 것처럼 말을 꺼냈다. 왕도, 왕자도, 그의 말에 귀를 기울였다.

— 방금 떠오른 것이 하나 있습니다. 왕이시여, 이 괴물과도 같은 말에게 부케파로스라는 이름을 붙여 주십시오. '소의 머리' 라는 의미이옵니다.

— 부케파로스! 그것 괜찮구나. 이 괴물에게 딱 들어맞는 이름이로다.

왕은 즉석에서 찬성했다. 알렉산더 쪽은 잠시 생각하는 듯하였으나 이내 웃음을 지으며 답했다.

— 감사합니다. 스승님!

이것으로 사나운 말의 이름이 결정되었다. 부케파로스는 알렉산더 왕자가 생애 처음으로 소유한 말이 되었다. 상인이 말을 축사로 데려 간 후 왕의 일행은 마장에 남게 되었다. 알렉산더는 무슨 경기를 하던 와중이었던 듯, 부왕에게 허락을 구하고는 그 자리를 떠나려 하였다.

— 잠깐만, 알렉산더!

갑자기 그를 부른 것은 스승 아리스토텔레스였다. 왕자는 돌아보며 그리스 제일의 학자에게로 시선을 향했다.

— 무슨 일이라도?

대학자 아리스토텔레스는 꾸밈없는 사람이었다. 마음속에 품은 의문은 곧장 해결을 보고야 마는 습관이 있었다. 물론, 대학자가 어린아이에게 가르침을 구할 때도 있는 법. 그는 말하였다.

— 알렉산더, 저 사나운 말을 어떻게 다룬 게냐? 나로서는 알 수가 없구나. 그 어떤 기수도 성공하지 못했던 것을 말이다. 부디 가르쳐 주지 않겠느냐?

그러자 왕자는 수줍은 듯 눈을 내리깔며 예를 올린 후 답하였다.

— 스승님께 가르쳐 드리다니요. 그처럼 제 분수에 어긋나는 일은 할 수 없습니다. 스승께서는 진작부터 알아차리셨을 터. 저는 대부분의 기수(騎手)들이 부케파로스에게 접근하다 되려 물러서게 되는 광경을 관찰하고 있었습니다. 그래서 깨달은 것이 그림자였습니다.

— 그림자라면?

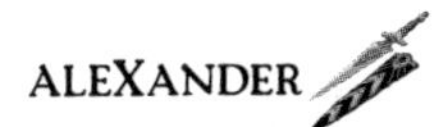

― 예, 스승님. 앞서 말씀드린 대로, 말은 제아무리 굳센 모습을 보이더라도 사실 그 본성은 겁이 많은 동물입니다. 기수들은 태양을 등지고 말에게 다가간 것입니다. 그러니 검은 그림자가 말의 시야에 들어왔죠. 말은 그 그림자에 놀란 것입니다. 그래서 저는….

아리스토텔레스가 무심결에 넓은 이마를 탁 하고 쳤다.

― 그림자가 생기지 않도록 태양과 마주보며 말에게 다가갔다, 그 이유였던 게야!

― 예.

알렉산더는 얼굴을 붉히며 끄덕였다.

이 사건은 스승 아리스토텔레스의 높은 콧대를 완전히 납작하게 하였다. 열세 살의 소년에게 철저하게 당한 것이다. 이 소년은 이미 실천(實踐)을 통해 병법과 무술을 몸에 익히고 있었다. 이는 교사를 통해 얻을 수 있는 지식들을 단숨에, 그것도 간단히 넘어서 버리는 것들이었다. 그런 까닭에 아리스토텔레스는 군사학(軍事學)에 있어서도 일절, 입을 다물기로 하였다.

아리스토텔레스는 교사로서 이 야생의 왕자에게 특별히 빼어난 위에 또 하나의 중대한 소양(素養)을 길러주고 싶다는 생각이 들었다. 언젠가는 세계제패의 길을 떠나게 될 이 왕자가 그 목적을 달성하기 위해 필요한 것, 그것은 민심을 끌어 모으고 가신들의 충성을 얻는 방법이었다. 그것을 한마디의 격언으로 표현하자면, 이렇게 말할 수 있다.

'사람은 결국 신(神)을 초월(超越)할 수 없다.'

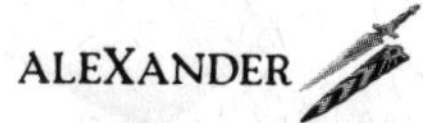
ALEXANDER

제3장
현 두

노부나가, 젊은 시절에 저지른 죄과에 대해 말하다

― 역산대왕이 쾌락을 멀리하고, 절제에 힘썼다니 참으로 흥미롭도다.

오다 노부나가는 이야기가 끊어지기를 기다렸다는 듯이 말을 시작하였다.

― 짐 또한 마찬가지이다. 술을 금하고, 과식 또한 아니하며, 여자도 멀리 한다. 평소 마나세 도우산(曲直瀨道三)이라 하는 의사에게 몸을 진찰케 하고 있는데, 마나세는 모든 방면의 약초에 정통하지. 그 테이후루타(丁降太)라는 본초(本草) 학자의 얘기를 듣고 나는 마나세의 얘기라 생각했다네.

프로이스는 끄덕이며 이렇게 답하였다.

― 이것 참으로 《대비열전》에 어울리는 형국이 되어버렸습니다. 설마 노부나가 전하 또한 체온이 높으신 것은 아니신지.

프로이스의 농담이 일본국의 왕을 큰소리로 웃게 만들었다.

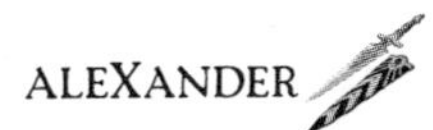

― 이 자를 좀 보게나! 익살을 부리다니.

좌중에도 웃음이 퍼지고 실내의 공기가 훨씬 부드러워졌다. 하지만 이미 퇴청할 시간이었다.

루이스 프로이스는 로렌소와 작은 소리로 의논하여 오다 노부나가에게 퇴청의 허락을 구해보기로 결정하였다. 그러나 노부나가는 로렌소의 청에 고개를 저었다. 지극히 드문 일이었다. 평소 노부나가는 객(客)과 장시간 얘기하는 일을 좋아하지 않았다. 특히, 밤 시간은 경호(警護)상의 문제도 있어서, 외부인을 성안에 두지 않는 것이 원칙이었다. 당연, 해가 지기 전에 퇴청하는 것이 가신(家臣)들이 지켜야 할 사항이었다. 그러나 노부나가는 이렇게 말했다.

― 짐은 바다 건너의 나라들에 관해 될 수 있는 한 많은 것들을 알고 싶도다. 오늘 저녁은 역산대왕이라는 고대 영웅의 이야기를 들었다. 아직도 많이 남은 듯하나, 다음에 언제 그대들로부터 이야기를 듣게 될지 어떨지 분명하지 않다. 앞으로 반 시각 정도, 성안에 머물지 않겠는가. 돌아가는 길은 시종을 시켜 배웅케 할 터이니.

노부나가는 그렇게 말하고 시종들을 향해 알아들을 수 없는 작은 소리로 명령을 내렸다. 그리고 다시 자리에 앉아 프로이스에게 말을 걸었다.

― 만류하게 되어 미안하도다. 만류하게 된 점 미안하게 생각하네. 하지만 부디 이것만은 들려주기 바라네. 역산대왕은 어떠한 가족들 틈에서 지냈으며 어떻게 왕위를 계승하였는지.

프로이스로서는 노부나가의 청을 거절할 입장이 아니었다. 저녁 또한 대접받았고 갈길 또한 배웅해 준다고 한다.

― 잘 알겠사옵니다. 그럼 이야기를 좀더 해보도록 하겠습니다. 노부나가가 전

하, 전하께서는 어떠한 가족 슬하에서 성장하셨는지요?

프로이스가 물었다. 순간, 노부나가의 눈에 이상한 빛이 감돌았다. 로렌소마저 안색이 창백해지며 프로이스를 제지하려 했지만, 프로이스는 물러서지 않았다.

― 데우스[16]는 말하였습니다. 네 주위의 사람들을 사랑하라고. 그러나 인간은 관계가 가까워지면 질수록 상대를 사랑하지 않게 되는 법입니다.

노부나가는 잠시 생각에 잠겼다. 프로이스는 기다렸다. 이윽고 대왕은 눈썹을 치켜 세우며 이렇게 말하였다.

― 짐은 가족들에게 죄를 범하였다. 가족들 역시 나에게 죄를 범하였다. 우선, 나의 부친은 오다 노부히데(織田信秀)라 한다. 그는 살아 생전 거의 대부분의 시간을 전쟁터에서 보냈다. 30년 간 여든 번 가까이 전쟁에 나갔다. 첩을 열셋 가량이나 두었고, 그 여자들에게서 얻은 아이가 스물다섯 명을 넘는다. 나의 모친은 그런 부친을 증오하여 경멸하였다. 모친의 이름은 쯔치다 고젠(土田御前). 부친이 사망한 후, 후사(後嗣)를 누가 이을 것인가 하는 문제가 생겨났다. 이는 무가(武家)에 있어 중대한 일에 해당하는데, 이때 의견은 두 가지로 나뉘었다. 나와, 그리고 아우인 노부유키(信行)로.

당시, 장자(長子)의 자리를 이양(移讓)하는 문제로 품의서(稟議書)가 올라왔다. 동생인 노부유키를 성주(城主)로 추대하자는 품의서, 누가 여기에 서명했으리라 생각되나?

노부나가는 자조적인 어조로 물었다.

― 그럼….

대왕은 입술을 일그러뜨리며 이렇게 말하였다.

<hr>

16. 데우스(Deus) : 포르투갈어. 기독교 신자들이 자신들의 신(神)을 일컫는 말.

— 먼저, 짐의 가신장(家臣長)으로 정해져 있던 하야시 사도노카미(林佐渡守), 그리고 매형인 징포 아키노카미(神保安藝守), 그 위에 생모(生母) 쪽 가계(家系)에 해당하는 쯔치다 시모우사노카미(土田下總守). 짐은 이에 대소(大笑)할 수밖에 없었다. 그리고 아우를 심히 저주하였다. 모친 또한 저주하였다.

프로이스의 표정이 어두워졌다.

— 노부나가 전하께선 어찌되셨는지요?

목소리를 낮춰가며, 얘기의 결말을 물었다. 노부나가는 변함없이 입술을 기묘하게 일그러뜨리며 속삭였다. 나지막하고도 원망으로 가득 찬 목소리였다.

— 부친인 노부히데가 죽었을 때, 나는 열여덟이었다. 나는 부친의 위패(位牌)를 향해 말향(抹香)[17]을 내던졌다. 결국 짐은 가문을 계승하였으나 오다(織田) 일족(一族)이 지배하는 오와리(尾張り)를 통일하지 않고서는 마음이 놓이질 않았다. 그래서 나는 숙부인 오다 노부미쯔(織田信光)와 손을 잡고, 키요스(淸須)의 인척, 오다 노부토모(織田信友)를 쳤다. 아우인 노부유키 또한 모반(謀反)을 획책하였기에 곧장 숙청해 버렸다. 그 후, 오다 노부스미(織田信淸), 노부야쓰(信安)도 쳤다. 모두 나와 인척 관계가 있던 무장(武將)들이었다.

프로이스의 눈동자가 점점 어두워졌다. 하지만 노부나가는 전연 그 반대였다. 이야기가 피투성이가 되면 될수록 눈을 빛내기 시작했다.

— 그로부터, 나는 인접국 미노(美濃)의 사이토우 도우산(齊藤道三)이란 자와 동맹을 맺기 위해 도우산의 딸, 노우히메(濃姬)를 처로 맞이하였다. 제법 튼실한 여자이긴 한데 나로선 알 수 없는 여자라네.

프로이스는 일일이 고개를 끄덕이며 경청하더니 노부나가에게 이런 이야기

____

17. 말향(抹香) : 붓순나무의 잎이나 껍질로 만든, 불공을 올릴 때 사용하는 가루로 된 향.

를 하였다.

— 노부나가 전하, 실로 괴로운 지난 일을 여쭙고 말았사옵니다. 부디 용서를…. 하지만 무장(武將)에게 있어 후계 문제는 숙명(宿命)과도 같은 것인 줄로 아뢰옵니다. 역산대왕도 역시, 노부나가 전하 같은 입장에 놓여 고난을 겪게 되었습니다. 역산대왕에게는 말씀드린 대로, 한 살 터울의 여동생이 있었습니다. 그리고 남동생도 있었습니다. 배다른 아우였으며, 이름은 아리다이오스라 합니다.

노부나가는 남의 일인 양 매정하게 물었다.

— 역산대왕은 그 아우를 죽였는가?

끔찍한 질문이었다. 프로이스는 고개를 저었다.

— 아닙니다. 하지만 극히 적대시하였습니다. 당시 카리아라는 페르시아 영토에 총독(總督) 피크소다로스라는 인물이 있었습니다. 그는 필리포스와 손을 잡아 페르시아의 지배로부터 벗어날 생각으로, 장녀를 필리포스의 아들에게 출가시키려 하였습니다. 단 알렉산더가 아닌, 배다른 동생 아리다이오스를 지명한 것이었사옵니다. 이는 알렉산더가 말을 타고 들판을 달리는 데에만 열중하는 넋 나간 자라는 세간의 평판이 있었던 탓입니다. 이 일을 전해들은 알렉산더는 부왕 필리포스가 아우인 아리다이오스를 후계자로 선택하려는 것은 아닌지 다소 불안하게 여겼습니다. 이에 알렉산더는 밀사(密使)를 카리아에 보내 딸을 여의려는 것이라면 정신장애를 지닌 아리다이오스가 아닌, 건강하고 힘센 알렉산더 쪽이 훨씬 낫다고 유인한 것입니다. 그리하여 총독의 마음 또한 흔들렸습니다.

일본국의 대왕은 슬며시 안도하는 기색을 내비쳤다. 곧이어 잔인하기 이를 데 없는 목소리가 프로이스를 떨게 만들었다.

— 당연하다. 그리하여 마땅한 책략이다. 그 정도의 책략도 없는 자라면 역산

대왕의 세계제패 따위는 이루어질 리가 없다.

― 그러나 노부나가 전하. 이 일을 전해들은 필리포스왕은 몹시 노여워했다고 전해집니다. 진심으로 아리다이오스에게 왕위(王位)를 넘겨줄 생각이었는지도 모릅니다. 부왕은 벌로 알렉산더의 젊은 친우(親友)들 즉, 프톨레마이오스와 하르바로스를 마케도니아에서 추방하였다 하옵니다.

대왕은 재차 눈을 날카롭게 빛냈다.

― 죽이면 된다, 부왕을!

그렇게 잘라 말하더니 후훗 하고 웃었다. 순간 프로이스의 안색이 고스란히 변했다. 다소 빨라진 어조로 이야기를 계속하기 시작했다.

― 예. 말씀하신 대로, 역산대왕은 부친을 살해하였사옵니다!

프로이스의 말에 노부나가는 점점 의기양양하게 굴었다. 호탕하게 웃으며, 부채를 탁탁 소리내어 부치더니 이렇게 운을 떼었다.

― 그것 참 흥미롭게 되었구나!

― 아마 알렉산더와 모친이 힘을 합쳐, 밉살스러운 남편 혹은 아비를 살해한 것일 겁니다. 이 모든 일의 발단은 필리포스 2세의 결혼식이었습니다.

― 결혼식이라고? 이거 얘기가 이상해지는구나. 역산대왕의 부친은 이미 아내를 두고 있지 않았더냐?

노부나가는 프로이스가 들려준 기나긴 이야기의 요체(要諦)를 정확하게 잡아내고 있었다. 포르투갈어가 반쯤은 뒤섞인 프로이스의 이야기를 여기까지 정확하게 쫓아오리라고는! 선교사는 이 대왕의 무시무시한 이해력에 한기(寒氣)마저 느꼈다.

― 그렇사옵니다. 그러나 필리포스는 왕후인 올림피아스와 연을 끊었사옵니

다. 매사 지나치리 만치 신들려 사는 여인인데다가 남편인 필리포스를 적대시한 탓에, 왕도 왕비를 냉담하게 대하게 되었습니다. 신하들 역시 이국(異國) 출신의 왕비를 감정적으로 싫어했습니다. 그런 연유로 올림피아스를 본국으로 돌려보내고, 아예 순수한 마케도니아 혈통의 여성을 새 왕비로 삼자는 책동(策動)이 시작되었습니다.

— 그럴 듯하도다. 해서, 이혼은 이루어졌느냐?

— 예. 필리포스가 과감히 이혼을 결정한 것은, 마케도니아를 세계의 패자(霸者)로 발돋움시키려는 비원(悲願) 때문이었다 하여도 과언이 아니었습니다. 사실인즉슨, 어느 날 그리스 연방의 하나인 코린트에서 왕에게로 손님이 찾아왔습니다. 이 객(客)은 꾸밈없는 언습(言習)을 지닌 분으로, 과연 부부간의 문제가 무엇일까 하는 얘기로 소문이 무성한 필리포스를 향해 다음과 같이 비웃었던 것입니다. '가정(家庭)이 이렇게 소란스럽다면, 도저히 그리스 통일을 할 상황은 아니시군요. 그리스에 들일 여력이 있다면, 아무쪼록 집안을 다스리는 데 써 주십시오.' 하고 말입니다. 그 말에 필리포스 역시 화가 났습니다. 하지만 그리스인의 비웃음이 틀리지 않는 만큼 더 더욱 그 말을 무시할 수가 없었던 것입니다.

그때, 노부나가가 끼여들며 말하였다.

— 미안하지만, 프로이스. 역산대왕의 부친과 어미 사이에 벌어진 문제에 대해 좀더 자세히 얘기해 주지 않겠나?

— 알겠사옵니다. 필리포스 2세는 힘에 부치는 왕비를 향해, 너는 부정(不貞)을 저지르고 있음에 틀림없다고 트집을 잡았습니다. 성미 급하고 사무친 원한마저 깊은 올림피아스는 그 한마디에 완전히 이성을 잃었습니다. 아들 알렉산더를 데리고 지체없이 고국으로 돌아가 버렸습니다.

— 덫에 걸린 게로군?

— 예. 이것이 세간에 전해지자 그러한 소문이 파다하게 돌았습니다. 그러나 앞서 말씀드린 바와 같이 코린트인의 비웃음을 들은 필리포스는 가속(家屬)을 새로이 정비할 생각을 한 것입니다. 왕비를 마케도니아로 되불러 들인다 해도, 차후 잘 이끌어갈 자신이 없었던 것으로 보입니다. 결과적으로, 최선의 방법은 왕자인 알렉산더만이라도 페라의 궁전으로 돌아오게 하는 것이라고 생각했습니다. 필리포스는 왕비에게 민망할 정도로 머리를 숙여 가며 어찌되었건 알렉산더만은 돌아오게 하는 데 성공하였습니다.

— 그것은 현명한 처사로다.

일본국의 대왕이 다시 참견을 하고 나섰다. 하지만 프로이스는 고개를 저었다.

— 자, 그럼 본론으로 들어가겠습니다. 사태는 물론, 악화일로로 치닫게 되었습니다. 필리포스가 새로운 왕비로 선택한 여성은 바로 유력한 장군 중 하나인, 아타로스의 질녀(姪女) 에우리디케였기 때문입니다. 그녀의 숙부는 마케도니아 국내에서 영웅으로 추앙받는 파르메니온 장군의 딸을 부인으로 두고 있었습니다. 그리고 이번에는 놀랍게도 국왕과 인척 관계를 맺어 알렉산더를 추방하고, 조카가 낳은 아이를 왕위 계승자로 삼으려 하였습니다. 이 일만 성공하면, 그는 마케도니아 국내에서 실로 막강한 권세를 떨치게 되는 것이지요.

노부나가는 잠자코 이야기의 전개에 귀를 기울였다. 프로이스는 이쯤에서 대왕의 비위를 맞춰보기로 했다.

— 노부나가 전하, 가신들 중에 누구를 가장 신뢰할 만한 원로라 여기시는지요.

허를 찌르듯 돌연한 질문이었으나 노부나가는 표정 하나 안 바뀌고 답하였다.

— 원로라면, 시바타 카츠이에(柴田勝家)다.

— 만약 노부나가 전하시라면 시바타님의 질녀를 비로 맞으시렵니까?

— 생각해 본 적도 없다.

노부나가는 역정을 내며 내뱉듯이 답하였다. 그러나 프로이스는 계속 말한다.

— 그러나 필리포스는 장군의 조카딸과 결혼을 했습니다. 세계제패를 위한 하나의 방책으로. 더욱이 아랫사람인 가신으로부터 얻어들인, 이 새파랗게 어린 처녀에게 일부러 클레오파트라라는 이름을 붙여줍니다. 일국의 왕비에게 잘 어울리는 이름이지요. 혼례가 거행되고 그 피로연 석상(席上)에서 알렉산더는 새로 어머니가 된 그 젊은 여자와 이제 외척(外戚)이 된 아타로스와 대면하게 됩니다.

그런데 말씀입니다. 아타로스가 기신(機先)을 제압하려는 심산으로 알렉산더를 공연히 우롱하기 시작한 것입니다. 여하튼 아타로스는 몸도 못 가눌 정도로 취해 있었던 터라, 그 벅찬 감격을 억제할 수가 없었습니다. 어서 클레오파트라에게 순수한 혈통의 마케도니아인 황태자가 태어났으면 좋겠다고 공언(公言)해 버린 것입니다. 이 말을 듣는 순간, 알렉산더는 광기로 치달았습니다. 돌연, 벌떡 일어나서는 '네 놈은 나를 첩의 자식이라고 말하는 게냐, 무례한 것!' 하고 외치고는 손에 든 잔을 내던져 버렸습니다.

놀란 것은 필리포스 2세였습니다. 외척에게 예의에 어긋난 행동을 한 아들을 참하고자 검을 빼어 들어 알렉산더를 베러 들었습니다. 그러나 부왕 역시 술에 취해 있었던 탓에 의자에 발이 걸려 바닥에 넘어지고 말았습니다. 그 볼썽 사나운 모양이라니!

알렉산더는 돌연 전의(戰意)를 상실하고는 부왕을 비웃었다 합니다.

'아아, 내 아버지시여. 당신은 그리스인의 영토, 페르시아인의 영토로 출정(出征)하겠노라고 끊임없이 말해왔소. 하지만 이 의자 사이조차 건너지 못하다

니, 도저히 바람은 이루지 못할 것 같구려. 그냥 잠자코 왕위(王位)를 넘겨주심이 마땅하겠소이다.'

이 일로 인해 필리포스 2세는 미련을 끊은 듯했습니다. 알렉산더도 올림피아스도 변경(邊境) 에페이로스로 쫓아내고 새로운 왕의 가족을 이룰 생각을 한 것입니다. 왕비가 된 클레오파트라가 곧장 회임(懷妊)을 하였으므로 다음은 에페이로스와의 관계를 정리하는 것만 남았습니다. 일이 어찌되었건, 일국의 왕녀인 본처를 이혼과 동시에 본국으로 쫓아낸 것인지라, 에페이로스 전체가 분노로 들끓는 것도 당연하다 할 수 있겠습니다. 이에 필리포스는 올림피아스의 동생이자 현재 국왕의 지위에 있는 알렉산더, 우리의 영웅 역산대왕과 이름이 같은 까닭에 얘기가 복잡하게 된 점 무척 송구스럽습니다만, 바로 그 알렉산더왕을 눈여겨 본 것입니다. 왕은 아직 독신이었습니다. 필리포스는 자신의 딸인 클레오파트라를 에페이로스 왕에게 출가시키기로 한 것이옵니다.

여기에서 노부나가는 이야기가 지나치게 복잡하게 전개되기 시작하자, 다음과 같은 제안 하나를 내놓았다.

— 프로이스여. 짐은 이번 얘기가 끝날 때까지 잠자코 있을 테니, 역산의 이야기를 좀더 시간을 두고 느긋하게 전해 줄 수 있겠는가? 이를테면 다음 방문 때라든가….

프로이스 또한, 솔직히 피로를 느끼고 있었다. 될 수 있으면 빨리 이 부분을 끝내고 퇴청을 부탁할 생각이었던 차라, 노부나가의 제안을 반갑게 받아들였다.

— 알겠사옵니다. 그럼, 귀기울여 주십시오. 역산의 부왕이 영광의 반대편으로 멀어져 결국에는 목숨을 잃게 되는, 그 전말을 둘러싼 이야기이옵니다.

사자후(獅子吼)

알렉산더가 미에자의 학원에서 페라의 궁전으로 돌아온 것은 16세 때였다. 거의 3년 간을 스승 아리스토텔레스 곁에 있었던 셈이다. 필리포스 2세는 내심, 아들을 궁전으로 돌아오게 하고 싶지 않았다. 그곳에는 뱀과 몸을 섞는 부인 올림피아스가 있었기 때문이었다. 그런 계집으로 하여금 해괴한 주술 따위를 불어 넣게 두느니, 목숨이 왔다갔다 하는 가혹한 전장(戰場)으로 끌어내는 편이 나았다. 될 수 있으면 아리스토텔레스의 학원에서 곧장 전쟁터로 데려가 실전(實戰) 경험을 쌓아 주고 싶었다. 그러나 동쪽의 페르시아가 이미 불온한 움직임을 보이고 있었다. 필리포스가 그리스와의 싸움에 전념하는 동안, 그 틈을 노린 페르시아가 곧장 마케도니아의 수도 페라로 진군(進軍)해 올 위험을 대비해 두어야만 했다. 그 여파로 인해 알렉산더는 학원을 떠나게 되었다. 미에자에서 지체없이 페라로

돌아가 섭정(攝政)에 임할 것을 명령받았다. 부왕을 대신하여 본국을 지키는 역할인 것이다.

스승과의 작별, 스승은 기념품으로 호메로스의 전시(戰詩) 〈일리어드〉를 알렉산더에게 선사했다. 그것도 스승이 직접 무수한 주석들을 추가한 텍스트를.

— 너에게 가장 필요한 책은 이것일 게다. 전쟁에 나갈 때는 필히 이것을 지니고 가거라. 네 용기를 북돋아 줌에 틀림없을 것이니.

스승이 그리 말하며 건네준 두꺼운 양피지로 된 이 책을, 알렉산더는 평생 동안 손에서 놓은 적이 없었다.

한편, 소아시아에서 제작되었다고 사료되는 것으로 16세의 알렉산더를 묘사한 대리석상(像)이 지금도 루브르 박물관에 보존되어 있다. 이것으로 미루어 보자면, 그의 얼굴은 나이 어린 소년들 특유의 소녀와도 같은 섬세한 달콤함과 순진한 수줍음으로 넘쳐난다. 숱이 많은 머리칼은 살짝 곱슬거리기까지 하는 탓에 사자의 갈기를 연상케 한다. 외견상으로만 말하자면, 16세의 아름다운 얼굴에서는 장래의 패자(覇者)를 예감케 하는 활력을 발견할 수 없었다. 그러나 알렉산더의 정신은 이미 어릴 적부터 늠름한 전사의 그것이었다. 아리스토텔레스에게 애시당초 정치학, 논리학, 군사학의 교육을 단념케 한 것처럼 천부적인 전사였다.

16세의 알렉산더가 겉으로 보기에 아름답고 유약한 외모의 소년이었던 데에는 별도의 이유를 생각해 볼 수 있다. 그는 모친과 함께 지내고 있었다. 모친은 아들의 순결한 절제를 다소 지나치다 싶은 방법으로 감독했다. 그의 교육이 아직 모계의 친척 레오니다스에게 맡겨져 있을 당시, 모친은 매일같이 아들의 방에 들러 몰래 음식이나 장난감을 숨겨 둔 게 아닌지 방을 뒤졌다고 한다. 물론 어떤 음식들은 사람을 불결하게 만들기도 한다. 어떤 장난감은 확실히 사람을 무례하게 한다. 아마 알렉산더는 거세된 가축처럼 순종적으로 지낼 것을 모친으로부터 강요받았음에 틀림없었다. 모든 강제적인 일에 저항하는 알렉산더도 모친의 요구만큼은 불만없이 받아들였던 것이다.

그러나 그럼에도 역시 전사로서의 기질은 어린아이처럼 연약해 보이는 용모와 관계없이, 그의 내부에서 착실하게 단련되고 키워지고 있었다. 3년 만에 도착한 펠라의 궁전에서 섭정을 맡게 된 알렉산더는 이미 완전한 수사자로 성장해 있었다. 모친의 손길조차도 이미 어찌할 수 없을 정도로 늠름한 야생(野生)의 전사(戰士)가 되어 있었던 것이다. 그 실력은 섭정에 임함과 동시에 고스란히 발휘되었다. 표면상으로는 우호 조약을 맺고 있던 페르시아로부터 사절(使節)이 방문했을 때의 일이다. 전지(戰地)에 나가 있는 부왕 대신, 국빈(國賓)의 접대를 맡은 것은 알렉산더였다.

그는 국빈을 상대로 한동안 계속해서 연회(宴會)를 열었으나 본인 자신은 술을 한 방울도 입에 대지 않았다. 그리고 연회가 진행되는 동안 페르시아에서 온 사절에게 일체의 질문을 끊임없이 퍼부었다. 대략, 이러한 형국이었다.

'페르시아까지의 도정(道程)은 어떤 상태인가. 대군단이 진격할 수 있는가.'

'그것은 전략상 답할 수 없다.'

'페르시아 국왕 폐하는 어떤 분이시며, 전쟁에 임할 땐 어떠하신가?'

'그 또한 전략상 답을 올리기 힘들다.'

'그럼, 페르시아군의 현재 세력과 규율에 관해 묻겠다. 군의 통솔은 어떤 식으로 하는가?'

'우리는 군사 분야의 전문가가 아니라서…'

'그렇다면 페르시아의 고도(古都) 페르세폴리스의 번영(繁榮)에 대해…'

'말로 다할 수 없을 정도로 훌륭한 도시이다.'

'페르시아의 법률은 어떻게?'

'그런데 그것 또한 지금은 좀…'

'마케도니아를 처음 본 인상은? 우리를 그리스권(圈)의 일원으로 생각하는가?'

'아니, 그리 생각하지는 않는다. 훌륭한 왕궁이다.'

'그럼, 그리스에 관해서 인데…'

'자, 잠깐… 우리는 우호 사절이지, 외교단(外交團)이 아니다. 부디 그런 질문은 이제 그만 하시길…'

그러자 알렉산더는 자신의 자화자찬 같은 이야기를 일말의 주저함도 없이 펼쳐 보이기 시작했다.

'나는 아버지보다 강해지고 싶습니다. 그러나 부왕은 지금, 그리스를 치고, 이오니아를 점령하고, 북방으로도 손을 뻗고 있습니다. 이대로 가다가는 내가 싸워 차지할 땅이 없어지고 맙니다. 그게 억울하여, 지금이라도 전지(戰地)로 향할 수 있게 되기만을 신께 간절히 기원하고 있습니다.'

사절은 입을 꾹 다문 채 머리를 조아릴 수밖에 없었다. 그러나 그는 연회가 끝나자마자 본국에 급전(急傳)을 보냈으니, 마케도니아 왕의 아들은 당치도 않은 아이이다, 페르시아의 정치 정황을 꼬치꼬치 캐물었으며, 심지어 자신이 약탈할 토지가 줄어드는 것만 걱정하고 있다, 어쩌면 부친보다도 더욱 만만치 않은 적이 될지도 모르겠다는 내용이었다.

그러한 알렉산더의 걱정은 페르시아 사절을 기죽게 만들려는 큰소리만은 아니었다. 본심 또한 포함되어 있었던 것이다. 부왕 필리포스 2세는 코펜하겐의 왕립 미술관에 보존되어 있는 대리석상으로 보건대, 대단히 정력적인 기질의 소유자였다. 무성한 턱수염과 숱이 많은 머리칼, 그러나 사십대라는 나이에 걸맞지 않는 깊게 패인 주름이 돋보이는 이마. 이 인상학적 특징으로만 본다면 필리포스 2세는 총명할 뿐더러 현실적인 감각 또한 풍부했던 왕이라 사료된다.

반면, 가정 문제로 고심한 까닭인지 실제 나이보다 늙어 보인다. 아들 알렉산더가 사자라면, 부왕 필리포스는 들소 내지는 코뿔소이다. 그러한 부왕이 마케도니아 통일이라는 대숙원을 이룬 후, 그 다음 목표로 삼은 것은 바로 그리스였다. 당시의 그리스 연방은 지상에서 제일 가는 고도의 문명과 철학을 이룩한 위대한 도시국가의 영광을 이미 상실해 가고 있었다. 곳곳에 즐비하던 식민지는 마케도니아 혹은 페르시아라는, 체제(體制)를 달리하는 두 왕국에게 빼앗기고, 도시간의 세력 다툼이라는 집안 싸움에 최후의 여력을 소비하고 있는 상태였다.

이러한 그리스 연방에 있어, 정치의 중심은 아테네밖에 없었다. 헤라 여신의 가호 아래 번영한 그리스 문화, 그 최후의 빛은 아테네에서 발하고 있었다. 그중에서도 아테네를 지휘하는 요인(要人)은 그리스 내의 경의(敬意)를 한몸에 받고 있었다. 그는 이미 90세를 바라보는 고령에 달한 이소크라테스라는 인물이었다.

이소크라테스는 부유한 귀족으로 산문(散文)의 대가였다. 산문이라는 세속적인 기술법(記述法)을 통해 전쟁과 정치, 역사와 전통을 논한 점이 흥미롭다. 그는 시인(詩人)이 아닌 문인(文人)으로 불리어졌는데, 아리스토텔레스처럼 서책(書冊)을 통해 자신의 사상을 깊이 침투시키려 드는 유형이었다.

이소크라테스는 전쟁에 멍든 아테네의 시민들이 노예보다도 아둔한 사고(思考)를 하게 되는 현상을 걱정하고 있었다. 그에게 있어 최선의 결말은 하루라도 빨리 그리스 세계가 통합되어 집안 싸움이 사라지는 일이었다. 결코 원대한 꿈이라고는 할 수 없었지만, 그에게는 이것이 가장 큰 바람이었다. 그런 이유로, 구세

대에 속하는 평화지향 세력의 대표로서 그는 마케도니아의 필리포스 2세에게 기대를 걸었다. 다소 이국(異國)의 풍속에 젖은 나라라고는 하나, 원래 같은 헤라 여신의 자식인 점에는 차이가 없었다. 실로 노련한 정치가의 발상이다.

이에 대항하여 아테네 시내에서 매일 목이 쉬도록 일대 연설을 펴는 선동가(煽動家)가 있었다. 그의 이름은 데모스테네스. 데모스테네스는 제법 초기 단계부터 필리포스 2세의 야망을 눈치채고 있었다. 이 야만스러운 왕은 그리스 연방의 결속을 흐트러뜨리고 각 도시를 가장자리부터 조금씩 침탈하여, 최후에는 그리스 전체를 지배하려는 전략을 전개하는 것이다! 사태를 이렇게 읽은 데모스테네스의 입장에서 보면, 필리포스의 행동들은 여하튼간에 죄다 음모(陰謀)로 보였다. 이러한 무시무시한 음모의 존재를 시민들에게 전하기 위해서는 문장(文章) 따위의 잠꼬대 같은 재주에 의존할 수 없었다. 그는 가두(街頭)에 서서 열정 어린 연설을 되풀이할 것을 선택했다. 결국 아테네 제일의 웅변가(雄辯家)라는 이름을 얻었으나, 현재의 그에게 있어서는 명예도 그 무엇도 아니었다.

'그리스인이여, 단결하라.'

데모스테네스에게 있어서는 설득이 전부였다. 시민들이 필리포스의 행동을 점차 의혹의 눈으로 보게 된 것은 오로지 그의 달변에 의한 것이었다. 그의 연설에 동요된 사람들은 처음으로 애국심이라는 것에 눈을 떴다.

한편, 필리포스 2세는 이미 그리스 본토로 깊숙이 들어와 있었다. 북쪽의 유력 도시 테베, 이어 아폴론 신탁(神託)의 성지(聖地) 델포이는 필리포스의 계속적인 위협에 시달리고 있었다. 이 긴장을 그나마 그 상태로 유지시켜 주는 것은 아테네의 온건파(穩健派)가 필리포스와의 사이에 체결한 평화 약정뿐이었다. 물론 원칙에 지나지 않는 이야기지만, 우선 페르시아를 견제하는 데에는 유용했던 덕에 필리포스도 아테네의 제안에는 응했던 것이다. 필리포스는 이 약정(約定)을 방패삼아 국내를 아들 알렉산더에게 위임하고는 페르시아 국경에 위치한 헬레스폰토스 해협을 향해 지체없이 진군을 개시하였다. 사실을 말하자면, 헬레스폰토스는 아테네의 세력권에 해당하는 지역이었던 것이다.

당연, 이 행동은 아테네와 테베를 크나큰 불안으로 빠져들게 하였다. 이미 북쪽 국경을 빼앗긴 그리스 연방에게 있어, 에게해(海)와 그 반대편 해안에 위치하는 소아시아, 이오니아의 그리스 식민(植民) 도시들은 이를테면 퇴각로(退却路)였다. 식량 및 물자 또한, 그곳에서 본토로 유입되는 것이다. 필리포스 2세가 그곳을 쳤다는 것은 그리스 본토가 그 퇴로를 차단당했다는 것과 마찬가지이다. 여기에 이어, 데모스테네스의 열렬한 호소가 시민들을 움직이는 요인이 되었다. 연대(連帶)가 불가능한 것처럼 보였던 호적수, 아테네와 테베가 손을 잡았다. 필리포스를 무찌르기 위해.

이리하여 마케도니아와 그리스간의 최종전(最終戰)은 그 방아쇠를 당기게 되었다. 필리포스 2세와 데모스테네스와의 사이에 전개된 해묵은 대립에 결판을 낼 싸움이었으나 승패를 결정지은 것은 그 어느 쪽도 아니었다. 바로 생애 처음 대전쟁에 출정한 한 마리의 젊은 수사자였던 것이다. 알렉산더의 첫 전쟁은 본국에서 섭정을 하던 그 시기에 이미 끝나 있었다. 마케도니아의 먼 변경(邊境)에서 트라키아인들의 반격(反擊)이 발생한 것이었다. 그는 이를 토벌(討伐)하기 위해 자신의 후견인인 장군 안티파트로스와 함께 출진하였다. 트라키아인은 이류리아인과 더불어, 마케도니아 국경에 출몰하는 이방 민족이었다. 그들은 마케도니아에의 복종을 거부한 채 독자적인 행동을 계속하고 있었다.

알렉산더에게 있어 이 첫 전투는 이를테면 준비 운동에 지나지 않았다. 상대

의 수가 너무 적었기 때문이다. 금세 트라키아인들을 제압하고 점령한 지역에 기지를 설치했다. 그리고 이곳을 알렉산더 폴리스라 이름지었다. 생각해 보면, 야심으로 가득 찬 이름이었다. 점령지에 자신의 이름을 붙일 경우, 까딱 잘못하면 반발만 한층 더 불러일으키는 결과를 낳을 수도 있기 때문이다. 하지만 알렉산더는 이후에도 가는 곳마다 알렉산드리아라는 도시를 계속하여 세운다.

어쨌든 이 승리로 기세를 더한 그는 부왕의 부름을 받자 의기양양하게 그리스 본토의 주전지(主戰地)로 진군했다. 목표는 테베 북쪽, 카이로네이아였다. 알렉산더가 지휘를 맡은 것은 수백에 이르는 기마부대였다. 기마부대라는 것은 통상 선제 공격이 아닌 양동 작전(陽動作戰)용의 전력에 지나지 않는다. 움직임은 화려하나 승패를 결정할 정도의 중요한 역할을 부여받지 못하고 있다. 결착(決着)을 짓는 것은 대체로 보병대대의 압도적인 기세였다.

카이로네이아에 진을 친 필리포스 또한 마케도니아의 전통적인 포진(布陣)을 폈다. 선제 공격 부대를 왼쪽 날개로 배치, 중앙과 오른쪽 날개에 보병대대를 두고, 자신은 대대(大隊) 중앙에서 지휘(指揮)를 하였다. 대적하는 그리스군도 결사적인 자세였다. 전력은 쌍방 모두 4천 전후로 막상막하였다. 그리스측의 장군도 역시 전통적인 진을 폈으나, 전에 없이 골몰한 듯 살기를 내뿜고 있었다. 이는 실로 당연한 일이었다. 이곳을 격파당하면 고도(古都) 테베와는 엎어지면 코 닿을 거리이기 때문이다. 그리스군은 3천 명 정도의 보병을 모두 오른편에 집중하여 여기서부터 서서히 마케도니아를 몰아붙일 작전을 세웠다. 전투는 여름날 아침, 해가 뜸과 동시에 시작되었다.

필리포스는 당초 아들의 기마부대에게 큰 기대를 하지 않았었다. 현재 알렉산더로부터 최대한 많은 기마를 왼편으로 보내 달라는 요청이 접수되어 있었다. 아들도 주전장(主戰場)에서는 큰소리를 칠 리가 없다. 진심으로 그리 생각하였기 때문에 보충력으로 예비한 군단을 왼편으로 돌렸던 것이었다.

한편 알렉산더로부터 주력 부대로 전달된 전략상의 요망 사항은 딱 한 가지였다. 될 수 있으면 적진 깊은 곳까지 진(陣)의 주력 부대를 바짝 당겨 달라는. 필리포스는 승낙했다. 어찌되었건 승부는 중앙과 우익(右翼)에 배치된 보병들 간의 격전(激戰)에 달려 있기 때문이었다.

테베와 아테네 연합군은 예상대로 오른편으로부터 돌진해 왔다. 잔재주를 부리지 말고 당당하게 맞붙자는 각오였다. 그리스인의 이상주의(理想主義)가 여기서도 발휘되는 순간이었다. 적군은 압도적인 기세였다. 관록을 자랑하는 필리포스도 이 정도로 맹렬하게 밀고 들어오는 그리스군은 일찍이 본 적이 없었다. 마케도니아군의 주력 부대가 슬금슬금 후퇴하기 시작했다. 전사들은 칼을 놓고 창을 찔러대며 응전한다. 그러나 그리스군은 전혀 물러서지 않았다. 그중에는 백인(白人)들의 모습도 많이 눈에 띄었다. 용병(傭兵)과 노예(奴隷)뿐만 아니라, 시민들 또한 위기에 맞서 대항하고 있었던 것이다.

그리스 보병이 밀고 들어온다. 필리포스 2세의 군대는 뒷걸음질친다. 그리스군은 대략 3백 명 단위의 대열(隊列)을 여럿 편성하여 밀고 들어왔다. 대열 하나가 일곱 열(列)이다. 한 열(列)에 사십 명에서 오십 명의 병사가 늘어선 상태로 선두는 장창(長槍), 그 뒤는 칼을 쥐고 전진한다. 이러한 대열이 연이어 끊임없이 밀고 들어온다. 대략 열 개 대열은 될 것이다. 마케도니아군은 대열에 두께를 두지 않고 오히려 옆으로 길게 펼쳐나가고 있다. 그 때문에 밀고 들어오는 그리스군을 서서히 싸안는 모양이 되어 있었다. 이 양상은 그리스군이 부단히 밀고 들어오는 반면, 이편의 마케도니아군이 조금 조금씩 계속하여 후퇴하는 전황(戰

況)에 의해 더욱 현저해졌다. 이는 일견, 그리스군의 우세로 보였다. 하지만 마케도니아군측으로서는 후퇴는 해도 패주(敗走)하고 있는 것은 아니라는 의식(意識)이 전의를 지탱해 주고 있었다. 이어 전황(戰況)이 점차 교착 상태로 빠져들 즈음이었다. 그때까지 양동 작전에만 출동해 왔던 왼편의 기마 부대에 돌격 명령이 내려졌다. 지휘를 맡은 알렉산더 자신이 기병의 선두에 서서, 돌연 적의 심장부를 목표로 진격을 개시했다.

적의 주력인 보병은 이미 마케도니아군의 구석 깊은 곳까지 침투해 있었다. 마케도니아측의 보병이 적의 측면을 감싸고 있다. 다시 말해, 그리스의 주력 부대는 지금에 와서는 되돌아갈 수 없게 되어버린 것이다. 이를 절호의 기회라 눈여겨본 것은 다름 아닌 알렉산더였다. 그는 기병대를 쐐기꼴로 정렬(整列)한 후 문자 그대로 적진에 기마의 쐐기를 박아 넣었다.

적의 장군들을 보호하는 진지방위대(陣地防衛隊)는 그리 많은 수가 아니었다. 대략 육, 칠십이었을 것이다. 진지 왼쪽의 기마병도 제각기 마케도니아군을 쫓아 흩어져 버렸던 것이다. 하지만 알렉산더의 기병대만은 쐐기형의 진(陣)을 일말의 흐트러짐도 없이, 그림처럼 정연(整然)하게 유지한 채 그대로 돌진해 온다. 이토록 완벽한 배치는 일찍이 없었다. 방어가 부실했던 적의 왼쪽 날개는 눈 깜짝할 사이에 무너져 간다. 쐐기형 포진(布陣)은 돌격시 최대의 효과를 발휘한다. 뒤로 갈수록 아군의 숫자가 많아지기 때문에 적(敵)은 계책을 마련하기가 힘들어진다. 어느 정도의 수로 밀어붙여야 막아낼 수 있을 것인지 눈대중이 서질 않는 것이다. 바로 그때 단숨에 치고 들어가는 것이다. 쐐기형의 이점은 한 지점만 돌파하면 그 돌파구를 점점 넓혀갈 수 있다는 것이다. 그리고 단숨에 적의 중심부로 쳐들어간다. 전투는 적장을 쓰러뜨린 순간에 귀결된다. 보병간의 소모전을 기다리고 있을 필요가 없다.

알렉산더는 전투 개시 이전부터 이 작전을 정비(整備)하고 있었다. 오히려 기마대를 주력으로 배치하여 그 기동력을 살린 것이었다. 전력을 쏟아부어 적의 중심부를 습격하고 적장의 목을 벤다. 이것으로 승부가 결착(決着)된다면 소모전보다도 뛰어난 전법이라 할 수 있는 것이다.

필리포스 2세가 그리스의 주력 부대에게 애를 먹고 있는 동안 기마대는 전광석화(電光石火) 같은 움직임으로 적의 중추(中樞)까지 대번에 밀고 들어갔다. 지휘대는 병력이 취약한 오른편 후방에 있다. 장군들을 보호하기 위해 그 전방에 방패처럼 막아선 부대가 있었다. 한 열에 열 명씩, 그렇게 일곱 열이 줄지어….

― 돌격하라!

알렉산더가 자신의 기병들에게 명하였다. 명령이 떨어지자 쐐기형 진은 순식간에 흩어져 적의 중추를 포위하였다. 우선, 제일 먼저 알렉산더가 적진으로 쳐들어갔다. 적(適)은 어린 소년병을 포함한 연소자(年少者)들로 이루어진 군단이었다.

― 머리에 피도 안 마른 것들이!

그 역시 18세에 불과했지만, 알렉산더는 젊음의 힘을 빌어 일각을 터뜨렸다. 막상 쳐들어가다 보니 적은 지나치게 어린 소년들의 집단이라는 점을 알아차리게 되었다. 그러나 참작해 줄 이유는 없었다. 바로 그 어린 적들의 혹독한 반격이 기다리고 있었기 때문이다.

소년들은 알렉산더의 공격에 꿈쩍도 하지 않았다. 오히려 온몸을 던지듯 야생마 부케파로스에게 달려들었다. 장창(長槍)으로 찌르면 상처 입은 아군을 바로 옆의 병사가 부축하여 버틴다. 이어서 마케도니아의 기마군이 병사들의 벽을 향

해 몸싸움을 감행했다. 평소대로라면 말들의 기세에 눌려 진을 허물어뜨릴 상황이었으나 그들은 똘똘 뭉쳐 저항했다.

이쪽에서 적군 하나가 마케도니아 병사의 칼에 쓰러졌다. 피보라를 흩날리며 그대로 쓰러진다. 곧바로 옆에 선 동료 하나가 쓰러지는 병사의 어깨에 팔을 둘러 그를 일으켜 세운다. 부상당한 소년은 부축하는 소년에게 입을 맞추었다. 이렇게 적병은 목숨을 잃을지언정 그 자리에서 한 발도 움직이려 들지 않았다. 이다지도 기이한 부대와 마주친 것은 진정 처음이었다. 후견(後見)을 맡은 안티파트로스마저도 어이없어 했다. 그러나 자세히 살펴보면 적군의 대부분은 부상을 입고 있었다. 이미 숨이 끊어져 땅바닥에 나뒹구는 병사도 많았다. 소년병들은 온몸에 피를 뒤집어쓰고 있었다. 그들에 의해 보호되던 진(陣)의 중심부에서 더 이상 견딜 수 없었던지 비통한 소리가 터져 나왔다.

— 신성(神聖)부대가 개죽음을 당하게 내버려둘 작정이냐! 우리도 공격하자!

그 울부짖음이 알렉산더의 귀에 들려왔다. 신성부대! 테베의? 들은 적이 있었다. 알렉산더 정도의 연령이면 누구나 동경해 마지않는 테베의 정예 부대. 지금 피투성이가 된 전선(前線)의 소년병들이 바로 그 신성부대였다니.

그들은 신의 부르심을 받은 순교자들이었다. 성도(聖都) 테베를 지키기 위해 어린 생명을 내놓은 아이들. 소년들은 전원이 동성애(同姓愛)로 맺어져 있었다. 여자와의 접촉을 거부하며 오직 플라토닉한 사랑으로 정화(靜化)시켰다. 고대 그리스의 동성애는 육체의 교감만을 추구하는 것이 아닌 영혼의 교감을 주로 하는 것이었다. 그들은 성(性)을 공유하며 영혼 또한 공유한다. 그 영혼의 공유가 지금 알렉산더의 눈앞에서 전개되고 있었다. 그들은 맡은 자리에 버텨 서서 육신(肉身)으로 벽을 쌓아 적의 칼날을 막아낸다. 그리고는 쓰러지는 동료를 아직 살아 있는 동료들이 계속해서 부축해 나가는 것이었다. 그 결과…. 전원이 죽음에 이르지 않는 한 선택의 여지가 없다. 하나라도 영혼을 지닌 육신(肉身)이 남아 있는 한, 그는 사자(死者)들과 영혼을 공유하지 않으면 안 되는 것이다.

신성부대 전원은 가슴에 메두사의 머리를 그려 넣은 청동(靑銅) 갑옷을 입고 있었다. 적을 노려봄으로써 돌로 만들어 버린다는 마물(魔物)의 머리를 그린. 또 그들은 투구를 쓰지 않았다. 대신, 산양(山羊)의 머리가죽에 거대한 소용돌이 모양의 뿔을 단 두건(頭巾)을 쓰고 있었다. 그 수가 3백. 정작 외측에 위치한 자부터 적의 칼에 쓰러져 갈 계산이었다. 그러나 그들에게 있어서는 외곽, 가장 바깥을 맡는 것이 영광이었던 것이다. 중심부에 있는 자는 하나, 둘씩 쓰러져 가는 동료를 버티기 위해 서로 팔짱을 껴가며 그 자리에 단단히 버텨 선다. 서로 입을 맞추고, 칼을 하늘로 치켜든다. 외측에 선 자는 적에게 대항한다. 안쪽에 있는 자는 동료를 떠받친다. 전술적으로 보자면, 실로 무모한 진형(陣形)이었다. 전멸을 자초할 뿐인 옥쇄[18]전법에 지나지 않았다.

그러나 그들이 신성부대임을 알게 된 적(敵)은 그 사실만으로도 공격을 주저하였다. 적어도 그리스 동포간의 전쟁에서 테베의 신성부대를 전멸시키려 했던 적은 일찍이 없었다. 알렉산더는 바로 지금 그러한 적과 마주하고 있는 것이다. 공격을 멈추고 이대로 퇴각하자는 생각이 잠깐 스쳤다. 그러나 그때 알렉산더의 마음속에 격정이 용솟음쳤다. 적이 신성부대라면, 이쪽 또한 제우스의—아폴론의—아몬의 신성부대가 아닌가.

그렇게 생각하자 문득 분노가 전신을 훑고 지나갔다. 그는 순간적으로 그리스식의 투구를 벗어 던졌다. 손에 든 창을 번쩍이더니 신성부대 소년의 목을 꿰어

---

18. 옥쇄(玉碎) : 옥처럼 아름답게 부서진다는 뜻으로, 명예와 충정을 위해 깨끗이 죽는다는 의미.

그대로 창을 위로 치켜 올렸다. 놀라운 힘이었다. 소년병은 끔찍한 소리를 내며 피를 토했다. 곁에 선 동료가 위로 달려 올라가는 소년을 끌어내리려 했으나 이미 늦은 뒤였다. 알렉산더의 창이 신성부대의 대열로부터 소년을 단번에 낚아챘다. 그대로 창을 번쩍 들어올려 후방으로 집어 던졌다. 올림피아 축제에서 체험한 원반던지기의 기술이 여기에 활용되었던 것이다. 소년은 목에 구멍이 뚫린 채 후방으로 날았다. 지면에 세게 떨어지는 순간, 입에서 엄청난 양의 피가 뿜어져 나왔다. 이미 알렉산더는 비정한 악마로 변해 있었다. 창을 세워 들고는 혼절하여 쓰러진 소년의 곁으로 거대한 흑마(黑馬)를 내달렸다. 흑마는 핏발 선 눈으로 소년의 머리를 걸어찼다. 둔탁한 소리를 내며 소년의 두개골이 부서졌다.

— 부케파로스, 짓이겨라!

알렉산더가 외친다. 그 외침이 말을 더욱 난폭하게 만들었다. 말은 소년의 머리에 이빨을 들이대더니 쓰고 있던 산양의 두건을 벗겨냈다. 양쪽에 소용돌이 모양을 새겨 둥글린 뿔이 달려 있었다.

— 이리 다오, 부케파로스.

알렉산더는 고삐를 조여 거대한 흑마의 머리를 끌어당기고는, 말이 물고 있던 양피(羊皮) 두건을 낚아챘다. 그리고 끈적끈적한 피 얼룩이 묻은 두건을 찢어 산양의 뿔로 양쪽 귀를 막았다. 순간, 침묵이 퍼졌다. 뿔이 소리를 차단했던 것이다. 양가죽이 귓가에서 흔들린다. 저주파(低周波)가 귀를 엄습한다. 잠시의 변동이 알렉산더의 기분을 변화시켰다. 산양의 뿔을 관(冠)으로 받아들이자, 그의 눈동자에서 인간의 영혼이 사라졌다. 야성의 수신(獸神)으로 변모한 것이다.

'우우우우우우…'

그는 허공을 향해 절규하였다. 지옥의 야수와도 같은 포효였다. 뿔의 관(冠)이 그를 야수로 변신시킨 것이다. 부케파로스가 갑자기 앞발을 쳐들며 힘차게 일어섰다. 이 얼마나 거대한 말인가! 뒷발로 서자 사람 키의 세 배는 되어 보였다. 부케파로스는 코에서 불꽃을 뿜으며 신성부대를 향해 돌진했다. 찌르는 창을 걷어차내고 우뚝 서더니, 머리를 발로 차 두 조각을 냈다. 이어 소년들 위로 짓밟고 올라서서 하나, 둘씩 머리통을 물어 으스러뜨렸다. 뇌액(腦液)이 솟구쳤다. 골이 살점이 되어 날았다. 피투성이. 피투성이라는 말은 분명 이를 두고 하는 말이다.

알렉산더의 눈은 붉은 안개에 가려졌다. 어느 곳을 둘러보아도, 풍경은 붉은빛이었다. 붉은 피를 내뿜으며 잇달아 쓰러진다. 알렉산더는 칼을 휘둘렀다. 투구를 쓰지 않은 소년들의 두개(頭蓋)를 닥치는 대로 모조리 박살냈다. 우스꽝스러운 모양으로 피가 뿜어져 나오고 뇌가 드러났다. 뿔의 관을 쓴 수신(獸神)으로 변한 알렉산더의 모습에 기병(騎兵)들마저 광란상태에 빠져들었다. 말을 부닥뜨리고 검을 휘두르며 창을 찔러 넣었다. 소년병들이 마구잡이로 창에 찔려 쓰러져 간다.

신성부대는 완강하게 저항을 계속한다. 맡은 곳을 등지고 달아나는 자는 한 사람도 없었다. 전원이 거의 맨손으로 싸웠다. 돌진해 온 말 모가지에 꽉 달라붙어 목 언저리를 물어뜯으려는 소년도 있었다. 그러나 그들의 주위는 완전히 포위되었다. 게다가 적은 기마(騎馬)이다. 테베와 아테네 연합군의 기마는 모두 출격해 버린 탓에 주변에선 거의 찾아 볼 수가 없었다. 그 위에 또다시, 알렉산더의 기병대가 치명타를 가해 온다. 신성부대는 결국 전멸하였다. 한 명도 남김없이 지면(地面)에 쓰러져 누웠다. 그들의 시체 저편으로 적의 심장부가 드러났다. 노령(老齡)의 장군들이 우왕좌왕하고 있다.

— 기병대, 앞으로!

명령이 이어졌다. 적병과 싸우게 된 기병들은 다시 열을 지어 쐐기 모양의 진

형을 취해 중심부의 진지(陣地)를 공격하기 시작했다. 그러나 새롭게 나타난 적들이 진격을 방해하였다. 신성부대와는 다른 의미로 만만치 않은, 낫이 장착된 전차(戰車)군단이었다. 전차는 낫을 붙인 커다란 바퀴를 회전시켜 제 앞으로 칼을 휘두르며 쳐들어오는 마케도니아 병사들을 한꺼번에 쓰러뜨렸다. 이 전차가 또다시 무시무시한 속력(速力)으로 전장을 누비며 달렸다. 말 네 필에서 여섯 필까지, 크기는 각각 조금씩 차이가 있었다. 전차에 탄 병사들은 모두 불굴의 전사들만으로 이루어져 있었다. 이 전차 때문에 알렉산더 기병대는 대열을 흐트러뜨렸다. 완벽한 쐐기형을 유지할 수가 없었다.

알렉산더는 부케파로스의 고삐를 당겨 재빠르게 좌우를 둘러보았다. 물론 주전(主戰)의 보병대는 보이지 않는다. 적의 주력군과 뒤엉켜 있다. 원군(援軍). 짐작대로 자신의 기마 외엔 없었다. 그는 각오를 다진 후 재차 명령했다.

— 기마(騎馬)만으로 승부를 내자! 보병을 기다리지 마라. 돌격!

다시 마케도니아 기병대의 돌격이 전개되었다. 이번에는 후방의 병사 중 몇 열인가가 전방으로 올라왔다. 쐐기꼴의 각도가 넓어진다. 예리함은 잃었지만 좌우에서 공격해 오는 전차에 대해서만큼은 방위력이 향상됐다. 선두는 변함없이 알렉산더였다. 이때 그의 머리에 터무니없는 묘책이 떠올랐다. 적병에게 공격당하지 않기 위한 절묘한 수였다. 부케파로스의 검은 몸체에 채찍을 한 차례 날리더니 적의 중심부로 향했다. 방금 전에 전멸시킨 신성부대의 시체 더미 위에 말을 탄 채로 뛰어올랐다.

— 진격!

알렉산더가 명하자 부케파로스는 히힝거리며 입에서는 거품을 뿜으며 시체를 밟아 짓이기며 전진한다. 뒤를 잇는 기병들도 송장 위로 뛰어올랐다. 왕자를 따라 뼈를 부수며 살을 찢으며 말을 달린다. 계속해서 공격해 오던 전차 부대도 제 아군의 시신 위로는 올라서지 못했다. 그렇게 해서 뚫린 길을 마케도니아 기병이 달려 전진한다.

결국 궁병(弓兵)만이 최후의 방어선으로 남게 됐다. 병사들은 활을 재어 전진해 오는 적을 겨누어 쏘았다. 갑자기 화살비가 쏟아져 내렸다. 송장 위를 진격해 온 기병들에게 무수한 화살이 덮쳐들었다. 화살은 위로 아래로 방향을 정하는 법 없이 날아들었다. 의외로 명중률은 낮았다. 마케도니아 병사가 갑옷을 입고 있었던 것 또한 화살의 위력을 덜어주었다. 어지간한 힘으로 쏘지 않는 한 화살은 박히지 않았다. 그 덕택에 알렉산더는 쉽사리 전진해 갔다.

궁수들의 눈앞에, 신성부대가 쓰고 있던 뿔의 관을 쓴 군신(軍神) 같은 젊은 무사가 다가왔다. 무사는 말 위에서 돌연 토시를 떼어내고는 양팔을 벌렸다. 한 손을 꽉 쥐고 다른 한 손에는 피로 물든 칼을 높이 들어올리며. 알렉산더는 위협적인 그 자세 그대로 궁병(弓兵)들의 한가운데로 흑마를 몰았다. 그 기세에 압도된 궁수들이 도망칠 곳을 찾아 갈팡질팡한다. 뒤를 따르던 기병이 칼을, 창을 휘두르며 궁병들을 쳐서 쓰러뜨린다.

부케파로스가 고대(古代)의 기념상을 가로로 뉘어 설치한 대리석 방책(防柵) 위를 멋지게 날아 넘는다. 말 위의 알렉산더가 양팔을 벌리며 피의 안개로 덮인 두 눈을 부릅떴다. 마치 전쟁의 신 아르스, 혹은 트로이 전쟁의 영웅 아킬레우스가 부활한 것처럼 보였다.

부케파로스는 커다란 원을 그리며 적의 본진(本陣)으로 힘차게 뛰어들었다. 장군들이 우르르 도망친다. 병영(兵營) 안은 혼란의 도가니로 변했다. 막사(幕舍)에서 뛰쳐나오는 자, 후방으로 도망쳐 달리는 자. 그곳으로 마케도니아군이 습격

해 들어간다. 이미 승패는 결판났다. 기병대의 대살육전(大殺戮戰)이 시작되었다. 온정도 용서도 일절 베풀지 않았다. 대항하는 자는 베어 버리고, 달아나는 자는 찔러 죽이고, 망연자실하여 그 자리에 붙박인 자는 차서 쓰러뜨렸다.

전장(戰場)이란 광기의 다른 이름이었다. 알렉산더는 이미 인간을 초탈(超脫)해 있었다. 아마, 자신이 지금 칼에 찔려 죽임을 당했다 해도 육신의 죽음을 알아차리지 못했으리라. 왕자 알렉산더의 기병대가 전원 적의 본진에 뛰어들어 신성부대를 몰살시켰다는 소식이 전령에 의해 필리포스 2세에게 전해졌다. 왕은 자신의 귀를 의심했다. 전쟁에 있어 기병대란 선제공격에 성공한 연후에는 쓸모 없어지는 그런 것이었다. 기껏해야 적의 전차 부대를 멀리 유인해내는 미끼 역할 정도가 다인 것을!

— 정말이냐? 알렉산더가 적장(敵將)의 목을 벤 게냐?

전령은 상세한 것은 다음 보고(報告) 때 아뢰겠다는 말을 남긴 채 말에 올라타고는 전장으로 사라져 갔다. 놀랍게도 지독하게 밀고 들어오던 그리스군의 공세가 급작스럽게 힘을 잃었다. 본진을 급습당한 탓에, 명령을 내릴 지휘관이 없어져 버렸기 때문이었다.

필리포스는 지금이 싸움에서 가장 중요한 국면임을 직감했다. 멀리서 데려온 스키타이, 테사리아, 그리고 이류리아의 병사들에게 추격을 명하였다. 이곳에서도 대살육(大殺戮)의 막이 일거에 펼쳐졌다. 마케도니아군 중에서도 피에 굶주린 변경의 병사들은 피를 보면 미쳐 날뛴다. 그들은 손마다 도끼를 쥐고 그리스병을 뒤쫓았다. 달아나는 병사의 등을 향해 주저 없이 도끼를 내려찍는다. 등이 찢겨 붉은 살이 드러난다. 비명이 솟아오르고, 피가 사방으로 튄다. 하나를 쓰러뜨리면 그 시체를 밟고 뛰어넘어 뛰어오른 만큼의 가속을 업고 다음 사냥감을 급습하기 시작했다. 도끼를 번쩍 들어올려 그 무게를 이용하여 때려 박듯이 내려찍는다. 등이 갈라져 엉치께에 이르도록 두 조각이 난다.

피가 솟아오르고 쓰러진 적병은 괴로움에 못 이겨 혼절한다. 뒤로 돌아서서 대항해 오는 적은 거의 없었다. 그래서 야만스러운 병사들은 나무라도 베어 쓰러뜨리듯 후방으로부터 하나하나 적을 전멸시켜 갔다.

— 쫓아라! 뒤쫓아라!

필리포스왕이 큰소리로 외쳤다. 이미 결전의 승패는 훤히 드러났다. 이 이상의 살육은 의미가 없었다. 그러나 알렉산더는 살육을 멈추지 않았다. 다가오는 적은 물론이고 달아나는 적까지. 그의 살의는 하늘 끝까지 불타올랐다. 그만두고 싶어도 이미 멈출 수가 없었다.

부왕 필리포스 또한 학살을 멈출 생각은 없었다. 카이로네이아의 회전(會戰)은 무장(武將)의 긍지 혹은 명예를 놓고 벌이는 결투가 아니다. 영토를 얻느냐, 빼앗기느냐, 여지없는 선택을 하지 않으면 안 되는 도박인 것이다. 전쟁에 미학(美學)은 필요 없다. 알렉산더는 그렇게 생각했다. 이런 식으로 살육을 되풀이하여 하나라도 더 죽이는 쪽이 결국에는 안정된 세계를 이룩하게 되는 것이라고.

바야흐로, 그리스군도 다른 의미로써 미학을 포기하고 패주(敗走) 집단으로 화(化)하였다. 신성부대처럼 끝까지 버티며, 죽을 때까지 싸울 결의를 굳힌 자도 물론 있었다. 고향(故鄉) 테베와 아테네를 사랑하는 시민들은 죽음을 두려워하지 않았다. 그러나 불행하게도 그 수는 압도적으로 적었다. 그리스는 일찍이 겪어보지 못했을 정도의 큰 패배를 맞이하게 되었다. 아테네인만 전사자 천 명, 포로가 된 사내들이 2천 명을 헤아렸다. 이는 모두 알렉산더가 문득 떠올린 기병대에 의한 기습, 그 성공이 가져다 준 결과였다.

그리스의 멸망

분명, 가공할 만한 천재였다. 젊은 장군 알렉산더의 기습은 마케도니아뿐 아니라 패배한 그리스에서조차 비상한 화제를 불러일으켰다. 데모스테네스는 알렉산더 왕자를 가르켜 '전쟁의 예의(禮儀)도 모르는 애송이 야수(野獸)' 라고 비난하였다. 카이로네이아의 전투로 잔혹성(殘酷性)과 전략, 두 가지 모두 부친을 능가하는 주목을 끌어 모은 셈이 되었다. 전쟁이 끝난 후 마케도니아군은 테베에 입성했다. 여자도, 아이들도, 저항하는 자는 모두 가차없이 처형되었다.

이 소문이 자부심 강한 아테네에 전해지자 신성한 그리스의 중심 도시에서는 온 도시가 히스테리를 일으킨 것 같은 일대 소동이 벌어졌다. 이 소란에 지옥(地獄)의 냉기(冷氣)를 끼얹은 것은 전승국 마케도니아에서 온 교섭단(交涉團)이었다. 사람들은 그 인원의 구성을 듣자마자 공포에 질려 신께 기도를 올리기 시작하였다 한다. 이는 왕자의 후견인 안티파트로스와 함께, 필리포스 2세의 왕자 알렉산더 본인이 정사(正使)로 언급되었기 때문이다.

아직 여름의 정취가 채 가시지 않은 하루였다. 정적에 둘러싸인 성안에 드디어 그 일행이 도착했다. 마케도니아군의 사절단은 문 앞에서 말을 멈추었다. 엄청난 수의 무장병(武裝兵)을 대동하고 있었다. 행렬 맨 끝에는 거대한 나무 상자를 어깨에 짊어진 보병들도 있었다. 성채 위에는 시민들이 두려움에 떨며 밑을 내려다보고 있다. 문을 지키는 병사는 마치 얼어붙은 듯이 서서 기립 자세를 흐트러뜨리지 않는다.

주위는 쥐죽은듯이 고요해졌다. 행렬의 선두를 헤치고 나온 거대한 흑마가 신경질적으로 발굽 소리를 내며 다가온다. 그 흑마에 역시나 기이한 차림의 젊은 무사가 타고 있었다. 청년은 붉은 망토를 두르고 청동(靑銅)으로 된 갑주(甲冑)를 걸치고 있었다. 가슴에는 무시무시한 메두사 그림이 그려져 있다. 이는 사악한 저주를 막아내는 부적이었다. 뿐만 아니라 자신을 저주한 자에게 그 저주를 되돌려주는 힘을 지닌 문양(文樣)인 것이다. 하지만 시민들의 눈을 잡아끈 것은 메두사 문양만이 아니었다. 그 관(冠)! 아니, 관이라 하기보다는 두건이라 부르는 것이 더 어울릴 것이다. 그것은 산양의 가죽으로 만들어진 두건이었으나 양쪽 귓가에 거대한 산양의 뿔이 소용돌이치고 있었다. 마치 숲의 수신(獸神) 사튀로스 혹은 바커스처럼 보였다.

젊은 무사는 거대한 검은 말 위에서 성채에 모여든 시민들을 응시하였다. 시민들도 이 저주스러운 청년을 다시 뚫어지게 바라보았다. 이어, 일행 중 가장 연장자인 듯한 무장이 말을 타고 앞으로 나아갔다. 그리고는 성문 앞에서 안장에 양손을 얹더니 위쪽을 쳐다보았다. 위에는 아테네의 장군인 듯 중후한 갑옷에 투

구를 쓴 전사가 서 있었다. 전사는 칼을 빼들고는 밑에 있는 노장군을 쏘아본다. 사절들의 행렬에서 외측으로 나온 그는 한 손을 들었다.

― 마케도니아 왕 필리포스 2세의 대리인이다. 나는 안티파트로스라 한다.

그러자 문을 지키는 전사가 무거운 입을 열었다.

― 그쪽이 사절임에 분명하다는 증거는?

안티파트로스는 얼굴을 찡그리더니 허리춤 안을 뒤져 금화 주머니를 꺼냈다. 그리고는 그중 한 닢을 전사에게 던졌다. 전사는 그것을 잡아채어 금화의 안팎을 확인했다. 그것은 메다이온이라 불리는 전승(戰勝)을 기념하는 금화였다. 전쟁에서 공(功)을 세운 신하에게 주어지는 왕으로부터의 포상이었다. 금화의 바깥쪽에는 빽빽한 턱수염을 기른, 이마의 주름이 두드러진 인물이 그려져 있다. 안쪽에는 야자 나뭇잎과 카이로네이라라 읽는 그리스 문자.

전사는 몹시 놀랐다. 경악할 만한 재빠른 솜씨라 해도 좋았다. 바로 전날, 방금 전에야 종료된 카이로네이아 전쟁에서 공을 세운 무장에게 필리포스 2세는 미리, 상으로 줄 메다이온을 준비해 두고 있었기 때문이었다. 전사는 당황하며 모습을 감추었다. 잠시 후, 대문이 묵직하게 삐그덕거리더니 이내 활짝 열렸다. 문 저편에 네, 다섯의 장로(長老)들이 서 있다. 안티파트로스 장군은 그들에게 산양 뿔의 관을 쓴 젊은 무사를 소개했다.

― 이쪽은 우리 마케도니아의 적자(嫡子) 알렉산더님이시다.

장로들은 순간, 핏기를 잃은 채 그 자리에 얼어붙었다.

― 설마!

노인 중 한 명이 중얼거렸다. 안티파트로스는 냉정하게 머리를 저었다.

― 알렉산더님께서 친히, 전후 처리를 위한 심의(審議)에 납시셨다.

— 이는 참으로….

장로들은 당황했다. 그리고는 우왕좌왕하며 사절단을 도시 안으로 안내했다. 마케도니아 사절단은 묵묵히 아테네 거리로 나아갔다. 행렬의 뒤에 따라붙은 커다란 상자들도 천천히 입성하고 있다. 아테네 내부는 좀 전의 노인들보다 더욱 심한 혼란의 와중이었다. 신성한 대신전과 공공 광장에 장식되어 있던 기념비와 조각상들이 모두 성문 가까이에 집중되어 아무렇게나 쌓아 올려져 있다. 쌓아 올린 묘석(墓石)들 사이마다 무장(武裝)을 한 남자들이 숨어 있었다. 여전사(女戰士)들의 모습도 보였다. 일행은 그러한 방책들을 짐짓 무시하며 도시 중앙으로 전진했다. 많은 사람들이 적의에 불타는 눈으로 사절단을 노려본다. 아이들은 어머니의 그늘에 숨어 그 틈 사이로 마케도니아의 군인들을 훔쳐보고 있었다. 여자들의 수가 월등하게 많았다.

안티파트로스에게는 예상 밖의 상황이었다. 농성(籠城)을 벌일 태세이던 완강한 애국자들의 대부분이 여자와 아이들이었다고는…. 하지만 생각해 보면 당연한 일이기도 했다. 카이로네이아의 전투에서 죽은 아테네인이 천 명, 포로가 된 아테네인 또한 2천 명 정도라 한다. 실제로 이 위대한 폴리스에서는 청장년층의 사내 거의 대부분이 출전했던 것이다.

광장 중앙에서 일행을 맞아준 것은 마테도니아와의 결전을 부르짖어 온 데모스테네스였다. 과연, 그 안색이 창백하다. 안티파트로스는 입을 꾹 다문 채 침묵을 지키는 데모스테네스를 발견하고는 짓궂은 웃음을 띠며 말에서 내렸다. 그리고는 알렉산더의 옆으로 다가가 말에서 내리라고 눈으로 재촉했다. 왕자는 흑마의 등에서 망토를 휘날리며 뛰어내린다.

— 왕자님, 이 자가 데모스테네스인 줄로 아룁니다. 우리 마케도니아를 끈질

기게 증오하더니, 끝내는 전쟁을 불러일으킨 바로 그 장본인입니다.

그렇게 소개가 되었는데도 알렉산더는 반응을 보이지 않았다. 이 적장(敵將)을 짐짓 무시일변도로 대하는 듯했다. 데모스테네스의 표정에 두려움이 감돌고 있었다. 그럼에도 불구하고 쉰 목소리를 쥐어짜내어, 기선(機先)을 제압하려 든다.

— 이런, 왕의 아드님이 아니십니까? 카이로네이아에서 대수훈(大殊勳)을 거두셨다는 사정은 전해들었사옵니다.

데모스테네스의 응답에는 알 수 없는 갑갑함이 있었다. 어딘지 모르게 무척이나 어색했다. 알렉산더는 갑자기 손을 들어, 후방(後方)을 손가락으로 가리켰다.

— 저 산더미같이 쌓아 올린 석상들은 무어냐? 우리에게 저항하기 위한 방패인가?

데모스테네스는 알렉산더의 날카로운 지적에 안색이 창백해졌다.

— 그럴 리가 있겠습니까? 우리 아테네의 불온한 것들이, 시(市)의 허가도 얻지 않은 채 쌓아 올린 방어물인 줄로 아뢰옵니다. 내일이면 철거될 예정입니다만….

알렉산더는 재차 데모스테네스의 답변을 무시하고는 계속 말을 이어나갔다.

— 이소크라테스는 어디에 있나? 그자와 얘기하고 싶다.

이마에 세로로 주름을 새긴 지도자는 가슴을 쓸어내리는 듯한 표정을 지으며 답했다.

— 참으로 안타깝게도, 바로 수일 전에 세상을 떴습니다. 최후의 문장(文章)은 그리스의 새로운 맹주(盟主), 필리포스왕을 찬미하는 산문(散文)이었사옵니다.

데모스테네스는 옆에 있던 시종에게 뭔가 명령을 내렸다.

― 곧 그 기록을 가져올 것이니, 부디 한 번 보아주십시오.

하지만 알렉산더는 또다시 웅변가의 말을 무시했다.

― 문장이라면, 그 말한 바가 오래도록 보존될 터. 그러나 웅변(雄辯)이란 편리한 것이로구나. 문장처럼 증거가 남지 않는 까닭에.

데모스테네스의 표정이 변했다. 적의가 급작스럽게 그 뺨을 물들였다. 눈동자에 어두운 그림자가 감돌았다.

― 이런, 어인 말씀을…. 이는 무슨 의미이신지요?

― 들은 바 그대로이다. 네 놈의 마케도니아 비판을 삼가 들을 수 없게 되어 유감이라는 소리다.

알렉산더는 그렇게 답하고 안티파트로스에게 뒷일을 부탁했다. 장군은 근엄한 표정으로 적의 지도자를 쏘아보았다.

― 그리스의 패배다. 들어서 알고는 있겠지만, 테베 또한 이미 점령된 상태다. 그건 그렇고, 이 아테네 말인데, 그쪽은 어찌 해주길 바라는가? 처형? 불에 태워서? 아니면 추방인가?

데모스테네스는 치밀어 오르는 말을 입 안으로 삼켰다. 아마 '죽여라!' 라고 말할 참이었으리라. 그는 정치가로서 최후의 노력을 기울이기로 결의를 다졌다.

― 분명 우리는 마케도니아에게 패하였다. 어떠한 명령에도 따르지 않을 수 없는 입장에 처해 있다. 하지만 우선 필리포스의 방침부터 들어보자.

주변 공기가 순식간에 긴박해졌다. 일행을 지키고 있던 위병(衛兵)들이 칼자루를 고쳐 쥐며 여차한 순간을 대비해 자세를 취하였다. 그러나 알렉산더가 한 의외의 발언이 그 긴장을 완화시키는 역할을 하였다.

― 우리의 진의(眞意)는, 저 상자 안에 있다.

보병들이 커다란 상자를 데모스테네스 앞으로 운반해 왔다. 대리석 바닥에 나무 상자를 내려놓는다. 지도자는 의혹의 눈을 그쪽으로 돌렸다.

— 이것은!

빗장을 풀어 상자의 내용물을 살펴보더니 소리치며, 두세 발짝 뒷걸음질친다. 곁에 있던 장로가 상자 안을 엿본다. 안에는 엄청나게 많은 수의 인골(人骨)이 담겨 있었다. 두개골도 있고, 대퇴도 있다. 도대체 몇 사람 분의 유골이란 말인가. 알렉산더가 상자 안에 손을 넣어 해골을 끄집어내더니 주위에 모인 시민들에게 들어 보였다.

— 전사자의 뼈다. 아테네의 무구(武具)를 걸친 자들을 모아 화장(火葬)했다. 용자(勇者)들의 유품을 유족들 곁에 전해 주러 왔다.

다시 까닭 모를 침묵이 주변을 꽉 채웠다. 이미 좀 전의 긴박함은 사라지고 없었다. 좌중의 분위기는 죽은 자를 추도하는 장례식의 그것으로 변했다. 데모스테네스도 생각을 바꾼 듯했다.

— 진정으로 감사한다. 그대들 덕분에 용자(勇者)들을 고향으로 맞아들일 수 있게 됐다.

안티파트로스는 고개를 끄덕이며 답하였다.

— 필리포스왕과 여기 계신 알렉산더 왕자의 뜻이다.

데모스테네스는 그제서야 이성(理性)을 갖춘 눈을 들어 알렉산더를 똑바로 바라보았다.

— 마케도니아 왕의 뜻에 감사하오. 우리에 대한 마케도니아 왕의 방침을 다시 한 번 들어봅시다. 나의 죽음으로, 아테네의 파괴를 면할 수 있는 것이오?

그는 나지막하게 물었다. 거기에는 동요의 기색조차 없었다. 알렉산더가 또한 침착한 목소리로 왕의 견해를 전했다.

— 우리는 위대한 아테네의 역사와 예술을 사랑한다. 이를 파괴하는 일은 신을 향한 반역이다.

데모스테네스의 표정이 부드러워졌다.

— 고맙소!

알렉산더는 다시 말을 잇는다.

— 우리는 그리스 연방의 자유자치를 강탈하는 자가 아니다. 우리 마케도니아 역시 위대한 헤라 여신의 가호 아래 살아가는 동포인 이상, 지금은 단결하여 대적(大敵) 페르시아의 위협에 대처하지 않으면 안 될 때이다.

데모스테네스가 놀라움에 겨워 멍하니 입을 벌렸다. 그러나 알렉산더는 계속하여 말을 이었다.

— 테베, 아테네, 그리고 코린트. 모든 그리스 도시가 바로 동맹을 맺어 자유자치를 인정하되, 군사적으로는 긴밀한 협력 태세를 갖추지 않으면 안 된다. 우리 마케도니아는 국왕 필리포스 2세의 이름을 걸고, 아테네 동포 제군들에게 이 동맹에 참여할 것을 호소한다. 그리스의 통합을 제안한다. 그리고 필리포스 2세는 동맹 성립 이후, 군사 협력 체제 구성에 책임을 질 것을 약속한다.

왕의 소견을 모두 전달한 알렉산더는 아테네의 지도자에게로 얼굴을 돌렸다. 너무도 아름다운 얼굴에 빛이 서렸다. 데모스테네스는 크게 끄덕여 보였다. 그리고는 무릎부터 허물어지더니 대리석 바닥에 양손을 짚고 머리를 떨구었다. 오열하고 있다. 순간, 아테네 민중 사이로부터 커다란 환성(歡聲)이 울려 퍼졌다. 많은 사람들이 앞을 다투듯이 알렉산더 주위로 몰려들었다.

뜻밖의 균열

지금껏 단 한 번이라도 우리의 마케도니아에서 이 정도로 성대한 축연(祝宴)이 열린 적이 있었던가. 아름답게 장식된 귀빈석에서는 가장 구석진 오지(奧地)의 트라키아, 이류리아로부터 시작해서, 서쪽의 에페이로스와 스파르타를 제외한 전 그리스, 그리고 대제국 페르시아, 이집트, 마지막으로 북방의 가리아까지 전 지역에 걸쳐 초청된 축하객들이 훌륭한 행렬을 넋을 잃고 바라보고 있었다. 시민들이 박수갈채를 보낸다. 거대한 신상(神像)이 시민들에게 떠받들려, 고도(古都) 아이가이의 중심가를 서서히 통과해 간다. 신상은 모두 열둘. 주신(主神) 제우스를 위시하여 올림포스의 12신(神)이 수레에 실려 행진해 간다.

수많은 사람들이 색색가지의 꽃을 뿌린다. 이 길이 곧 신부(新婦)가 입장하는 길이 되는 것이다. 거대한 대들보 같은 신상이 사람들의 머리 위를 저 높은 곳에서 내려다보며 줄지어 행진해 나간다. 아무리 그렇다 해도, 실로 거대한 얼굴이었다. 날카로운 눈매를 한 질투의 여신 헤라가 있다. 남편 제우스의 거듭될수록 더해만 가는 바람기에 분노한 눈동자에는 지옥의 불꽃이 타오른다. 이어, 눈부신 젊은 무사 아폴론신(神)이 등장한다. 미모(美貌)의 신이다. 손에 든 활에 화살을 재어 허공으로 쉭 하고 쏜다. 도시의 수호신 아테네가 등장한다. 갑주를 걸친 여신. 많은 사람들에게 이토록 많은 존경과 사랑을 받는 여신도 드물었다. 모든 사람들은 눈앞의 신상이 거리 모퉁이를 돌아 중심가에 등장할 때마다 커다란 박수로 이를 맞이하였다. 신상은 계속 이어진다.

제 4, 제 5, 제 6, 제 7, 제 8, 제 9, 제 10, 제 11, 제 12.

드디어 열세 번째 신상이 등장했다. 잠깐, 올림포스 신전에 열세 번째 신이 있었던가? 시민들은 눈을 의심하며 이 놀라운 신상을 바라보았다. 필리포스왕! 그 한마디가 이구동성으로 울려 퍼졌다. 빽빽한 턱수염, 위압적으로 쏘아보는 예리한 외눈. 분명 필리포스 2세였다. 그리스를 쳐부순 마케도니아의 왕은 한편으론 그리스의 제신(諸神)들에게도 승리한 셈이 되는 것인가. 하기는, 그가 올림포스 12신의 다음 자리를 차지하는 데 있어 그 어디에 부족한 점이 있단 말인가. 하물며, 오늘은 필리포스왕의 딸 클레오파트라가 인근 에페이로스의 국왕에게 출가하는 경사스러운 날이다.

12신의 행렬이 지나가고, 열세 번째의 불손한 신상이 지나가자 드디어 신부가 입장한다. 길에는 꽃이 깔리고 모든 준비는 완료되었다. 거리에 몰려나온 시민들이 길 저편을 열심히 주시하고 있다.

왔다!

사람들 사이에서 다시 환성이 울려 퍼졌다.

클레오파트라! 클레오파트라!

알렉산더! 알렉산더!

필리포스! 필리포스!

위대한 필리포스!

신랑, 신부, 그리고 양가 부모들이 연회장으로 정해진 대극장(大劇場)을 향해 행진을 시작한다. 꽃으로 매운 길을 소리 없이 즈려 밟고 지나간다. 신부는 한 손을 실부(實父)의 팔에 가볍게 얹은 모습이다. 신랑은 자신보다 훨씬 젊은 동명(同名)의 왕자와 나란히 입장한다. 환호성이 더욱 커졌다. 사람들이 앞으로 나서려 한다. 길 위로 올라선다. 어느샌가, 사람들로 만들어진 울타리가 대번에 불어난다.

필리포스왕은 곁에서 걷고 있는 딸에게 눈을 돌린다. 무거운 신부 의상을 걸친 딸은 걷기가 버거운 듯하였으나 아버지의 시선을 받자 미소로 답한다. 거리에 늘어선 건물들마다, 창(窓)에서 또다시 색색의 꽃이 흩뿌려진다. 왕이 그것을 올려다본다. 도시 안은 난리도 아니었다. 신부와 신랑의 도착을 기다리며 제우스신께 바치는 찬가가 시작되었다. 수많은 사람들이 큰소리로 입을 모아 합창을 한다. 굉장한 울림이었다. 공기가 찌릿찌릿 떨더니 하늘에서 희미한 번갯불마저 번쩍였다. 성대한 축제에 늘 따라붙는 크고 작은 무수한 수레(興)들. 그리고 제물이 산처럼 쌓아 올려진 제단(祭壇).

그러한 축제의 북적거림과는 대조적으로, 오싹할 정도로 차가운 식은땀에 푹 젖은 사내가 하나 서 있었다. 거리 으슥한 곳에 몸을 숨기고, 휘황찬란한 행렬을 등진 채 한결같이 뭔가를 노리며 기다리는 듯한 사내는 긴 토가를 걸치고 있다. 6월은 여름이 도래하는 계절이었으나 일부러 새로 맞춘 것 같은 신품(新品)이었다. 이미 그 긴장감이 절정에 달해 있는 듯한 모습이었다. 턱 주변을 눈이 보이도록 떨고 있었다. 젊은 사내였다. 귀족인 듯하다. 그는 계절에 걸맞지 않게 치렁치렁한 토가를 질질 끌고 있었다. 사내는 기다리고 있는 것이다. 누군가를…. 수레는 아니다. 신상도 아니다. 살아 있는 인간, 그것도 그리스의 미덕을 짓밟은 자를. 돌연, 징 소리가 울려 퍼졌다. 사람들이 놀라움에 찬 탄성을 지른다.

이 호화로운 결혼식으로부터 석 달 전의 일이다. 필리포스 2세의 개선(凱旋)은 카이로네이아 회전(會戰)이 있은 다음해 봄, 알렉산더가 열아홉이 될 무렵에 이루어졌다. 필리포스에게 있어 그리스 본토는 이제 더 이상 위협적인 존재가 아니었다. 걱정이 있다면, 마케도니아를 체질적으로 증오하는 그리스 본토의 변경국(邊境國) 스파르타의 저항 정도였으나 스파르타가 군사를 일으켜 마케도니아를 침공하기 위해서는 아테네 및 테베를 통과하지 않으면 안 된다. 이들 연방이 우호국이 된 지금, 스파르타가 비밀리에 이곳까지 진군한다는 것은 전적으로 불가능했다.

필리포스에게 있어 이 개선은 중대한 현안이 해결된 여세를 몰아, 또 하나의 골칫거리를 정리할 호기(好機)라 생각되었다. 골칫거리란 다름아닌 아내 올림피아스였다. 필리포스가 왕비를 마음속 깊이 증오하게 된 것은 언제부터의 일일까?

그가 왕비에 대한 증오를 노골적으로 드러내기 시작하자 나름대로 인정 많던 왕비 또한 즉각적인 보복을 시작하였다. 왕비는 그가 자신에게 한 것 이상으로 남편을 심하게 증오하기 시작한 것이다. 돌이켜 보면, 증오의 발단은 그의 외눈에 있었다. 아내가 큰 뱀과 몸을 섞는 광경을 본 순간, 충격이 극심했던 나머지 한쪽 눈을 실명한 사건. 이 사건이 아내를 향한 증오를 부채질하였다. 그 분노는 아내의 몸을 더러운 것으로 여기게 하였고 아내의 몸을 멀리하게 하였다.

한편, 올림피아스 또한 초기에는 남편을 도울 마음으로 무의(巫儀)를 관장해 왔다. 남편이 다음 전투에서 생명의 위협을 당하지 않으려면 어찌해야 좋을까. 신탁은 그 모든 것을 알려 주었다. 올림피아스는 어디까지나 부군(夫君)의 무사함을 빌며 무의(巫儀)에 정진(精進)했다. 하지만 언제부터인가, 제의의 목적에 커다란 변화가 생겼다. 무사(無事)를 기원하고 세계제패의 실현을 기원하는 대상이 된 것은 필리포스 아닌 알렉산더였다.

물론, 왕과 왕비 서로 간의 증오는 사적인 알력에 머물러 있지 않았다. 두 사람의 불화를 이용하여 자신의 출세를 획책하려 드는 가신들이 등장했다. 그들은 자연스럽게 필리포스파(派)와 올림피아스파(派)로 나뉘게 되었다. 그러나 여기에 한층 곤란한 문제가 덧붙여졌다. 국왕의 후계자인 알렉산더의 향방, 바로 그 귀추(歸趨)였다. 알렉산더에게 가장 가까운 친족은 누가 뭐라 해도 모친이었다. 그리하여 올림피아스파는 동시에, 알렉산더의 즉위(卽位)를 기다리는 당파(黨派)로 주목받게 된 것이다. 그러나 일이 그렇게 되자, 필리포스파 또한 대항책을 마련할 필요에 쫓기게 된다. 만약 이국(異國) 출신의 왕비, 올림피아스를 왕궁에서 추방하면 후계자 알렉산더 또한 제 어미와 행동을 같이 하리라는 것은 불을 보듯 뻔한 일이었다. 그러므로 모친에게 지나치게 밀착된 알렉산더가 아닌, 새로운 후계자를 탄생시키는 일이 불가피하게 되었다.

국왕 필리포스 2세는 대그리스전에서 완승하고 개선한 그 해에, 지금까지 가슴속에 숨겨 두었던 계획을 실행에 옮겼다. 처에게 불륜의 오명을 씌워 어이없게도 이혼을 해버린 것이다. 남편이 궁을 비운 사이, 부정을 저지른 증거를 장군 아타로스가 손에 넣었다는 것이 이유였다. 올림피아스는 이 죄목(罪目)에 펄펄 뛰며 분개한 나머지, 격한 감정에 휩쓸려 왕궁을 뛰쳐나왔다. 고향 에페이로스에서 두문불출, 남편과의 교류를 완전히 거부하는 행동을 취했다. 그러나 이 신경질적인 행동은 필리포스가 처음부터 의도해 온 각본대로였다. 올림피아스가 고향에 틀어박힌 직후, 남편은 곧장 새로운 왕비를 맞이할 것을 공표하였다. 상대는 순수한 마케도니아인, 장군 아타로스의 조카딸 에우리디케였다. 이 사건은 왕을 지지하는 명문 귀족들 사이에서도 적지 않은 혼란을 일으켰다. 개개의 가문들 사이에 유지되어 온 힘의 균형이 단숨에 깨져 버렸기 때문이다.

필리포스 2세의 외척(外戚)으로 일약 각광을 받게 된 것은 두말할 나위도 없이, 새로운 왕비의 숙부에 해당하는 아타로스 장군이었다. 이 인물은 마케도니아 장군들 중 가장 위에 군림하는 파르메니온의 딸을 이미 부인으로 두고 있었다. 요컨대, 왕과 파르메니온 쌍방의 친척이 된 것이다. 게다가 새로 왕비가 된 에우리디케는 왕비라는 지위에 걸맞게 클레오파트라로 이름을 바꾸었으며 얼마 지나지 않아 회임(懷妊)을 하게 되었으니, 아타로스는 기뻐 날뛸 지경이었다. 만약 왕자가 태어난다면 장래에는 국왕의 혈족이라는 지위가 약속된다. 기쁨에 겨워 황홀경에 빠진 아타로스는 결혼식 당일, 취기를 가누지 못한 나머지 알렉산더에게 폭언을 퍼붓게 되었다.

— 하루라도 빨리, 정식 후계자가 태어나야 할 텐데….

아타로스의 이 한마디에 알렉산더는 기분이 상했다. 정식 후계자가 태어나야 한다는 말은 현재 후계자인 알렉산더가 '정식'이 아니라는 것을 암시하고 있었다. '정식'이 아니라면 그는 '서자'가 된다. 첩의 소생이라는 것이다. 그날, 이미 모친의 추방에 극심한 분노로 치닫고 있던 알렉산더는 더군다나 만취해 있었고, 사태는 점점 나빠지고 있었다. 그는 돌연 잔칫상을 뒤엎었다.

— 무례한 것!

손에 들고 있던 술잔을 아타로스를 향해 내던지며 호통을 친 것과 동시에, 검을 빼어 들었다. 놀란 것은 아타로스였다. 설마 왕자가 이토록 성을 내리라고는 생각하지 못했다. 그 자리에서 곧장 도망치려 하였으나, 거기에 안색이 변하여 뛰어든 것은 다름 아닌 필리포스 2세였다.

왕 역시 칼을 빼어 들고는 아들을 베려 하였다. 그러나 필리포스 또한 심한 만취 상태였기 때문에 의자에 발을 걸쳐 버티고 선다는 것이 그만, 돌이킬 수 없는 실수를 하고 말았다. 의자가 뒤집히며 왕은 그대로 바닥에 엎어졌다. 추태를 보이고 만 것이다. 다행스럽게도 이 자리는 한 편의 부상 탓에 이것으로 끝나는 결과로 마무리되었지만, 마케도니아 왕가의 부자(父子) 관계는 여기에서 끝이 났다.

알렉산더는 자신도 모르는 사이, 왕위 계승 문제의 표적이 된 것이다. 새해 들어 돌아온 여름은, 알렉산더가 스무 살을 맞이하는 계절이었다. 하지만 이 해에 필리포스는 그의 모친이 두문불출하고 있는 변경의 왕국 에페이로스를 상대로 제2의 공작을 꾸미고 있었으니, 알렉산더의 누이동생 클레오파트라를 에페이로스 국왕의 비(妃)로 정한다고 통고(通告)한 것이었다. 물론, 필리포스는 에페이로스 왕 알렉산더를 잘 알고 있었다. 그러나 아들의 대부(代父)이기도 한 인물에 대해 필리포스는 별다른 증오도 애정도 느끼지 못하는 상태였다. 하지만 상대는 에페이로스의 왕이었다. 필리포스가 접촉을 시도하는 이유 또한 바로 거기에 있었다.

— 일전, 누님되시는 올림피아스님과 헤어지게 된 일은 익히 들어 알고 계실 터. 무슨 말을 더해도 진심으로 면목없으나, 귀국 에페이로스와는 이후로도 우호적인 관계를 유지하고 싶습니다. 따라서 새로운 인연을 맺는 의미로 우리의 공주 클레오파트라를 폐하께로 출가시키고자 합니다.

실로 제멋대로인 의사표시였다. 누이와 이혼하자마자, 이번에는 그 동생을 향해 자신의 딸을 아내로 맞아달라는 주장이었다. 올림피아스는 동생으로부터 보고를 받자마자 그 즉시로 당장 신전에 틀어박혔다. 신전 안에 틀어박혀 강신(降神)을 도모하여 전 남편을 주살(呪殺)하는 기도를 하고 있다는 소문이었다.

금번의 제안(提案)으로 그 곤란함이 극에 달한 것은 에페이로스왕 알렉산더. 물론 이는 말할 필요도 없다. 신부를 맞이해야 하는가, 거절해야 하는가. 그러나 결국, 동생은 친족간의 정에 이끌림 없이 정치적으로 행동하는 편을 택했다. 변경에 처한 왕국에게 있어 마케도니아와 사단(事端)을 빚는 일은 커다란 부담이 된다. 지금의 마케도니아는 그리스를 그 지배하에 둔 대국(大國)인 것이다.

6월 하지(夏至)는 오래 전부터 성스러운 혼례의 날로 정해져 있었다. 태양의 기운이 그 절정에 달하여 생명력이 가장 왕성해지는 이 시기는, 생명을 잉태하는 결혼과 그 전제가 되는 연애를 이루는 데 가장 어울리는 날이었다. 왕족들이 여름밤에 화촉을 밝히고 신부가 되는 것도 6월을 길히 여기는 습관 때문이었다. 알렉산더가 스무 살이 되던 해의 6월. 이렇게 생각지도 못한 한 쌍의 부부가 탄생했다. 아버지의 딸인 클레오파트라, 그리고 어머니의 동생인 알렉산더왕.

결혼의 축전(祝典)이 거행된 마케도니아의 고도(古都) 아이가이는 필리포스 2세가 이 혼사를 위해 특별히 선택한 곳이었다. 고대(古代) 양식 그대로의 격조 높은 신전이 자리하였으며 그 시절 사제(司祭)들의 기억을 오늘에 전하는 무수한 석조(石造)의 제구(祭具) 또한 잘 보존되어 있었다. 마케도니아인에게 있어서는 왕조 건설 이전 신화시대에 대한 그리움을 떠올리게 하는 장소였다.

축전을 위해 동원된 거대한 12신상이 이제 막 행진을 마쳤을 무렵이었다. 다음은 결혼식이 시작될 차례이다. 사람들의 관심은 벌써, 길 위에서 극장 안으로 옮

겨가고 있었다. 구경꾼의 행렬이 극장 앞 거대한 석조 계단을 따라 오른다.

그때였다. 아까부터 경직된 몸으로 신상이 행진하는 모습을 지켜보고 있던 그림자가 이동을 개시했다. 골목에서 골목을 따라 사람들의 눈을 피해 가며 전진한다. 사내는 극장의 계단을 슬그머니 오르더니 다른 구경꾼들과는 색다른 행동을 취하였다. 기둥 뒤로 돌아간 것이다. 사내의 모습은 사람들의 시야에서 사라졌다. 그리고 사내가 사라짐과 보조를 맞춘 듯, 신랑과 신부가 극장의 계단 앞에 모습을 드러냈다. 무척이나 행복하다는 듯이 서로에게 미소를 보내고 있다. 왕의 딸 클레오파트라는 만인이 미녀라 인정할 정도는 아니었지만, 사랑스럽고 매우 천진난만한 소녀였다. 실크국에서 가져온 귀중한 흰 비단을 몸에 두르고, 경쾌하게 날아오르듯이 계단을 올라간다.

한편, 에페이로스왕 알렉산더는 신부만큼 들떠 있지 않았다. 나이가 지긋하다는 사정도 있었지만, 클레오파트라를 후방으로부터 비호(庇護)하는 역할에 몰두해 있었기 때문이다. 이상하게도, 에페이로스측의 먼 친척에 해당하는 가문들은 이번 혼례식에 거의 다 불참했다. 누이인 올림피아스가 모습을 드러내지 않은 것은 물론 어쩔 수 없는 일이었다. 그녀가 참석하게 되면 혼례 자체가 위기에 처하리라는 것을 생각할 때, 그녀의 불참은 어떤 의미에서는 다행스러운 것이었다.

그러나 알렉산더왕은 누이만이 아니라 중요한 친척들 또한 참석하지 못하도록 하였다. 바로 여기에 정치적인 배려가 숨어 있는 것이다. 필리포스와 마찬가지로 현실적인 외교에 수를 쓰는 자라면 그 이유쯤은 금세 알아차릴 수 있으리라. 본국(本國)의 압도적인 반대에 부딪혀 있는 것이었다. 필시, 추방당해 온 올림피아스를 동정하는 친척들이 압도적으로 많았기 때문이리라. 즉, 에페이로스왕은 극히 위험한 선택을 한 것이다. 그러므로 필리포스 2세에게도, 에페이로스의 국내 사정을 충분히 짐작해 두도록 하지 않으면 안 되는 것이다.

공주는 그녀의 딸인 만큼, 에페이로스에 시집을 온다 하여도 올림피아스에게 죽임을 당할 염려는 없을 것이다. 어머니가 실제 자신의 딸을 죽일 가능성은 거의 없다. 그러나 남이었다면, 올림피아스는 마케도니아에서 온 신부를 기필코 처단했으리라.

모든 정황을 짜맞추어 겨우 도달한 '결론' 에 필리포스 2세는 절대적인 자신감을 가지고 있었다. 이 한 수로, 에페이로스는 외통수에 몰렸다! 올림피아스와의 관계도 끊긴다! 그 자신감이 왕을 기쁨의 도가니로 이끌었다. 자신은 어쩌면 이리도 절묘한 외교를 펴나갈 수 있는 것일까. 그는 자기 자신이 어쩐지 무서워졌다.

이 결혼식은, 신부인 여동생의 뒤를 따라 부왕과 함께 계단을 오르던 오빠인 알렉산더에게는 지극히 불쾌한 의식이었다. 한 걸음, 또 한 걸음 계단을 오를 때마다 부왕이 획책한 계획은 현실이 되어 가는 것이다.

사람들 사이에서 커다란 함성이 일었다.

— 알렉산더 왕자다! 그리스를 전멸시킨 왕자다!

카이로네이아의 회전(會戰)에서 보인 왕자의 활약은 마케도니아 국내에 널리 알려져 있었다. 사람들은 열광적으로 왕자를 찬미하였다. 아버지인 필리포스는 국내를 통일하기 위해 무척이나 많은 적들을 죽여 왔다. 그 행위에 대해 원한을 품은 구(舊)귀족들 또한 많다. 그러나 알렉산더에게는 그러한 정치에 있어서의 어두운 그림자가 아직 없었다.

— 알렉산더! 알렉산더!

백성들은 신부와 부왕보다도 알렉산더 왕자 쪽을 주목하고 있다. 이렇게 행진을 해본 결과, 국민의 인기가 아들에게 크게 기울어 있다는 사실을 부왕 필리포

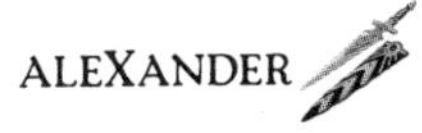

스 또한 인정하지 않을 수 없었다. 하지만 부왕은 이 사태를 오히려 반겼다. 언젠가는 마케도니아 왕국도 다음 왕이 될 그릇을 찾지 않으면 안 될 시기가 올 것이기 때문이었다.

국왕과 왕자가 어깨를 나란히 하여 극장 입구에 도착했다. 필리포스는 거기에서 뒤로 돌아 계단 아래에 모여든 시민들에게 답하였다. 오늘만큼은 그의 얼굴에 패인 깊은 주름도, 올림피아스의 큰 뱀에게 습격당해 잃은 외눈도, 이 사내의 표정을 험상궂어 보이도록 만들지는 못했다. 왕은 경호병을 일절 배치하지 않았다. 딸의 결혼식이라는 체면도 있었으나, 왕국을 완전히 손안에 넣었다고 자부하는 마음이 그에게 대담한 행동을 취하게 만든 것이었다.

시민들이 팔이 떨어져 나갈 정도로 열광적으로 손을 흔든다. 필리포스 2세 또한 양손을 드높이 치켜들어 환성에 답한다. 다음 순간, 흰 대리석 바닥 위를 검은 그림자가 달려간다. 왕은 눈을 깜빡거렸다. 알렉산더 또한 눈을 깜빡거렸다. 그러나 돌기둥 그늘에서 흘러나온 검은 그림자는 군중 틈을 교묘하게 빠져나가자, 태양이 새하얀 대리석 바닥에 드리운 그림자 그대로 국왕 필리포스 2세의 등을 덮쳤다.

사람들의 박수소리가 얼어붙었다. 신랑 신부가 손에 든 꽃다발을 떨어뜨렸다. 꽃다발이 서서히 대리석 바닥에 떨어진다. 그림자가 그대로 부왕의 등에 들러붙는 순간, 검은 외투에서 단검을 빼어 들었다. 순간 햇빛을 받은 단검이 솟아올랐다. 그 반사광이 사람들의 눈에 어른거렸다.

헉 하는 신음소리가 들렸다. 바로 그 순간, 두세 번 짧은 반사광이 번쩍임을 반복하였다. 곁에 서 있던 알렉산더는 그림자를 붙잡기 위해 앞을 향해 힘차게 덤벼들었다. 그러나 전신이 믿을 수 없을 정도로 느리게 움직인다. 그림자에 피습

당한 부왕마저 마치 춤을 추듯 서서히 바닥으로 무너져 내린다. 모든 소리가 그쳤다. 그렇게나 세차게 메아리치던 시민들의 환호성도, 움직임이 느슨해진 사이에 거짓말처럼 사라졌다. 필리포스 2세가 흰 대리석 바닥에 선혈을 흩뿌리며 몇 번인가의 가쁜 숨을 몰아쉬다 힘없이 드러누운 순간, 한없이 느슨하게 흐르던 시간이 본래대로 돌아왔다.

갑자기 시간은 숨가쁘리 만치 급박하게 돌아가기 시작했다. 사람들의 절규 소리가 원래대로 들려오고, 울며 요동치는 소리가 신전을 뒤흔들었다. 동시에 알렉산더의 움직임도 이전으로 돌아왔다. 검은 그림자 위로 덮쳐 눌러 양손으로 있는 힘껏 몰아붙였다. 그림자는 고통에 찬 신음소리를 냈다. 그러나 알렉산더는 인정사정 없었다. 검은 토가를 있는 힘껏 벗겨내고는, 안에서 나타난 젊은 사내를 머리 위로 높이 들어올렸다. 남자는 비명을 지르며 알렉산더의 머리 위에서 손발을 허우적댔다. 그러나 그는 일말의 망설임도 없이 사내의 몸을 대리석 계단 위에 때려뉘었다. 충격이 울리듯이 전해져 왔다. 뼈가 으스러지는 둔탁한 소리가 들렸다. 대리석 계단 위에 큰 대자로 뻗은 암살자에게 병사들이 덤벼들었다. 또 한 번 비명이 일었다. 그제서야 이성을 되찾은 시민들이 바닥에 쓰러진 필리포스 2세에게 시선을 집중했다. 알렉산더는 부친 곁에 무릎을 꿇고, 피에 젖은 몸을 안아 일으켰다. 왕은 눈을 허옇게 치뜨고 있었다. 입에서는 거품을 뿜고 있었다.

― 아바마마!

소리내어 불렀다. 하지만 반응이 없었다. 옆구리에서 피가 넘쳐난다. 단검이 내장을 찌른 듯했다. 알렉산더는 부친의 몸을 격하게 흔들었다. 그러나 울컥 하고 저주스러운 소리가 나더니 부친의 입에서 피가 뿜어져 나왔을 뿐이었다.

― 의사를 불러라!

알렉산더가 명했다. 뒤쪽에 있던 누이 클레오파트라가 너무도 심한 충격에 정신을 잃었다. 당황한 신랑이 그녀를 팔로 안아 부축하였다.

— 암살자를 놓치지 마라! 아버님을 보호해라!

왕자는 절규하며 허리에 차고 있던 칼을 빼어 들었다. 부왕과 누이를 비호하며 좌우를 살폈다. 암살자의 패거리는 군중 속에는 없는 듯하였다. 곧, 몇 명의 무장병들이 달려와 왕의 주위에 방패를 세웠다. 불려온 의사가 왕의 몸을 살피며 숨이 붙어 있는지를 확인한다. 맥박은 이미 끊어져 있었다.

피가 멈추질 않았다. 가끔 목이 기분 나쁘게 아래위로 움직였다. 그러나 숨을 돌린 때문이 아니라 단지 토혈(吐血)이 괴어 일어난 현상인 듯했다. 노인들이 필사적으로 왕을 흔들며 눈을 뜨게 하려고 노력했다. 그러나 독려하던 소리가 어느샌가 울음소리로 변했다.

암살자는 뼈가 으스러진 듯했다. 생명에는 별 이상이 없었으나 등뼈가 부러져 움직이질 못했다. 투구와 갑옷을 걸친 병사들이 모여들어 뜯어낸 덧문을 들 것 삼아 범인을 그 위에 실었다.

— 그 놈을 반드시 살려야 한다! 누구의 사주로 부친을 암살했는지, 밝혀내고야 말겠다!

알렉산더는 실려 가는 사내를 향해 칼을 빼어 찌르듯이 가리키며 명하였다. 왕의 주위를 둘러싼 노인들로부터 목메어 우는 소리가 들려오기 시작했다. 그것이 연쇄반응을 일으켜 왕의 곁에 있던 자부터 차례로 오열하기 시작했다.

— 왕께서 돌아가셨다!

노인 중 한 명이 외쳤다.

— 필리포스왕이! 마케도니아에 영광을 가져다주신 왕이!

알렉산더는 그 광경을 바라보았다. 그들의 발치에 피가 바다를 이루고 있었다. 이렇게 출혈이 심하다면 이제 어찌 해볼 수가 없는 것이다.

알렉산더는 칼을 거두고 그 자리에 계속 서 있었다. 너무나도 순식간에 일어난 사건이었다. 부왕은 이미 꿈쩍도 않는다. 뻣뻣하게 굳은 몸에서 심홍색 피가 넘쳐나고 있었으나 그 또한 얼마 지나지 않아 멎을 터였다. 이상하게도 눈물은 흐르지 않았다. 그의 마음에 숨어든 것은 메마른 슬픔, 단지 그뿐이었다. 천천히 계단을 내려와, 군중들이 열어 주는 길을 걸으며 알렉산더는 생각했다. 마케도니아의 꿈을 누군가가 이어나가지 않으면 안 된다고….

ALEXANDER

장례식, 그리고 복수

비명(非命)에 간 죽음은 다른 비명의 죽음을 통해 보상된다. 필리포스 2세의 장례는 피로써 혼을 달래는 형식으로 치뤄졌다. 붉은 융단에 싸인 관 앞으로 차례차례 포로들이 끌려 나온다. 포로들은 카이로네이아의 회전을 비롯한 무수한 싸움에서 붙잡힌 적장(敵將)들이다. 한 사람이 관 앞에 끌려 나와 흰 대리석 바닥에 무릎을 꿇자, 커다란 도끼를 어깨에 맨 집행인이 앞으로 나온다. 죄수를 향해 머리를 앞으로 내밀 것을 요구한다. 극심하게 저항하는 포로도 있었다. 그러나 병사 몇이 눌러대며 팔다리를 밧줄로 묶기 때문에 그 이상은 저항할 수 없게 된다. 고개가 앞쪽으로 늘어진 언저리를 겨누어, 집행인은 천을 찢는 듯한 기합과 함께 도끼를 휘둘러 내리친다.

이때만큼은 추호의 망설임도 허락되지 않는다. 도끼의 무게를 이용하여 목이 몸통에서 떨어져 나갈 때까지 온 힘을 다해 휘둘러 쳐야 하기 때문이다. 힘이 과한 나머지 흰 대리석 바닥에 흠집을 내는 일이 없도록 바닥에 통나무가 놓여 있었다. 나무는 이미 피를 빨아들여 붉게 물들어 있었다. 잘려 떨어진 머리가 대굴대굴 바닥을 구르면 신관들이 그것을 집어들어 관 앞에 설치된 제단에 바친다.

한마디로 이는, 인간을 제물로 삼은 희생(犧牲)의 의식이다. 사자(死者)는 희생의 피로 그 혼의 굶주림을 가라앉힌다. 술과 꿀과 젖으로 속세(俗世)에의 집착을 끊는다. 이윽고 신관들이 장례식장 앞에 불을 지폈다. 성화(聖火)가 높이 타오를 즈음 한 명씩 차례로 불 위를 뛰어넘기 시작했다. 상주(喪主)인 알렉산더도 불을 가로질러 넘었다. 이렇게 함으로써 장례에 따라붙은 부정(不淨)이 정화(精華)된다.

희생된 동물의 살을 불에 그슬려 관 옆에 놓인 항아리에 채워 넣는다. 사자(死者)의 식량이다. 죽은 자는 죽음의 나라에서 음식을 구할 수가 없다. 그러므로 조상의 영혼을 모시는 자손들은 계속해서 공물(供物)을 바쳐야 한다.

알렉산더는 몸을 정결히 한 후 부왕의 관을 영묘(靈廟)에 안치했다. 그리고 희생의 피를 떨구어 결계(結界)를 친 후 묘(廟)의 문을 굳게 닫았다. 이어, 가장 골치 아픈 문제를 처리할 순서가 되었다. 알렉산더는 부케파로스에 올라 페라의 궁전으로 되돌아갔다.

— 안티파트로스.

왕자는 성으로 돌아가는 길에 후견인인 장군에게 말을 걸었다.

— 어머님은… 언제 페라로 돌아오시는 건가?

장군이 왕자에게로 가까이 다가오며 답했다.

— 오늘 아니면 내일쯤이라 여겨집니다.

전 남편의 죽음을 알게 된 올림피아스는 은신처 에페이로스를 떠나 페라로 향했음을 알렉산더에게 알려왔다. 전령은 왕비의 귀국 목적에 대해 일절 언급하지 않았다. 그러나 대부분의 중신(重臣)들은 긴장한 나머지 새파랗게 질렸다.

올림피아스가 이렇게나 신속하게 에페이로스를 출발한 이면에는 분명한 의도가 있을 터였다. 남편의 죽음을 추도할 정도로 갸륵한 여자였다면 이혼으로까지는 치닫지 않았을 것이기 때문이다. 중신들은 전 왕비의 귀국을 복수를 위한 것이라 예감했다. 올림피아스는 남편이었던 필리포스로 인해 두 번에 걸쳐 비통할 정도의 억울한 일을 당했다. 이혼과 친동생의 배반이라는.

아마 올림피아스는 신전에 틀어박혀 필리포스를 주살하기 위해 밤낮으로 끊임없이 기도했을 것이다. 그 비원(悲願)이 실현되어 장례에 참가한다는 명목으로 귀국을 허락받은 지금, 그녀가 궁전에서 실행에 옮기려고 생각하고 있는 것은 단 하나. 필리포스의 음모에 가담했던 자들을 처벌하는 것 외에는 있을 수가 없었다.

알렉산더는 모친의 귀국 전에 궁전에 도착하고 싶었다. 그래서 자신과 모친에게 대적했던 가신들을 재빨리 투옥시켜 버리는 것이다. 그렇게 하면, 제아무리 모친이라도 사적(私的)인 원한에 의한 복수는 할 수 없게 된다. 모친의 격정을 허락하게 되면, 국내는 복수와 그에 뒤따르는 복수가 거듭되어 극심한 혼란에 빠져들 것이 분명했다. 알렉산더는 다음 국왕으로서의 권위를 획득하기 위해 양 진영의 경솔한 행동을 진정시킬 필요를 통감하고 있었다. 특별히 노신들로부터 지혜를 빈 것은 아니다. 그 자신의 머리로 생각해서 결정한 방법이었다.

알렉산더는 장례의 언덕에서 궁전까지 쉬지 않고 계속해서 달려왔다. 이어, 숲에 둘러싸인 아름다운 궁전이 눈앞에 펼쳐지자 무심코 말을 그 자리에 멈춰 세웠다. 그곳에서 궁전의 분위기를 살폈다. 피냄새가 나는지, 눈을 집중하여 성문 주위 사람들의 움직임에 주목했다. 그러나 평상시와 다른 조짐은 없었다. 마음이 놓였다. 곁으로 다가온 안티파트로스 역시 똑같은 행동을 하며 궁전을 둘러보았다.

— 별일 없는 듯하옵군요.

장군의 의견 또한 그의 생각과 일치하였다. 알렉산더는 끄덕이며 말했다.

— 어머님은 아직 성에 도착하지 않았다. 곧 궁전으로 가서 무엇보다도 에우리디케를, 아니 클레오파트라비(妃)를 어디론가 은신시키지 않으면….

안티파트로스 역시 동의했다.

— 이럴 때, 숙부인 아타로스가 있었으면 좋았을 것을…. 아타로스는 공교롭게도 소아시아에 출정해 있습니다. 왕비도 분명 불안해하고 있을 겁니다.

— 게다가 비(妃)는 아기를 생산한 지 얼마 되지 않은 상태이다. 나의 아우를. 한참이나 터울지는 이 아우도, 또 다른 아우 아리다이오스와 마찬가지로 배다른 아우다. 이전, 부왕이 내가 아니라 아우에게 다음 왕위를 잇게 할 것이라는 소문을 낸 자도 있었다. 아마 모친은 그 아기를 빼놓지 않을 것이다. 분명, 클레오파트라님과 아이를 사형에 처할 것이다.

안티파트로스는 말의 옆구리를 찼다. 그리고 서둘러 말을 몰며 큰소리로 외쳤다.

— 성안에는 올림피아스님을 받들어, 클레오파트라님과 다퉈온 가신들이 아직 많이 남아 있습니다! 그들이 올림피아스님을 추대하게 되면, 내란이!

그러나 장군의 말이 채 끝나기도 전에 부케파로스는 이미 질주에 돌입한 상태였다. 말 위의 알렉산더는 입을 꾹 다문 채 채찍을 세게 내리쳤다. 궁전이 눈앞에 닥쳐왔다. 조용하다. 바로 며칠 전, 필리포스 2세가 암살되었다는 사실이 거짓말

처럼 여겨질 정도로 조용했다. 알렉산더는 궁전 정문에 이르자 말에서 내렸다. 금세 시종이 달려와, 부케파로스의 고삐를 왕자의 손에서 넘겨받았다. 그러나 흑마(黑馬)는 고삐를 쥔 사람이 바뀌자 순간 마구 날뛰기 시작했다. 하지만 오늘만큼은 부케파로스를 돌보고 있을 여유가 없었다. 안티파트로스와 함께, 흑백의 바둑판 무늬로 장식된 바닥을 달려 궁전 안쪽으로 향했다.

왕의 처소(處所) 입구에서 여관(女官) 한 명과 엇갈렸다. 전에 본 적이 있는 여관이었다. 새로 태어난 클레오파트라의 아기를 수발하기 위해 들인 유모였다. 여관은 새파랗게 질려 어디론가 달려가는 길이었다. 왕자와 마주쳤음에도 고개 숙여 예를 갖출 생각조차 못한 채. 고요하리라 예상했던 성안에서, 처음 그 정적을 깨는 사람과 마주친 것이다. 알렉산더가 발을 멈추고 여관을 불러 세웠다.

— 무슨 일이냐?

그렇게 외친 순간, 여관은 그제야 정신을 차린 듯 왕자의 얼굴을 바라보았다.

— 어찌 된 일이냐고 묻지 않으냐!

거듭 묻자 겨우 반응이 있었다. 여관은 머리를 심하게 흔들며 알렉산더에게 애원했다.

— 이런, 알렉산더님! 어떻게 좀, 아기님을 살려 주십시오!

그렇게 외치고는 왕자에게 매달려 흐느껴 울었다.

— 왜 그러느냐? 무슨 일이냔 말이다!

— 올림피아스님이…아기님을…!

거기까지 말하는 게 고작이었다. 그러나 알렉산더에게는 충분히 짐작되고도 남는 바가 있었으니. 여관을 밀쳐내자마자 찰각찰각 칼소리를 울리며 회랑을 달려 왕비의 처소로 향했다. 2년 전까지만 해도 올림피아스가 군림하고 있었던 아름다운 방으로.

왕비의 처소에 이변이 일고 있음을 알아차린 것은 아직 입구를 통과하던 중, 그러니까 방으로 뛰어들기 직전이었다. 왕비 클레오파트라의 여관들이 회랑 벽에 조용히 늘어서 있다. 그중에는 바닥에 몸을 웅크린 채, 긴 토가를 꽃잎처럼 펼친 이도 있었다. 눈물을 흘리고 있는 여관도 있다. 그 사이를 달려서 빠져 나온 알렉산더는 곧장 방으로 뛰어들었다.

널따란 실내는 뜻밖에도 밝았다. 환한 조명 아래, 왕비가 앉는 화려한 의자에 낯선 귀부인이 앉아 있었다. 갈색 머리를 그대로 풀어헤치고 있었다. 머리카락이 수레바퀴의 살처럼 사방팔방으로 뻗쳐 있다. 이마에 붉은 리본을 두르고 아름다운 눈동자를 눈화장으로 더욱 돋보이게 하고 있었다. 귀부인은 금실 자수가 수놓아진 하얀 토가를 몸에 걸치고 장식으로 아름답게 치장된 나무 의자에 앉아 있다. 목덜미를 장식한 황금이 조명 아래에서 빛을 발하고 있었다. 귀부인은 유난히 큰 눈동자를 부릅뜨더니 침입한 남자들을 질책해댔다.

― 무례한 것!

그러나 알렉산더는 그녀의 목소리를 지워버릴 정도로 크게 고함쳤다.

― 어머님!

분명 그것은 올림피아스 본인이었다. 그녀는 현 왕비 클레오파트라를 무시하고 왕비의 의자를 차지하고 앉아 있었다.

― 오오, 알렉산더! 신이시여… 귀하디 귀한 나의 아들은 어쩌면 이리도 훌륭한 대왕으로 성장하였답니까.

올림피아스는 웃었다. 주위에는 몇 명의 중신(重臣)들이 늘어서 있고, 더욱이 다섯 명 정도의 무장한 병사들이 서 있었다. 투구와 갑옷은 에페이로스의 것이었

다. 알렉산더는 당황하며 주위를 둘러보았다. 장군 아타로스의 조카딸. 결혼 전에는 에우리디케라는 이름이었던, 그 클레오파트라비(妃)가 눈에 띄질 않는다. 아기를 눕혀 두는 커다란 요람도 비어 있었다. 온몸에 식은땀이 흘러내리는 게 느껴졌다. 퍽이나 기분 좋은 얼굴을 하고 있는 모친 곁으로 달려가 진지한 얼굴로 캐물었다.

— 왕비는? 클레로파트라비는?

아들의 허둥댐이 모친에게는 불만스러운 모양이었다.

— 바로 옆, 작은 방에 가두어 놓았지요.

고개를 설레설레 저으며 답했다. 알렉산더는 그 말을 듣자마자 예의도 아랑곳 없이 왕비의 거처를 가로질러 옆방으로 통하는 문을 밀어 젖혔다. 출입구를 지나 좁은 대기실로 뛰어들었다. 붉은 벽에 천장마저 낮아 숨이 막혀 왔다. 이곳에도 무장한 에페이로스 병사가 셋, 칼을 뺀 자세로 경비(警備)를 서고 있었다. 병사들은 침입자에 놀라 칼을 거머쥐었다.

— 멍청한 것들, 알렉산더다!

병사들에게 호통을 친 그는, 방구석에서 태어난 지 얼마 되지도 않은 아기를 안고 있는 클레오파트라를 발견했다. 그녀 곁에는 늙은 여관이 하나 딸려 있을 뿐이었다.

— 클레오파트라님! 아기도 무사합니까?

왕자는 말을 걸었다. 일순, 왕비는 어찌 할 바를 모르고 당황하였으나 곧 알렉산더를 알아보고는 울음을 터뜨렸다.

— 오오, 알렉산더님! 살려 주십시오! 올림피아스님이 느닷없이 들이닥치시어 우리 모자(母子)를 이곳에 유폐시켰사옵니다. 중신들 중에도 올림피아스님께 가

담한 자가 있습니다. 이는 모반이옵니다!

왕자는 비(妃)에게 예를 갖춘 후 위로의 말을 건넸다.

— 심려치 마십시오. 개인의 원한에 따른 처형은 여기 있는 제가 허락하지 않습니다.

— 하지만 올림피아스님은 당신의 어머님이시잖아요.

— 모친이시기에 오히려, 엄중히 말씀드릴 예정입니다. 나라 안을 양분하는 일이 없도록!

그 말에 클레오파트라가 겨우 안심한 듯했다.

— 부왕 필리포스 폐하께서 갑자기 돌아가신 지금, 저는 궁전 안에서 그야말로 고립상태에 놓여 있습니다. 숙부이신 아타로스와 그 휘하의 부대는 공교롭게도 소아시아에 출정중인 터라….

알렉산더는 뒤를 돌아보고는 에페이로스 병사에게 칼을 거둘 것을 명했다. 그리고 방에서 그들 전원을 내쫓으며 이렇게 말했다.

— 클레오파트라님, 아기를 보호하십시오. 모친과의 일은 내가 주선할 테니.

왕자는 다시 입구를 지나 널따란 왕비의 처소로 되돌아왔다. 그러나 방안의 공기는 크게 달라져 있었다. 조금 전까지만 해도 방안을 가득 메웠던 정적은 사라지고 묘한 흥분이 감돌고 있었다. 알렉산더가 방안 한복판에 발을 들여놓으려는 순간, 수행하던 안티파트로스 장군에게 팔을 잡혔다. 다가가지 말라는 신호였다.

왕비의 자리를 되찾은 올림피아스에게 뭔가가 진상(進上)되고 있는 것 같았다. 원통 모양의 금속으로 된 용기를 한 명의 병사가 받쳐들고 있다. 방 중앙으로 얇은 토가를 걸친 무희(舞姬)들이 쏟아져 나온다. 구불구불 양팔을 흐느적거리며 찬가를 부르기 시작했다. 올림피아스는 황홀경에 빠진 듯한 눈매로, 금속제의

원통을 들어올린다. 덮개가 조금씩 위로 올라가면서 안에 있던 것이 드러난다. 뭉클뭉클하고, 검은 물체였다. 덮개를 치운 올림피아스가 드러난 물건을 보며 생긋 미소짓는다. 잔인하고, 냉혹한, 그러면서도 장엄한 야생(野生)의 여신. 바로 그 여신의 얼굴이었다.

뒤에 늘어서 있던 원로들의 입에서 무의식중에 헉 하는 소리가 터져 나왔다. 그러나 그녀는 개의치 않고 깔깔 웃어젖히며 시종들에게 덮개를 건넸다. 병사가 떠받치고 있는 커다란 금속제의 쟁반 위에 둥그스름한 것이 올려져 있다. 머리였다. 방금 자른 것임에 분명한 젊은 사내의 머리였다. 아직 수염도 제대로 나지 않은, 사내라고는 할 수 없는 가녀린 청년의 머리. 올림피아스는 그 머리를 사랑스럽다는 듯이 바라보며 아기를 어르듯이 지긋이 말을 건넨다.

— 착하기도 하지… 파우세니아스. 내가 바라던 대로 마케도니아 왕에게 천벌을 내려 주었군요.

그렇게 말을 걸며 꺼내 든 빗으로 소년의 황금빛 머리칼을 빗질했다. 마치 어머니처럼 부드러운 손길로.

— 이리로 가져와 다오, 굿타로스!

신녀(神女)는 뒤를 돌아보지도 않고 뒤편에 대기하고 있던 중신 중 한 명에게 명하였다. 노인은 허둥대며 탁자 곁으로 달려가 거기 놓여 있던 황금의 관(冠)을 가져왔다.

올림피아스는 끄덕이며 황금의 관을 받아들고는 병사가 떠받치고 있는 쟁반 위에서 눈을 감고 있는 머리에 자신의 얼굴을 기대었다. 입맞춤이라도 하는 게 아닌가 하는 착각이 들었다. 그러나 그녀는 바로 직전에서 멈추어 손에 든 왕관을 젊은이의 머리에 씌웠다. 잘린 머리는 황금의 관을 쓴 채 잠들어 있다. 돌연,

올림피아스가 신경질적인 비웃음을 내비쳤다.

─ 아름답군요, 그대여. 오레스티스 영(領)의 귀공자여. 그대의 영토와 나의 에페이로스와는 서로간의 신뢰로 뭉친 우호국 관계였지요. 그 필리포스가 나타나기 전까지는!

갑자기 그녀의 눈이 표범처럼 날카로워졌다.

─ 파우세니아스, 나는 그대에게 마음에서 우러나온 감사를 보내리니. 고맙게도, 필리포스를 죽여 주셨군요. 그러니 지금은 그대가 왕입니다. 황금의 관을 쓰시죠. 다음 번 왕이 결정될 때까지 왕은 바로 당신이랍니다.

올림피아스는 말을 마치고 눈을 반쯤 감은 채 붉게 칠한 입술을 사자(死者)의 그곳에 가져다 대었다. 중신들이 이 광경을 견디다 못해 몸을 심하게 떨었다. 병사들 또한 안색이 창백해졌다. 공포(恐怖)가 방안을 독차지했다. 그러나 알렉산더만은 공포의 왕(王)을 무시했다.

─ 어머님, 파우세니아스라는 사내…. 부왕을 암살한 사내를 알고 계셨습니까?

방 전체를 울리는 날카로운 목소리였다. 올림피아스는 아들을 바라보며 미간을 찌푸렸다.

─ 알고 있지요. 그대도 알고 있을 겝니다. 아타로스를 수행하던 젊은 귀족.

─ 아타로스 장군이라 하셨습니까?

─ 예. 아타로스에게 속아, 병사들의 노리개가 되었죠.

알렉산더는 크게 외마디 소리를 지르더니 황급하게 잘린 머리가 있는 곳으로 가까이 다가갔다. 눈을 감은 채 입술 또한 변색되어 있었지만 이 아름다운 용모의 젊은이를 본 기억이 있었다. 그는 모친에게 말했다.

─ 분명, 이 파우세니아스라면 알고 있습니다. 설마 이 사내가 부왕을 암살했

으리라고는 생각도 해보지 못했습니다. 왜냐하면, 파우세니아스는 계집처럼 유약한 사내였던 터라.

올림피아스는 비웃었다.

— 약한 사내일수록, 이빨을 드러냈을 때 만큼은 배로 사납게 미쳐 날뛰는 법입니다.

알렉산더는 다소 창백해진 얼굴로 당황해하며 말했다.

— 이 사내는 아타로스에게 한껏 농락당했습니다. 실은 아타로스의 조카딸, 지금은 왕비가 되어 있는 에우리디케님은 부왕과의 혼담이 무르익을 때까지 한 젊은이와 가깝게 지내고 있었는데, 그게 바로 파우세니아스였습니다. 그러나 아타로스는 질녀(姪女)를 왕에게 출가시키기로 결정하자 골칫거리를 떼버리기 위해 파우세니아스를 욕보이기로 한 것이지요. 어느 날인가, 속임수를 써서 병사들의 숙소에 데려다 놓고는 남색(男色)의 노리개로 만든 것입니다. 이는 굴욕입니다. 이에 파우세니아스는 부왕에게 원통함을 호소했습니다. 아타로스에게 능욕당해 남자의 명예를 잃었다고.

올림피아스가 무표정하게 끄덕이었다.

— 알고 있습니다. 부왕이 하소연에 조금도 귀기울여 주지 않자, 그대에게도 의논하러 왔었죠?

— 예. 저도 그 사정을 들었습니다만, 남녀 문제에 법률 혹은 정치가 개입되는 것도 우스꽝스럽고 해서, 저 또한 흘려 들었습니다. 에우리피데스의 비극에서 다음과 같은 어구를 인용하여… 시집을 보내는 사내 또한 남자(男子)라면, 그 신부(新婦)를 취하는 사내 역시 남자(男子)니라. 그러나 무엇보다 먼저, 시집을 가는 여인 또한 여자라고. 그렇게 파우세니아스에게 충고한 적이 있었습니다.

모친은 손으로 입을 가리며 유쾌하다는 듯이 웃는다.

— 그렇죠, 물론. 그는 그대에게도 무시당했다며 내 슬하로 울며 찾아왔답니다. 절망하고 있었습니다. 그래서 내가 가르쳐 주었지요. 눈에는 눈이라고.

알렉산더의 몸 안에 으스스한 공포가 맴돌았다.

— 설마, 어머님이?

— 아니. 가르쳐 주었다니까요. 하소연을 무시하는 왕에게는, 죽음의 제재(制裁)를 가하라고. 또한 파우세니아스는 오늘, 왕을 살해한 죄를 인정하였기에 목을 베어 주었습니다!

알렉산더는 그 자리에 쓰러질 뻔했다. 심한 충격이었다. 범인은 왕의 시해(弑害)를 둘러싼 흑막(黑幕)을 파헤칠 중대한 증인이었다. 이 암살의 배후에 숨어 있는 모든 물적(物的) 증거를 없애려는 집단이 아마도 중신(重臣)들 안에 존재할 것이었다. 그는 머리를 심하게 흔들었다.

— 어머님이… 죽인 겁니까? 심의(審議)도 하지 않은 채. 파우세니아스를?

명백한 비난을 담은 항의였다. 모친은 기분이 상하여 아들에게서 시선을 돌렸다.

— 심의에 넘기면, 그대는 궁지에 몰립니다. 나 또한 목숨을 내놓지 않으면 안 돼요. 나는 아무 말도 하지 않았어요. 파우세니아스가 제멋대로 혼례 와중의 수선스러움을 틈타 왕을 살해한 것입니다!

알렉산더는 그럼에도 불구하고 납득하지 않았다

— 아무튼, 어머님. 이 이상의 쓸데없는 보복을 행하지 마십시오. 저는 마케도니아의 통합을 지키고 싶습니다.

모친은 조금씩 흥분하기 시작했다.

— 알렉산더, 그대는 알지 못하는가요? 어머니의 심정을? 그대에게 왕위를 잇게 하고 싶습니다. 왕위에 오르기만 하면, 마케도니아의 통합 따위는 금세 정리됩니다. 아타로스와 그 일파를 이 나라에서 말살하면 되는 것이니. 그보다도, 우선 왕위에 오르세요. 거기 있는 원로 안티파트로스와 여기에 늘어선 많은 중신들은 모두 그대의 아군입니다. 그리고 또 한 사람….

올림피아스는 거기에서 입을 다물고 주위를 둘러보았다.

— 파르메니온은 어디 있나요? 전장(戰場)? 그 대장군을 아군으로 끌어 들이기만 하면 왕위는 그대의 것이 돼요.

모친은 거기까지 말하고는 가슴 깊은 곳에서 터져 나오는 듯 귀를 찢는 소리로 웃어젖혔다. 한참을 웃고 난 후, 그녀는 한층 무시무시한 요구를 아들에게 던졌다. 알렉산더의 창자를 도려내는 듯한 요구를….

— 자, 그대는 파르메니온의 저택에 다녀오세요. 왕비와 방금 태어난 아우의 일은 나에게 맡기시고.

증오의 끝

절망한 여인이 이 세상을 갈기갈기 찢을 것만 같은 날카로운 비명을 질렀다. 회랑에 나와 있던 여관들이 일제히 귀를 막았다. 여인들은 입술을 깨물며 그대로 바닥에 웅크렸다. 그러나 그 절규를 비웃음으로 압도하는 여인 또한 있었으니…. 올림피아스는 어깨 주위을 덮은 갈색 머리칼을 양손으로 빗어 올리며 크게 웃었다.

― 알렉산더도 소아시아로 떠났고…. 에우리디케여, 그대의 숙부님도 머지않아 처형될 예정이라오. 필리포스 암살의 배후로.

그녀는 나지막한 목소리로 이렇게 말한 후, 재차 머리를 손으로 빗어 올렸다.

― 진정, 내 그대에게는 억울한 일을 당했다. 남편을 앗아가 준 답례를 하마. 단단히 각오하시길.

올림피아스는 미쳐 있었다. 원한을 씻을 순간이 가까워진 탓에 격정이 소용돌이쳐 급기야 머리 속이 터져 나갈 듯했다. 협박이 아니다. 이는 죽음의 선고였다. 왕비 에우리디케는 울부짖으며 올림피아스에게 달려가 매달리며 발밑에 엎드렸다.

— 올림피아스님, 저는 아무것도 모릅니다. 당신에 대해, 그 어떤 악의도 없습니다. 모두 숙부가 꾸민 일입니다. 부디 살려 주십시오!

눈물이 그칠 줄 모르고 흘러내려 올림피아스의 발을 적셨다. 그녀는 돌연 얼굴을 찡그리더니 젖은 발로 에우리디케를 걷어찼다. 왕비는 비명을 지르며 바닥에 나뒹굴었다.

— 그만둬라. 그대는 왕비가 아니던가? 왕이 살해당했다. 뒤를 따라가거라. 아, 그 전에 좋은 걸 보여주지.

올림피아스는 머리카락을 곤두세웠다. 그리고 왕비의 의자에서 일어나 방구석에 놓인 요람 쪽으로 걸어갔다. 요람 안에는 사내아이가 잠들어 있었다. 아기는 아무것도 모른 채 잠들어 있었다. 그 때묻지 않은 얼굴을 내려다보며 올림피아스는 어머니 같은 온화한 미소를 지어 보였다. 그리고 천천히 아기를 안아 올리고는 몸에 두르고 있던 하얀 토가를 가슴께부터 열어 젖혔다. 풍만한, 속이 비쳐 보일 정도로 하얀 유방이 드러났다. 올림피아스는 그 유방을 출렁 하고 흔들었다. 그리고는 방금 잠에서 깬 아기의 얼굴을 그 탐스러운 유방에 가져다 댔다.

— 봐라. 이 얼마나 사랑스러운 아기인지. 왕비의 아기님. 다음 번 왕이 될지도 모르는 왕자님. 자, 내 젖을 빨거라.

올림피아스는 어디까지나 온화 그 자체였다. 자애로움으로 가득 찬 어미의 얼굴을 하고 있었다. 아기의 얼굴이 유방에 눌렸다. 너무나도 보드라운 젖가슴이었다. 누르면 누를수록 유방은 옆으로 부풀어 아기의 얼굴을 감싸들인다. 올림피아스는 미소 지으며 거듭 아기를 끌어안았다. 꼬옥, 다시 힘을 주어 꼬옥…. 온화하게 미소 지은 채 유방 사이에 아기의 얼굴을 파묻는다. 아기가 희미하게 몸부림친다. 그러나 올림피아스는 미소를 잃지 않는다. 돌연, 왕비 에우리디케가 절규하였다. 바닥에 내동댕이쳐져 있던 몸을 일으키자마자 아기를 안고 서 있는 올림피아스에게 달려들었다. 아기를 빼앗기 위해 필사적으로 덤벼들었다.

— 돌려줘! 내 아이!

에우리디케가 절규했다. 에페이로스의 무녀(巫女)에게 달려들어, 팔을 물어서라도 아기를 안은 팔을 당겨내려 한다. 하지만 에페이로스의 여인은 강철같이 단단한 몸을 가지고 있었다. 팔꿈치로 세게 쳐 연약한 왕비를 쓰러뜨렸다.

— 저리 가 있거라. 아기가 으스러지겠다.

그녀는 그렇게 말하고는 소리 없이 웃었다. 에우리디케의 얼굴이 바로 눈앞에서 창백하게 질렸다. 입술이 핏기를 잃었다. 왕비는 다시 일어서서는 올림피아스에게 맹렬한 기세로 덤벼들었다. 무녀는 웃으면서 아기를 유방에서 떼어 목놓아 울어대는 어미의 손에 넘겨주었다.

— 아가야!

에우리디케는 되찾은 아기에게 뺨을 비볐다. 안도의 한숨이 심장을 가로질렀다. 그러나 아기의 모습이 이상했다. 그녀는 반사적으로 아기의 입 근처에 뺨을 가져다 댔다. 숨을 쉬지 않는다!

에우리디케는 끌어안고 있던 자신의 아이를 바닥에 내려놓고는 가슴에 귀를 눌러댔다. 고동 소리가 들리지 않는다! 머리 속 한가운데에 커다란 공백(空白)이 퍼져 나갔다. 울음도 더 이상 소리가 되어 나오질 않는다. 그녀는 바닥에 눕힌 자

신의 아이에게 들러붙어 계속해서 어른다. 달래도, 얼러도, 사내아이는 반응이 없다.

— 아가야! 아가야!

끊이지 않는 부름이 그녀의 입술에서 태엽이라도 감긴 듯 계속 흘러나왔다. 사내아이는 움직이지 않았다. 이에 체념한 듯, 에우리디케는 힘없이 일어섰다.

— 이런, 에우리디케. 무슨 일이지? 아기는?

올림피아스가 심술궂은 비웃음에 가득 찬 목소리로 물어온다. 왕비는 극히 짧은 순간, 저주스러운 에페이로스의 무녀에게 시선을 던졌다. 인간의 감정이라고는 모조리 사라진 시선이었다.

그녀의 혼은 이미 그녀의 몸에 머물지 않았다. 왕비는 엷은 웃음을 띠며 머리를 풀어헤쳤다. 풀어헤쳐진 머리카락이 올림피아스에게 지지 않을 요사스러운 매혹을 가져다주었다. 왕비는 서서히 방 한복판으로 걸어가고 있었다. 조명이 환하게 비추는 아래에 섰다. 토가 아래 은밀히 간직했던 작은 단검을 가슴께에서 꺼내들어 그것을 거꾸로 바꿔 쥐고는 그대로 목에 찔러 넣었다. 왕비는 가는 나뭇가지가 부러지듯, 어이없이 그리고 미련도 없이 스스로 목숨을 끊었다.

열쇠를 손에 넣는 자

이오니아의 저편, 소아시아라 불리는 대지(大地)는 건조한 평원으로 이루어져 있었다. 말을 달리기에도 좋지만 전차의 진격에도 마춤인 지형이었다. 필리포스 왕의 명령은 헬레스폰토스 해협 저편으로 진격하여 페르시아 제국과 맞서 싸울 수 있는 기지(旗地)를 건설하라는 것이었다. 이 지방은 트로이 전쟁 이후, 그리스와 페르시아 사이에서 뺏고 뺏기기를 거듭해 온, 끈질긴 인연의 땅이었다. 특히 페르시아는 트로이 패망(敗亡)의 한(恨)을 품고 있었다. 강대한 제국으로 거듭난 페르시아에게 있어 그리스 전체를 제압하는 일은 트로이 패망에 대한 복수전이라는 의미 또한 있었다.

그런 만큼, 필리포스왕 또한 소아시아로의 진격에는 신중을 기했다. 카이로네이아 전투에서 그리스를 일축(一蹴)한 후, 그가 가장 신뢰하고 있는 두 장군 파르

메니온과 아타로스, 이 두 사람을 그 지역으로 출정시킨 것은 그럴 만한 사정이 있는 것이었다. 페르시아와의 전투가 지구전(持久戰)에 접어들 즈음, 본국에서 어이없는 사건을 알리는 보고가 찾아들었다.

필리포스왕 암살!

이 소식을 접한 순간, 연륜 깊은 파르메니온은 장병들에게 사실을 숨기기로 작정했다. 이 시점에서 영내(營內)가 동요되면 페르시아군이 바라는 대로 허점을 제공하는 셈이다. 아타로스에게도 이 결정에 대해 동의를 구할 필요가 있었다. 그러나 설득에는 자신이 있었으니, 당연한 일이다. 아타로스는 파르메니온에게 있어 사위에 해당하며 파르메니온 자신은 그에게 부모의 권위를 행사할 수 있는 입장이기 때문이다. 그러나 사실을 감추고 될 수 있는 한 서둘러 귀국하기로 정한 날로부터 수일이 채 지나지 않아 알렉산더의 밀사(密使)가 진지에 도착했다. 파르메니온은 왕자의 전언을 접한 순간 '복수'라는 두 글자가 떠올랐다. 그 이면(裏面)에는 올림피아스의 저주로 가득찬 증오가 풍겨 나오고 있었다. 이는 받아본 전언(傳言)의 내용이 지나치게 과격했기 때문이었다.

파르메니온에게 알린다

나의 부왕 필리포스 2세는 아타로스에게 모욕당한 한 귀족의 손에 의해 암살되었다. 그 귀족은 아타로스 본인이 아닌, 아타로스의 질녀(姪女)를 처로 맞은 나의 부왕에게 그릇된 원한을 품고 있었던 것이다.

이에 파르메니온에게는 새로운 왕을 결정하는 마케도니아 군사회의에 출석할 것과 함께 후계자 알렉산더를 지지할 것을 요청한다. 또한, 부왕의 죽음에 원인을 제공한 부덕(不德)한 아타로스의 처형에 동의를 요청한다.

이상의 전언(傳言)에 대해 필히 누설을 삼갈 것.

알렉산더

밀사로 진중(陣中)에 찾아온 것은 놀랍게도 카산드로스였다. 친우(親友) 안티파트로스의 아들이다. 그날 밤, 파르메니온은 카산드로스를 자신의 막사로 불러들였다. 그리고 특별히 자신의 아들 필로타스에게도 동석을 허락하였다. 밀사(密使) 카산드로스가 야음(夜陰)을 틈타 막사에 들어선 순간, 먼저 입을 연 것은 필로타스였다. 생각하지도 못한 재회였다. 미에자의 학원에서 알렉산더와 함께 은사(恩師) 아리스토텔레스에게 가르침을 받던 때로부터 이미 4년이라는 세월이 흐른 뒤였다.

― 카산드로스가 아닌가! 무슨 일로 이곳까지?

필로타스의 목소리는 활기에 넘쳤다. 그러나 카산드로스의 답변은 순식간에 그의 기분을 암울하게 만들었다.

― 왕이 암살당했다.

카산드로스가 나지막이 전했다. 그 뒤의 이야기는 어떤 의미로는 왕의 죽음을 알리는 전언(傳言)보다 한층 두려운 것이었다. 우선, 카산드로스가 장군 파르메니온에게 물었다.

― 알렉산더님께 쓰신 답장은, 어떻게?

파르메니온은 답하지 않았다. 막사 안에 타오르는 양초가 두 사람의 그림자를 커다랗게 그려내고 있다. 잠시 침묵이 흐른 후 파르메니온은 눈을 들어 밀사를

ALEXANDER

바라보며 말했다.

— 그 전언, 아마 알렉산더 왕자가 쓴 것이 아닐 게다.

— 아닙니다. 왕자님께서 손수….

— 아니다. 올림피아스님으로부터의 전언일 게다. 문맥(文脈)이 노골적인 적의(敵意)로 가득 차 있는 이상….

그렇게 지적당하자, 이번에는 카산드로스가 입을 다물 차례가 되었다. 파르메니온은 비웃음을 머금으며 아들 쪽으로 시선을 돌렸다.

— 아무튼 올림피아스님은 무서운 분이다. 친우인 안티파트로스의 아들을 보내다니. 내가 거절하게 되면, 밀사를 페라의 궁전으로 돌려보낼 수 없게 된다. 이는 친우의 아들을 베어 죽일 수도 없다는 얘기다. 결국 일이 어찌 돌아가든 승낙하라는 게지.

필로타스는 그제야 겨우 말을 되찾았다.

— 춘부장이신 안티파트로스님은 왕자를 지지하기로 결정하신 건가? 그 요녀(妖女) 같은 올림피아스님의 장남(長男)을?

천막 안은 어둡다. 피차 얼굴이 잘 보이지 않았다. 그러나 오늘밤 같은 경우에는, 이 어둠이 오히려 고마울 따름이었다. 카산드로스는 거의 통곡할 것 같은 얼굴이 되어 답하였다.

— 부친은 왕자의 후견인이시다. 왕자를 배반할 수 없으시단 말이다.

이에 파르메니온은 고개를 끄덕이며 밀사의 젊디젊은 얼굴을 계속 노려보았다.

— 같은 덫이 우리를 얽어매고 있다. 내 딸은 아타로스의 처다. 따라서 사위가 처형되는 것을 나는 의부(義父)된 입장에서 입다문 채 지켜볼 수만은 없다. 그건 그렇다 쳐도, 내 사위를 처형하고자 하는 것은 올림피아스님 개인의 원한이 아니

더냐? 보복이 아니더냐?

그러나 장군의 아들은 밀사답게 냉정한 눈으로 상대를 다시금 바라보았다.

─ 그런 문제가 아닙니다. 부친께서는 이리 말씀하셨습니다. 세계제패라는 관점에서 생각해 주기 바란다고. 그리스, 페르시아, 그리고 마케도니아가 통일된다면 세계국가가 완성됩니다. 마케도니아 왕국의 통합은 그 실현에 있어 빠져서는 안 될 초석(礎石)인 것입니다.

양초의 불꽃이 흔들렸다. 천막에 비친 그림자가 커다랗고 으시시하게 흔들렸다.

─ 세계제패….

파르메니온이 중얼거렸다.

─ 선왕 필리포스의 유지(遺志)이기도 합니다. 대결이 존재하는 세계에는 결국, 누군가가 절대적인 승리를 차지할 때까지 전쟁이 계속되는 겁니다.

카산드로스는 열정을 담아 설득하기 시작했다. 그러나 노장군은 젊은이의 웅변을 손을 들어 제지했다.

─ 알았다. 우리는 군인(軍人)이다. 대의명분은 늘 필요한 법. 그러나 동시에 나는 아타로스의 의부이기도 하다. 스스로를 희생해 가면서까지 알렉산더왕을 후원할 의리가 존재하는지 어떤지, 밤새 숙고(熟考)해 볼 수 있게 해다오.

카산드로스는 조용히 머리를 숙였다.

─ 이미, 사막 오아시스에 알렉산더 왕자의 군대가 대기하고 있습니다. 새벽이 되기 전에 아타로스를 처단하라는 명령이 내려질 것입니다. 그때까지는 저도 이 막사를 떠나야 합니다. 답변은 그 전에.

파르메니온 역시 젊은이의 말에 대꾸를 했다.

─ 거절한다면?

— 아타로스와 함께 처형됩니다. 아타로스와 손을 잡더라도 왕자의 군대에는 어림없습니다.

그 순간, 필로타스가 끼여들었다.

— 여기 있는 나까지 말인가?

친우의 물음에 대해 카산드로스는 차가운 음성으로 답했다.

— 그땐 너를 내 손으로 죽인다. 그리고 나도 따라 죽을 것이다.

두 사람 모두 말을 잇지 못했다. 양초만이 불꽃을 끊임없이 흔들고 있다. 파르메니온은 깊이 생각했다. 시간이 꿈속에서처럼 흘러간다. 간신히 결론을 내린 그는 주위를 둘러보았다. 두 명의 젊은이가 천막 한 귀퉁이에서 숨소리를 내면서 곤히 잠들어 있었다.

평원의 야습

페르시아군의 군영(軍營)에서 그리 멀지 않은 곳에 위치한 진지(陣地)였다. 적과의 거리가 지나치게 가까운 탓에, 양쪽 모두 초계(哨戒) 임무를 띤 병사의 소임이 막중해진 상태였다. 아타로스의 진영 또한 예외는 아니었다. 열풍(熱風)이 사납게 몰아닥치던 평원에 서늘한 밤이 찾아오자 두 명의 병사가 보초를 서기 시작했다. 화톳불을 피우고, 한 사람은 불을 지키고, 또 한 사람은 주위를 감시한다.

그날 밤, 아타로스는 중대한 문제를 가지고 고심하고 있었다. 국왕 필리포스가 암살당했다는 것을 본국에서 알려온 것이다. 이대로 곧장 얼마 떨어지지 않은 지점에 있는 파르메니온의 거처로 갈까도 생각했다. 하지만 유감스럽게도, 이곳은 최전선이었다. 지휘관이 지금 이곳을 떠날 수는 없었다. 어쨌든 파르메니온에게 전령을 보내 놓은 후 아타로스는 진지에 틀어박혔다.

― 예상치 못한 전개다. 필리포스왕의 외척으로서, 가문의 번영이 이제 막 시작되려는 찰나였는데.

그는 그렇게 중얼거리며 술을 단숨에 들이켰다.

― 어쨌든, 곧바로 귀국하지 않으면 안 될 터. 이대로는 조카가 위험하다. 올림피아스의 원한이 예사로운 것이 아닌 만큼….

모든 기억들이 분명하게 되살아났다. 모든 책략을 구사하여 올림피아스를 국외로 추방할 음모를 꾸민 것은 사실 바로 그였다. 이제와 생각해보니, 그때 올림피아스를 죽이지 않은 것이 후회되었다. 숙고(熟考)는 긴 시간 계속되었다. 밤이 깊었다. 병사들은 불침번인 둘을 제외하고는 잠에 곯아떨어졌다. 밤바람만이 세차게 불어대고 있었다. 귀를 기울이면 바람 소리가 들려온다.

아타로스는 초조했다. 반(反)올림피아스파의 유력한 인물들은 불행하게도 대부분 이 전장에 출정해 있었다. 이 전장에서 가장 유력한 인물은 의부인 파르메니온이었다. 노장군 파르메니온은 그리스인의 피를 이어받은 귀족 군인이다. 부유한 가문에서 태어나 풍부한 재력(財力)에 힘입어 군단 내에서 확고한 지위를 쌓아 올렸다. 그 본인 또한 고귀한 성품을 지녔으며 게다가 더할 나위 없이 용감했다. 마케도니아 시민 사이에서는 또 한 명의 노장군 안티파트로스 이상의 인망을 얻고 있었다.

필리포스 2세 사망 이후, 왕국의 유력 귀족은 크게 세 집단으로 갈리게 될 것이었다. 마케도니아에 왕가가 성립되어 있다고는 하지만, 역시 나라의 기반은 호족(豪族)들의 연합(聯合)에 있었다.

제1의 집단은 원로(元老) 안티파트로스를 수령으로 하는 일파이다. 그들은 알렉산더 왕자를 옹호하는 순수한 올림피아스 지지파였다. 이에 대항한 반(反) 올림피아스의 급선봉은 아타로스가 이끄는 일당이었다. 그들은 올림피아스를 왕국에서 추방하고 에우리디케를 새 왕비로 삼아 순수한 마케도니아 혈통을 지닌 사내아이를 탄생시켰다. 머지않아 마케도니아의 실질적인 권위를 손안에 넣게 될, 더없이 유력한 일파였다.

그리고 제3의 집단은 필리포스왕을 대대로 섬겨 온 가신으로서 충성을 다 바쳐 온 파르메니온과 그 가문이었다. 그들은 왕비간의 싸움에서 한 발짝 물러나 있었다. 그러므로 어느 진영이 파르메니온을 과연 제 수중에 넣을 것인지에 따라 필리포스 사후의 운명을 결정짓는 것이다. 아타로스는 곰곰이 생각했다. 마케도니아의 풍습은 혈연을 중시하는 편이다. 부족 사회를 지탱해 온 것은 그러한 가족간의 유대였다. 파르메니온이 우선시하는 것 또한, 가족의 결속임에는 틀림없었다.

결론이 보이기 시작한 순간, 페르시아군과 대치하고 있는 마케도니아 진영에 심상치 않은 이변이 생겼다. 새벽녘에 가까운 시간인데도 불구하고 막사 밖에서 발소리가 울렸다. 아타로스는 잘못 들은 것이 아닐까 생각했다. 귀를 기울이자 변함없이 바람만 불고 있었다. 이 바람이 귀를 어지럽힌 것이다. 아타로스는 홀로 웃음짓고는, 새벽이 올 때까지 남겨진 짧은 시간을 수면에 할애하기로 했다. 촛불을 불어 끄려고 허리를 편 순간이었다. 갑자기 입구에 드리운 막이 걷히며 세 명의 마케도니아인이 침입했다. 아타로스는 검에 손을 얹고는 침입자의 얼굴을 뚫어지게 바라보았다.

— 카산드로스!

무의식중에 놀라 소리를 지르고 말았다. 원로 안티파트로스의 아들이 저 멀리 페라에서 왔다. 이런 일은 상상할 수 없는 사건이었다. 장군은 사태가 극히 절박

해지기 시작했다는 것을 감지했다. 소리를 지름과 동시에 카산드로스의 옆쪽에 있던 젊은 장교에게 장창(長槍)을 찔러 넣었다. 장창에 찔린 장교의 얼굴이 아타로스를 더욱 경악하게 만들었다.

필로타스가 아닌가!

아타로스는 공포로 치달아 세 번째 청년의 정체를 살폈다. 칼을 꼭 쥔 헤파이스티온이었다. 알렉산더의 측근이다. 장군은 본능적으로 무기를 살폈다. 현재 곁에 있는 장창이 유일한 의지였다. 하지만 3대 1로는 싸워도 승산이 없었다. 아타로스는 배짱을 퉁기며 담판지으려 했다.

— 무슨 용건이냐? 이런 새벽에.

말이 떨어지기도 전에 아타로스의 코앞으로 다가온 카산드로스가 칼을 들이대며 찾아온 이유를 전했다.

— 알렉산더 왕자, 나의 부친 안티파트로스, 그리고 대장군 파르메니온님의 명(命)을 받들기 위해 왔노라.

— 뭐라고?

사태는 전혀 예상 밖의 방향으로 흘러가고 있었다. 아타로스의 전신에 식은땀이 번져 났다.

— 왕자와 원로가, 끼리끼리 작당해서! 멈춰라! 난 필리포스 2세 폐하의 외척에 해당되는 사람이다.

최대한 위세를 떠는 수밖에 없었다. 담판은 대가 약한 쪽이 지는 법이다.

— 왕자님으로부터의 명을 전한다.

밀사(密使)는 말을 시작했다. 그러나 아타로스의 반론도 재빨랐다.

— 소리를 질러서 수하를 부르겠다. 이 진영은 내 군단으로 구성되어 있다. 네

놈들을 그대로 죽이고야 말겠다!

이번에는 필로타스가 답했다.

― 안됐지만, 왕자의 군대와 더불어 나의 부친 파르메니온의 정예부대를 이미 진지내에 투입하였다. 소리를 질러 봐야, 즉각 이편의 군대에게 공격당할 뿐이다.

눈앞이 하얘졌다. 실수였다. 완전히 포위되어 있는 것이었다.

― 필로타스, 나는 네 의형(義兄)이다. 형에게 칼을 들이대겠다고 입을 놀리는 게냐?

필로타스는 굳은 표정을 결코 허물지 않았다.

― 옳고 그름이란 없다. 왕자의 명령 앞에서는….

아타로스는 분을 터뜨리며 카산드로스에게 다가섰다.

― 어찌하라는 명령인 게냐? 말해 봐라!

밀사는 소리를 죽여 아타로스의 귓가에 속삭이듯이 왕자의 말을 전했다.

― 아타로스 장군을 필리포스 2세 폐하 암살의 주모자(主謀者)로 즉각 사형에 처한다.

지극히 짧은 전언이었다. 그러나 이렇게나 극심한 충격을 아타로스에게 가져다 준 명령은 일찍이 없었다. 장군은 창백해졌다. 눈을 떴으나 이마를 덮은 그림자가 시야를 캄캄하게 만들었다. 식은땀이 코끝에서 뚝뚝 떨어진다.

― 한 번 더, 말해 봐라!

예상대로 목소리는 노여움에 치달은 비명에 가까웠다.

― 필리포스 2세 폐하 암살의 주모자로 처형한다!

카산드로스가 굳은 표정 그대로 답변했다. 순간, 장군은 아우성을 치기 시작했다.

― 왜 내가 암살의 주모자인 거냐? 나는 왕의 외척이다. 왜 왕을 암살할 필요가

있냔 말이다!

— 파우세니아스라는 자를 잘 알고 있겠지?

— 뭐라고!

아타로스는 말문이 막혔다. 그는 극비리에 관계를 가져오던 남색 상대였다. 파우세니아스가 그 관계를 수치로 여겨 왕 혹은 알렉산더에게까지 도움을 구해 왔다는 사실 또한 잘 알고 있었다.

— 파우세니아스가 바로 왕을 암살한 직접적인 하수인이다. 그러나 고문한 결과, 자백을 얻어냈다. 파우세니아스는 장군, 당신으로부터 왕의 암살을 교사받았다고 했다.

아타로스는 부들부들 떨며 필로타스를 다시 뚫어지게 응시하였다.

— 네 부친 안티파트로스도 이 사실을 알고 있느냐?

카산드로스는 잠자코 끄덕였다. 설명을 더한 것은 필로타스였다.

— 부친인 파르메니온께서도, 오늘에서야 사건을 보고받으셨다. 물론 처형에 대해서도 응분의 조치라 동의하셨다.

— 기다려라! 심사회(審査會)를 열어라. 내게도 할 말은 있다! 난 파우세니아스를 사주한 기억조차 없다. 오히려, 파우세니아스에게 암살을 교사(敎唆)한 것은 올림피아스 쪽이다! 증명할 수 있다. 법정에 서서 해명케 해다오.

— 그럴 여유는 없다. 즉각, 이라고 왕자께서 명하셨다.

밀사(密使)의 단호한 거절이 아타로스를 절망으로 몰고 갔다. 돌연, 장군은 얼굴을 붉히더니 칼을 빼어 들고 카산드로스를 베려 들었다. 카산드로스는 순간 청동으로 된 흉갑(胸甲)으로 칼을 맞받아냈다. 금속끼리 부딪히는 소리가 밤하늘 저편으로 울려 퍼졌다.

헤파이스티온이 지체없이 장창을 꽂아 넣었다. 창끝이 아타로스의 가슴을 꿰었다. 헉 하는 기분 나쁜 신음소리가 터져 나왔다. 그러나 그것으로 끝이었다. 아타로스는 그대로 몸을 뒤로 젖히며 드러눕듯이 쓰러진다. 카산드로스는 즉각, 장군의 몸에 올라타서는 칼로 목을 그었다. 컥 하는 소리가 나고 피가 솟구쳤다.

그것을 끝까지 지켜본 카산드로스가 촛불을 불어서 껐다. 동트기 직전의 짙은 어둠이 천막 안에도 밀려들었다. 짧은 시간이었지만, 한동안 누구 하나 움직이려 들지 않았다. 좌우를 살피는 세 명의 젊은 장교들은 너나할것없이 어깨를 들썩이며 거친 숨을 몰아쉬고 있었다. 정적(靜寂)이 퍼져 나갔다. 천막 밖에서도 동요의 기색은 느껴지지 않는다. 그럴 수밖에 없다. 이 진영은 페라에서 원정해 온 근위병단(近衛兵團)과 새로이 가담한 파르메니온의 군대에 의해 완전히 포위되어 있었기 때문이다. 보초를 서던 두 명의 불행한 병사가 기밀 유지라는 이기적인 이유로 동료에게 살해된 것 외에는, 이 가공할 모살(謀殺)의 진상을 아는 자는 없었다. 아타로스가 지휘해 온 병사들은 곧장 카산드로스에 의해 두들겨 깨워지는 대로 본국에서 발생한 끔찍한 사건을 듣게 되리라. 그리고는 지휘관의 사망 소식을 접하는 일 없이 강제적으로 파르메니온의 수하에 편입될 예정이었다.

방금 처형된 아타로스 장군만이 최악의 불명예를 뒤집어썼다. 어쨌든 누군가 큰 손해를 감수하지 않고서는 이 후계 다툼은 결착을 볼 수 없었다. 세 사람은 어둠이 가시기 전에 아타로스의 막사를 나왔다. 성급한 햇살이 동쪽 지평선을 희미하게, 붉게 물들이고 있었다. 마케도니아의 새로운 체제는 이 날 아침의 일출과 함께 온 세상에 선포되었다.

ALEXANDER

학살(虐殺)

— 분명하게 답해라! 알렉산더가 정말로 전사(戰死)했는지!

벽력 같은 호통소리가 의사(議事) 진행을 중단시켰다. 시(市)의 간부(幹部)들은 일제히 입구 쪽을 돌아본다. 갑주(甲冑)를 걸친 무장(武將) 둘이 전투와는 전혀 무관한 의사당으로 느닷없이 뛰어 들어왔다. 맹렬한 기세로 시민회장(市民會場)에 뛰어든 테베의 무장들은 가장 가까이 있던 책상을 힘껏 내려쳤다. 옆에 앉아 있던 노인이 깜짝 놀라 의자에서 튀어 올랐다. 장군은 노여움에 떨고 있었다.

— 그 추방자들을 끌어내라! 다시 한 번 심문하겠다!

장군들은 서슬이 시퍼렇게 되어 의장(議長)역을 맡은 노인 곁으로 달려갔다. 장로(長老)는 양손을 내밀어 자신의 몸을 보호하려 들었다.

― 무슨 일이라도? 안색까지 변해서….

테베의 문장(紋章)을 두르고 은색으로 빛나는 투구를 쓴 무장은 갑자기 장로의 멱살을 움켜쥐었다.

― 바로 지금, 전령이 돌아왔다. 마케도니아군이 이 도시로 몰려오고 있다 한다. 게다가 그 군사의 수는 2만이 넘는다고 한다!

― 2만!

― 그렇다. 테베 어디에 그만한 숫자의 병력이 있는가? 여자, 아이들, 노인들 할 것 없이 전부 전투에 끌어내야 겨우 맞출 수 있을 인원이다. 게다가 군대를 지휘하는 것은 알렉산더라고 한단 말이다!

이 말을 들은 시회(市會)의 노인들은 웃기 시작했다. 군인들은 어찌하여 이리도 성미가 급해 빠진 것일까 하고 비웃는 자도 있었다.

― 그럴 리가 없다. 아테네에서도, 북방의 전투에서 목숨만 겨우 부지하여 도망쳐 온 마케도니아 병사가 시회에서 증언을 했다고 한다. 반란을 일으킨 이류리아인과의 싸움에서 알렉산더가 목숨을 잃었다고….

장군은 이를 갈며 장로의 목덜미를 잡아챘다.

― 그렇다면 왜 메두사 문장(紋章)을 가슴에 단 젊은 놈이 군(軍)의 선두에 서 있는 게냐? 그 문장은 마케도니아 왕 알렉산더의 것이란 말이다! 불과 몇 달 전, 코린트 동맹의 새로운 맹주(盟主)로 그 젊은 놈을 전권대장군(全權大將軍)으로 맞아들였을 때 모두들 보았지 않느냐! 그 메두사 문장을! 그 거대한 소처럼 생긴 흑마에 탄 젊은 놈을!

장로는 몸을 완전히 움츠리고는 부들부들 떨며 끄덕였다. 장군은 이 기도 안 막히는 놈들, 하고 욕설이라도 내뱉듯이 노인을 바닥에 때려눕혔다.

— 추방자들의 말재간에 넘어간 거란 말이다! 나쁜 놈들. 작년 카이로네이아 회전에서 진 책임을 물어 테베에서 추방당한 한을, 알렉산더가 북벌에 나선 이 기회에 풀고자 시민들을 선동한 거란 말이다!

— 정말인가? 살아 있었다는 게?

간부들은 그제야 두 장군의 분노가 무엇을 의미하는지 깨달은 듯했다.

— 이보게, 어찌하면 좋은가! 우린 마케도니아 주둔군(駐屯軍)의 지휘관을 둘이나 죽여 버렸다네!

그 발언이 타던 불에 기름을 부었다. 장군 중 하나가 분을 참다 못해 쥐고 있던 칼자루를 있는 힘껏 책상에 내려찍었다. 이번에도 노인들이 의자에서 튀어 올랐다.

— 추방된 자들이 야음을 틈타 도시 안으로 되돌아왔다. 그것을 네 놈들이 숨겨 주었다. 그것만으로도 마케도니아에 대한 크나큰 배신이었다. 우리 군인들은 알렉산더에게 평화조약을 지키겠다고 맹세했단 말이다. 제단 앞에서 희생양을 바쳐 가며, 너희 시회 패거리들은 참으로 간단하게도 그 맹세를 깨뜨렸다!

장군이 말한 바 그대로였다. 테베는 이전에 한 번, 필리포스와 알렉산더의 군사에 격파되어 엄청난 파괴를 당한 바 있다. 항복의 증거로 도시의 경계 안쪽에 성채(城砦)를 쌓아 그곳에 마케도니아군을 주둔시키기까지 했다. 사태는 필리포스의 암살, 알렉산더의 즉위, 그리고 급작스럽게 새 왕이 북벌에 나서서는 트라키아, 그리고 이류리아를 진압(鎭壓)한다더라는 식의 어지러울 정도로 급속한 전개를 보이고 있었다.

그리고 바로 최근에 들어서, 전범(戰犯)으로 추방당했던 구(舊) 테베군의 장교들이 알렉산더의 전사(戰死)라는 믿기지 않는 소식을 갖고 도시 안으로 돌아왔다. 시회는 이를 그대로 받아들여 테베를 마케도니아군으로부터 해방시키기 위한 행동에 들어갔다. 무모하게도, 시내의 성채에서 경비중이던 두 명의 마케도니아 지휘관을 살해한 것이다. 장군이 노여움을 터뜨리고 있을 때 입구에서 다시 몇 명의 남자들이 입실했다. 갑주는 걸치고 있지 않았지만 모두 상당한 거구(巨軀)들이었다.

— 장군! 무엇을 두려워하고 있소! 우리 테베는 단호하게 마케도니아의 전횡(專橫)을 뿌리쳐야만 하오! 알렉산더가 살아 있다고 한다면, 마침 잘되지 않았소. 이곳에서 놈을 죽이면 되는 것이오!

그러나 시회측의 안이한 전망은 테베의 군인에게 통하지 않았다. 장군은 똑똑히 기억하고 있었다. 기병대만으로 전쟁을 승리로 이끈 지난번의 전투를. 이에 장군들은 깨끗이 단념하고 의회장을 나서기로 했다. 문을 나서기 직전, 장로들을 향해 이렇게 경고했다.

— 이제 됐는가? 이렇게 되면, 네 놈들에게도 무기(武器)를 들리겠다. 최전방(最前方)에서 싸워라. 이번 기회에 알렉산더의 무서움을 직접 깨닫도록 해라.

테베시는 황급히 임전태세(臨戰態勢)에 돌입했다. 성문에는 중장병(重裝兵) 대대(大隊)가 배치되고, 기마대 또한 시장〔아고라〕 지구(地區)에 밀집되었다. 순수하게 병사라 부를 수 있는 자들의 수는 7천 명 정도였다. 테베 시에 사는 외국인을 포함한 남자들을 거의 모두 동원한 숫자였다.

이윽고 멀리 내보냈던 척후병(斥候兵)이 돌아왔다. 알렉산더군은 약 2만 5천 기(騎)에 달하는 기병대대 또한 확인되었다. 이 난적(難敵)에 대항하기 위해서는 옥쇄 전법밖에 없다. 장군들은 각오했다. 테베의 남자들이 전원 전사할 때까지 싸울 수밖에 없다. 하지만 한편으로, 장군들은 테베를 구할 방법 또한 모색했다.

화의(和議)였다. 전회(前回)의 카이로네이아전(戰)에서도 필리포스왕은 그리스 연방에 대해 비교적 관대한 처우를 해보였다. 진정한 적(適) 페르시아의 존재를 생각하면 이 제국을 공통의 적으로 삼고 있는 그리스를 철저히 공격하기 어려운 사정이 있었던 것이다.

만약, 알렉산더가 부친의 유지를 받들어 동방원정을 실행에 옮길 작정이라면, 그때 원군이 될 가능성 또한 엄연히 존재하는 그리스를 전멸시킨다는 것은 있을 수 없는 일일 것이다. 테베군은 거기에 희망을 걸었다. 분명, 알렉산더 또한 같은 생각이었다. 새로 즉위를 하자마자 북방의 야만 민족들을 무찌르고 이어 왕국의 서쪽을 끊임없이 침략해 오는 이류리아인들을 괴멸(壞滅)시켰다. 하지만 그 행동은 지나치리만큼 성급한 것이었다. 이미 필리포스왕의 시대에 정리된 변경을 알렉산더는 왜 만사를 제쳐가며 가장 먼저 재평정하지 않으면 안 되었던 것인가. 그리스인들은 직감했다. 이는 결국, 마케도니아의 권위가 땅에 떨어져 변경의 야만족들이 반란을 일으킨 것이라고. 게다가 이류리아인을 추격하기 위해 알렉산더는 상상할 수 없을 정도의 오지(奧地)로까지 군을 진격시켰다. 그 결과, 새 왕에 대한 소식이 끊기게 된 것이다.

이 기묘한 행동을 이용하려 획책한 자들이 그리스 국내에 있었으니, 아테네 데모스테네스를 시작으로 하는 반마케도니아 세력이었다. 그들은 세심하게도 이류리아에서 겨우 목숨만 부지하여 도망쳐 온 한 명의 마케도니아 병사를 의회(議會)로 끌어내었다.

그 획책을 서쪽의 변경에서 전해들은 알렉산더는 다시 굉장한 기세로 남하를 개시하여 약 5백 킬로미터에 달하는 거리를 열흘도 채 되기 전에 주파, 곧장 테베로 진격한 것이었다. 이 행동은 실로 믿기지 않는 것이다. 다른 왕들이라면, 우선 수도인 페라로 귀환하여 군사를 재정비하고 나서야 출진할 상황이었다. 하지만 알렉산더는 북방, 그리고 서방과 격전을 치른 상태 그대로 직접 그리스로 내려왔다. 그럼에도 불구하고 군단(軍團)은 점령지의 군사들을 대량으로 흡수, 증강하여 바야흐로 다국적(多國籍) 군단으로 거대하게 팽창해 있었다.

테베의 무장들은 시의 외벽 저편에 포진한 알렉산더군을 보고 내심 몹시 놀랐다. 싸움을 거듭할수록 그 세(勢)를 늘려가는 군단이라니, 지금까지 본 적도 들은 적도 없었기 때문이었다. 알렉산더는 일부러 시(市) 경계에서 볼 수 있는 곳에 진을 폈다. 압도적인 수를 자랑하는 군단을 테베의 시민들에게 충분히 눈여겨보도록 하기 위해서였다. 이어 테베에 항복을 권고하는 문서를 보냈다. 무엇보다 우선, 마케도니아의 새로운 왕이 건재한 상태로 지휘를 하고 있다는 사실을 그리스인들이 인정하게 할 필요가 있었기 때문이었다. 그럼에도 불구하고 마케도니아와 테베 양편의 군인들이 기대하고 있었던 평화는 문민들의 동의를 얻지 못했다. 항복 권유가 완벽하게 무시된 지금, 남은 것은 백병전(白兵戰)을 통한 승부뿐이었다.

여하튼, 먼저 싸움을 걸어온 것은 테베군이었다. 기병대와 경장병(經裝兵)이 성문을 빠져 나와 마케도니아군에게 선제 공격을 가하기 시작했다. 시 외벽에 오른 궁병(弓兵)들이 마케도니아 진영을 향해 활을 쏘아댄 덕에 테베군 또한 유리한 전세(戰勢)를 확보했다. 이에 알렉산더는 궁병과 경장병으로 구성된 부대를 출동시켜 다가오는 적을 단숨에 물리치고 말았다. 병력의 차가 역력히 드러났다.

여기에서도 알렉산더는 기이한 작전을 폈다. 잘 훈련된 경장병은 지휘관의 구호에 맞춰 좌우로 급속하게 돌기 시작했다. 궁병 또한 그 움직임에 맞춰 이

동해 가는 탓에, 테베군들은 생각지도 못한 곳에서 날아오는 화살을 맞아야만 했다.

테베군은 이렇게까지 자유자재로 방향을 전환할 수 있는 군단과 맞서본 적이 없었다. 눈 깜짝할 사이에 패주(敗走)가 시작된다. 테베의 성문이 굳게 닫혔다. 이어 알렉산더가 본대를 출진시켰다. 인해(人海) 전술을 써서 정문을 돌파하는 것이라 여긴 순간, 군단은 도시를 우회하더니 성안에 고립되어 있는 마케도니아군의 요새 가까이에 집결했다. 아군을 되찾을 작전에 돌입한 것이다.

이에 대항하여 테베군은 요새에 틀어박혀 있는 마케도니아 수비군(守備軍)을 포위하는 작전을 폈다. 시내에 남아 있는 마케도니아군이 움직이기 시작하면 테베는 안팎에서 공격당하는 처지가 된다. 그렇게 되면 당할 자가 없는 것이다. 테베측은 이중으로 방책(防柵)을 세워 요새로부터 한 사람도 출격하지 못하도록 했다. 여기에서 전황은 교착상태로 빠져들었다. 마케도니아군으로서도 적진에 인질을 남겨둔 채로는 돌격하기가 수월치 않았다. 테베군의 전초부대(前哨部隊)가 대기하는 방책과 마주한 최전선(最前線)에는 왕의 오랜 친구인 프톨레마이오스가 배치되었다.

이 최전선을 맡은 장교 중에 페르디카스라고 하는 용감한 군인이 있었다. 그는 테베측에 잡혀 있는 아군을 구해내는 일에 온 신경을 집중하고 있었다. 그의 절친한 전우(戰友) 몇몇이 그 안에 잡혀 있었기 때문이었다. 프톨레마이오스가 전선(前線)에 도착하자 페르디카스가 곁으로 달려왔다.

― 출격 명령은 아직입니까?

숨을 거칠게 몰아쉬며 재촉했다. 말에서 내린 프톨레마이오스는 테베측의 방책으로 눈을 돌렸다. 방책의 저편으로 멀리 마케도니아 주둔군이 있는 요새가 보인다. 그러나 도중에 설치된 이중의 방책에 천 명 이상의 테베군이 버티고 있었다. 이는 사람으로 담벼락을 쌓은 것과 마찬가지인 셈이었다.

— 아직이다. 이래서야 어디, 기병대를 투입할 수도 없겠군.

그러나 페르디카스는 끈질기게 물고 늘어졌다.

— 방책 때문에 말이 나가질 못합니다. 하지만 보병이라면!

프톨레마이오스는 이 용맹스러운 지휘관을 경계했다. 이 사내는 명령을 무시하고 적에게 돌격해 들어갈 성싶었다.

— 멍청한 소리! 알렉산더님은 기병을 주력으로 전번 회전에서 승리하셨다.

— 그러나 여기에서는 말을 쓸 수가 없습니다. 보병 싸움입니다.

— 궁병을 풀어라. 우선, 화살을 쏘기 시작해라!

— 아니, 활로는 안 됩니다. 보병으로 밀어붙이지 않는 한, 적은 방책의 그늘에 눌러 앉을 것입니다.

페르디카스는 그 말을 뒤로 한 채, 자신의 지휘하에 있던 보병 3백 명과 함께 출격했다. 그 순간, 적진으로부터 화살이 비처럼 쏟아져 내렸다. 페르디카스는 창으로 화살을 막아내며, 눈앞의 방책으로 돌진해 간다.

— 멈춰! 퇴각해라!

프톨레마이오스가 큰소리로 제지하려 했다. 하지만 페르디카스의 출격을 본 또 한 명의 지휘관 아뮨타스 역시, 수백의 보병에게 돌격을 명하고 자신이 직접 선두에 섰다. 그것을 본 병사들이 출격하는 무리에 합세하기 시작했다. 이미 제지할 수 없는 상태였다.

마케도니아군이 공격해 온다!

방책 뒤로 돌아간 테베군으로부터 화살이 날라온다. 경장병(經裝兵) 특유의

가벼운 무장뿐인 적들은 잇달아 쓰러지기 시작했다. 이에 경악한 프톨레마이오스는 말에 뛰어올라 알렉산더가 있는 본진(本陣)으로 되돌아갔다. 보고를 기다릴 것까지도 없었다. 왕은 최전선에서 돌발적인 행동이 발생한 상황을 본능적으로 헤아리고 있었다. 군단의 미세한 움직임을 멀리서 보고 파악한 것이다.

— 큰일이다!

알렉산더는 곧장 최전선으로 전령을 급히 내보냈다. 돌격해 간 부대를 엄호하고 궁수와 보병을 출동시키라는 명령이었다. 방책이 있는 방향으로 서둘러 말을 달리던 전령은, 하얗게 질린 얼굴이 되어 저편에서 달려오던 프톨레마이오스와 마주쳤다. 전령은 곧 프톨레마이오스의 길을 막고 큰소리로 명령을 전했다.

— 엄호(掩護)입니다! 후속부대를 속속 투입하여 선발대를 엄호하라는.

— 알았다!

프톨레마이오스는 왕에게 진언(進言)하리라 생각했던 명령을 생각한 그대로 받들게 되어 뛸 듯이 기뻤다. 그대로 말을 돌려 전선으로 돌아가 장병들을 격려했다.

— 그들을 바로 눈앞에서 죽게 내버려 둘 수는 없다! 엄호해라!

프톨레마이오스의 사령(司令)이 장병들의 투지를 북돋았다. 페르디카스와 아뮨타스의 뒤를 따라, 마케도니아군이 잇달아 진을 뛰쳐나갔다. 이렇게 육박전의 막이 올랐다. 궁병대와 보병대가 첫 번째 방책에 달려들어 적을 쓰러뜨렸다. 궁병이 일제히 활을 쏘고 재빨리 물러나면 대신 보병이 전진한다. 기다란 창은 절묘한 효과를 발휘했다. 울타리 사이로 깊숙하게 찔러 넣어 매번 적의 피를 빨아들였다.

장창이 덮칠 때면 방책 뒤에 있던 적병들은 일제히 후퇴했다. 세(勢)를 얻은 페르디카스의 부대가 울타리를 무너뜨리고는 두 번째 방책을 향해 힘차게 몰려갔다. 하지만 두 번째 방책을 앞에 둔 비좁은 전장에서는 사태가 급변했다. 틈이 거의 없어 장창을 제대로 다룰 수가 없었다. 물론 궁병들도 활을 쏠 수 없게 되었다.

주전(主戰)이 보병으로 교체되었다. 테베가 자랑하는, 목숨을 아끼지 않는 전사들이 요격(邀擊)을 개시했다. 대규모로 두 번째 방책 앞에 몰려들자 단창과 검(劍)으로 반격했다. 검이 한 번 허공을 가를 때마다 피보라가 일었다. 마케도니아 병은 혹독한 부상을 입기 시작했다. 그럼에도 불구하고 페르디카스는 돌격을 멈추지 않았다. 단신으로 검을 휘두르며 두 번째 방책까지 전진한 순간, 적병에게 둘러싸이고 말았다. 지칠 줄 모르는 완력이 칼을 좌우로 번득이게 한다. 피보라가 허공에 장막을 이뤘다. 그의 눈앞이 시뻘건 색으로 빈틈없이 칠해진다. 전방에서 덤벼드는 적을 칼로 꿰고 그 즉시 왼쪽에서 베려 드는 적을 붙잡아 이마를 겨눠 칼자루를 때려 박았다. 뼈가 부스러지고 피가 어지럽게 흩어진다.

뒤로 돌아 배후에서 달려드는 단창(短槍)을 물리친 페르디카스는 결국 오른편에서 공격해 온 무기에 걸려들고 말았다. 단창이었다. 창끝이 기분 나쁜 빛을 번뜩이며 그의 옆구리에 꽂혔다. 막바로 창대가 돌아가자 날끝은 반회전을 하며 창자를 도려냈다. 페르디카스는 으윽 하는 둔탁한 신음소릴 냈으나 다음 순간, 칼을 옆으로 후려쳐 자신을 찌른 병사를 베어 쓰러뜨렸다. 창병(槍兵)이 혼절했다. 돌연 박힌 창자루를 잘라 떼어버리고는 흐물흐물 흘러나오려는 창자를 손으로 꾸욱 누르며 칼을 한 바퀴 회전시켰다. 그 기세에 눌려 두 명의 적이 튕겨나간다. 페르디카스가 한 무릎을 꿇었다. 입에서 기분 나쁠 정도로 뜨거운 피가 넘쳐난

다. 이때 페르디카스의 곁으로 아뮨타스가 달려왔다.

— 당한 게냐!

페르디카스가 어깨로 숨을 쉬며 답했다.

— 별일 아니다. 그보다 요새를! 옛 전우들을 구해다오!

궁병의 무리가 무기를 버리고 지휘관 옆으로 모여들었다. 한 거구의 사내가 중상을 입은 지휘관을 부축했다. 앞뒤를 엄호하는 병사들과 함께 후방으로 달려간다. 후방으로 옮겨지는 페르디카스와 엇갈리며 프톨레마이오스 자신이 직접 이끄는 궁병대가 방책으로 돌진했다. 방책을 따라 옆으로 옆으로 선회(旋回)하여 적병을 분산시켜 간다. 그렇게 두께를 상실한 적의 방어선을 아뮨타스가 지휘하는 보병군단이 돌파해 간다.

합류한 궁병대의 힘은 절대적이었다. 요새를 에워싸고 있던 적은 공세에 저항하다 못해 후퇴하기 시작했다. 요새 뒤편으로 피해 달아나, 요새를 뒤로 한 채 썰물처럼 후퇴해 간다. 궁병대가 그 반대로 요새를 집어삼켰다. 새로이 그 위세를 배로 하여 물러가는 적을 뒤따라 추격한다.

이윽고 마케도니아군이 합류하여 하나의 강력한 해일을 형성했다. 물마루를 만드는 것은 장창을 든 병사들이다. 밀어붙이고, 밀어붙이고, 또 밀어붙인다. 테베군은 슬금슬금 후퇴 일로에 접어들었다. 그러나 거기에서부터 지형(地形)이 내리막으로 변했다. 내리막의 끝, 분지(盆地)를 이룬 언저리에 테베의 진이 펼쳐져 있다. 진지에 모여 있던 병사들은 아군이 내몰리는 것을 보자 전원 엄호에 나섰다.

수비하며 대기하던 병사들이 적군에 합류된 순간, 다시 전세가 역전되었다. 퇴조 일색이었던 파도가 순간 밀물로 바뀌었다. 보병을 선두에 내세운 테베의 병사들은 무서운 기세로 마케도니아군을 밀어붙였다. 구(舊) 마케도니아 주둔군이 있던 요새는, 순식간에 적군에게 탈환되고 급기야 마케도니아의 전선기지(前線基地)마저 집어삼켜졌다. 밀물로 바뀐 테베군은 굉음을 내며, 패주하기 시작한 마케도니아군을 뒤쫓았다. 기나긴 병사들의 행렬이 만들어졌다. 적의 최전열은 재빠르게 알렉산더 본대를 사정(射程)거리 안으로 끌어당겼다. 그러나 바로 여기에서 테베측에 허점이 생겼다. 세로로 길게 늘어서는 전개를 택한 군단이 옆구리를 적에게 드러내 놓는 꼴이 되었기 때문이다. 알렉산더는 그것을 놓치지 않았다.

지금까지 출격을 자제해 온 근위보병부대와 최정예부대에 명령이 하달됐다. 대군단은 함성을 울리며 좌우 양편으로부터 전장으로 출격했다. 격전을 벌이는 선두 부분을 우회하여 단숨에 대열의 측면으로 향했다. 순간, 적 또한 측면을 다지기 위해 방향을 튼다. 그러나 알렉산더군의 움직임은 재빨랐다. 출격한 군단은 곧 쐐기형의 진을 펴, 그 한쪽에 궁병을 집중시켰다. 곧바로 궁병에게 활을 쏘게 하고는 다시 뒤로 물린 후, 적의 옆구리를 겨냥해 검사(劍士)들로 하여금 요격토록 하였다.

숨돌릴 틈도 없었다. 활 다음은 검, 그것도 상식을 벗어난 급선회(急旋回)로 주력 부대를 교체한 것이다. 여기에는 테베군도 경악을 금할 길이 없었다. 대군단은 쐐기 모양의 군대에게 옆구리를 찔려 결국, 두 동강이 났다. 세력을 분산당한 군단은 어영부영하는 사이에 힘을 잃어 간다. 병사들은 앞에서도 뒤에서도 공격을 당하는 통에, 전세의 회복을 도모할 겨를도 없이 고스란히 무너져 내렸다. 피가 바다처럼 넘쳐나 지면을 붉은 빛으로 물들였다. 누가 누구를 죽인 것인지, 누구의 솜씨였는지, 전혀 판별할 수 없는 상태에 달해 있었다. 기진한 테베군은 마

케도니아 병사들에 의해 대학살의 표적이 되었다.

승패가 갈린 후에야 비로소 활발하게 움직이기 시작하는 군단도 있었다. 트라키아, 이류리아, 에페이로스, 그리고 켈트. 소아시아에 있던 점령지에서 끌어 모은 군대들이다. 순수한 마케도니아군과 달리, 알렉산더가 이를테면 인질로 혹은 돈을 주고 사들인 군대인 것이었다. 그러므로 그들은 승리자의 특권인 약탈을 비할 데 없는 희열로 삼고 있었다. 테베군이 무너지는 것을 보고 활기가 붙은 것도 당연한 일이었다.

이리하여 역사상으로도 보기드문 대학살이 시작되었다. 트라키아인과 이류리아인은 무기를 제대로 지니지도 않은 의용군(義勇軍)들마저 닥치는 대로 찢어 갈라놓았다. 궁병들은 활을 사용해서 문을 지키던 병사들을 쏴 죽였다. 피와 절규와 욕지거리가 뒤섞여 무어라 형언할 수 없는 엄청난 함성을 낳았다.

성문이 돌파되었다!

군단이 성안으로 쏟아져 들어간다. 성안에는 여자와 아이들이 수만 명도 넘게 피난해 있었다. 그 한가운데로 변경의 사내들이 눈사태처럼 덮쳐들었다. 피맛을 본 칼과 창이, 새로운 사냥감을 찾아 여자와 아이들의 부드럽고 향기로운 살을 찢어 갈랐다. 달콤하고도 고운 새빨간 피가 혈기왕성한 사내들의 검은 피에 섞여 들었다. 여기에 노인들의 피도 더해졌다. 병사들은 사람들을 닥치는 대로 잡아죽였다. 소를 잡아 그 죽은 소들을 차례차례 수레 위에 쌓아 올려가듯이 공포, 그 자체인 솜씨였다. 피가 산산이 뿌려질 때마다 병사는 죽음을 노래했다. 테베인이 쓰러질 때마다 변경의 사내들은 가슴을 두드리며 승리를 뽐냈다.

노인과 여자들이 젖먹이들을 껴안고 어린아이의 손을 잡아끌며 신전으로 몸을 피한다. 신전에 비호(庇護)를 갈구하는 이를 뒤쫓아서는 안 된다는 것이 무장들의 수칙(守則)이었다. 그러나 피에 굶주린 변경의 부대는 달랐다. 그들은 신전으로 달아나는 시민들을 우리에 들어간 가축 떼처럼 아무렇지도 않게 죽였다. 힘없는 이들의 몸에서 흘러나오는 피는 힘으로 넘쳐나는 병사들을 더욱 취하게 만들었다.

갓난아기의 목만을 베고 다니는 병사도 있었다. 젊은 여자의 가슴에 칼을 꽂아 넣는 일에 열심인 병사도 있었다. 그 끝을 볼 즈음, 마케도니아병 또한 학살에 가담했다. 오랜 세월 동안 골칫거리였던 테베의 사내들을 장창으로 찔러 나지막한 성벽 밖으로 내던졌다. 요새를 수비하고 있던 마케도니아 주둔군도 구출되었다. 그들은 시내 한복판으로 춤을 추며 뛰쳐나와 손에 닿는 대로 시민들을 패고 베며 울분을 풀었다.

곧이어 약탈 또한 시작되었다. 전쟁의 신도 그 눈을 감아 외면하고 싶어질 정도의 약탈이었다. 부유한 집을 발견한 변경의 병사들은 안으로 들이닥쳐 여자들을 범했다. 그리고는 집 안에 있던 자들을 위협하여 재물과 보석을 내놓게 하고는 커다란 푸대에 담을 수 없을 때까지 쏟아 담았다. 물론 재물과 보석을 다 챙긴 후에는 가족들을 인정사정 없이 모조리 학살하는 일도 잊지 않았다.

살육(殺戮)은 반나절 이상 계속되었다. 전사한 테베 병사의 수는 약 6천 명. 학살당한 시민 또한 1만 명을 넘었다. 테베는 무시무시한 죽음의 도시가 되었다. 해질녘이 되면서 그토록 잔혹하던 대학살도 일단락된 즈음, 알렉산더가 피의 바다로 변한 고도에 입성했다. 모든 기념비며 신상이며, 도시 전체가 산산이 부서져 있었다. 길에는 무수한 돌조각들이 널리고, 그 위로 피범벅이 된 시체들이 쌓여 있었다.

ALEXANDER

알렉산더는 무표정하게 송장의 골짜기를 통과했다. 가슴에 새겨진 메두사조차 시선을 돌릴 정도의 수라장이었다. 그러나 알렉산더는 시체의 산에 눈길 한 번 주지 않고 파괴된 테베의 거리를 시찰했다. 거의 전멸상태였다. 살아 남은 시민들은 마케도니아 병사들이 지켜보는 가운데 대리석 바닥에 눌러 앉아 옴짝달싹 않고 있다. 좀더 나아가자, 사람들이 모여 웅성대는 장소를 지나게 되었다. 부유해 보이는 저택 맞은편이었다. 낮 동안의 전쟁으로 가는 곳마다 파괴되어 있었다. 아름다웠을 것임이 분명한 정원도 짓밟히고 짓이겨져 예전의 모습을 찾아보기 힘들었다.

웅성거림의 원인은 변경의 군단 중에서도 가장 탐욕스러운 트라키아인 병사들이 한 여인을 처형하려 하고 있었기 때문이다. 여자는 손을 뒤로 묶인 채 여러 사람들 앞에서 창피를 당하고 있었다. 귀한 신분으로 보이는 아름다운 여성이었다. 지나가던 알렉산더는 말에서 내려 사정을 들으려 하였다. 그러자 트라키아 병사가 냉큼 달려와 사태의 자초지종을 설명해 주었다.

― 이 여자는 우리 지휘관을 살해했습니다. 무서운 여자입니다.

현장에서 여자의 어깨를 잡아 누르고 있던 병사가 말했다. 이 부인은 가택으로 침입해 온 트라키아 병사를 가로막고 서서는, 그들의 약탈행위를 심하게 비난했다고 한다. 이것이 되려 트라키아 병사들의 정욕을 불러일으켜 우격다짐으로 부인을 범했고, 부인은 정조를 빼앗겼음에도 여전히 병사들에게 욕을 퍼부어댔다. 이에 결국 다시 한 번 꺼림칙한 성적인 보복을 당했다.

방종의 끝, 육욕을 채운 트라키아 병사들은 이어 물욕을 발휘하기 시작했다. 트라키아의 지휘관은 부인에게 이 정도의 저택에 사는 걸 보면, 분명 큰 재물을 숨겨 놓고 있을 것이라며 추궁했다. 이윽고 부인은 지휘관에게만 들리도록 작은 목소리로 소근거렸다.

─ 있습니다. 하지만 마케도니아군에게 약탈당하지 않도록 뒷뜰에 숨겨 두었지요. 지휘관님, 당신께만 가르쳐 드리겠습니다.

부인은 체념상태인 듯, 거금의 행방을 일러줄 것을 약조했다. 물론, 지휘관은 물욕이 꿈틀거린 탓에 곧장 이 제안을 받아들였다. 일단 그녀의 포박을 풀어주고 질책하는 척 해가며 단 둘이서 뒤뜰을 향해 나갔다. 부인은 정원 한구석에 있던 우물을 손가락으로 가리키며 저 안에 거액을 숨겨 놓았다고 답했다. 지휘관은 즉시 우물 안을 엿보았다. 횃불을 가져오게 하여 캄캄한 우물 바닥을 살폈다. 그때였다. 부인이 갑자기 귀신 같은 표정을 지으며 지휘관의 등을 떠밀었다. 지휘관은 거짓말처럼 서서히 우물 바닥으로 추락했다.

─ 이 여자는 지휘관에게 덫을 놓아 죽음에 이르게 하였습니다. 엄벌에 처할 일입니다.

이렇게 말하며 병사는 이야기를 맺었다. 듣고 있던 알렉산더는 포박지워진 여인을 바라보았다. 가냘픈 몸에 어깨에서 가슴에 이르는 곡선 또한 유연한 여인이었다. 게다가 토가를 진정으로 우아하게, 그것도 몸에 맞도록 걸쳐 입고 있었다. 능욕당한 여파로 가슴께가 큼지막하게 찢기지만 않았다면, 실로 나무랄 데 없는 고귀한 신분의 여인이었다.

알렉산더는 여자를 바라보았다. 여인은 기죽지 않고 왕을 되쏘아 보았다. 왕은 여자의 기개 넘치는 반응을 확인하고는 엄숙한 목소리로 물었다.

─ 우리 군의 지휘관을 죽인 것이 너냐? 그것도 비열한 계략을 써서?

그러자 부인은 일말의 두려워하는 기색도 없이 가슴을 당당하게 펴고 대답했다.

— 비열한 자들에게는 비열한 계략을 되돌려 줍니다. 그것뿐입니다.

— 나의 군대를 비열하다고 비판하는 건가?

알렉산더는 눈을 크게 부릅뜨며, 미간에 세로 주름을 새겼다. 반쯤은 협박이었다. 그러자 부인은 다시 답했다.

— 전쟁은 가장 비열한 행위, 그러나 나름의 해결방법이기도 합니다. 하지만 패전국의 백성을 약탈하는 것까지 허용된 것은 아닙니다.

— 호오, 이거 제법 가차없는 말을 하는 여자로다. 그러면 묻겠다만, 테베는 어떤가. 테베는 오늘날까지 많은 도시를 무력으로 점령하여 식민지로 만들어 왔다.

— 그랬기 때문에 오늘 이렇게 테베가 파괴된 것입니다. 이는 반나마 신의 노여움이 행한 일이라 생각합니다.

— 그럴 듯하구나. 그럼, 또 하나 묻겠다. 너희 테베인들은 마케도니아와의 약속을 어겼다. 카이로네이아 회전 이후 코린트 동맹까지 결성했지만, 너희들은 우리에게 반기를 들었다.

그러나 부인은 위축되는 법이 없었다.

— 그 약속보다도 더욱 중대한 약속을, 우리들은 그때 신과의 사이에 주고받았습니다. 자유와 자치를 지킨다는.

— 지켜지지 않았지 않느냐?

알렉산더가 맞받아치자 부인은 처음으로 눈을 치켜떴다.

— 하지만 지키기 위해 싸우고, 그러한 싸움중에 죽었습니다. 이는 명예입니다. 저는 카이로네이아의 회전에서 전사한 테베의 장군 테아게네스의 여동생입니다.

그녀가 자신을 밝혔다. 그리고 한층 더 힘을 실어 이렇게 덧붙였다.

― 오늘의 싸움도 역시, 자유를 위해 치른 것입니다. 우리들은 약체인 탓에 격파당했습니다. 결과에 대해서 당신을 원망할 생각은 없습니다. 우리 테베의 시민들은 학살당하는 와중에도, 누구 하나 당신에게 목숨을 구걸하거나 살려달라 부탁하지 않았을 것입니다. 그러니, 저도 기쁜 맘으로 기꺼이 처형당하겠습니다.

그녀는 말을 끝마치고는 눈을 감았다. 알렉산더는 주위를 둘러보며 트라키아 병사들의 반응을 살폈다. 누구 하나 반론해 올 듯한 자는 없었다. 아마, 테베의 시민들이 자부심을 간직한 채 죽어간 것은 사실일 것이다. 알렉산더는 잠시 침묵을 지킨 후 부인에게 말했다.

― 알았다. 네 각오는 진정 존경받을 만한 것이다. 나의 병사들 또한, 네 각오를 닮았으면 싶을 정도로.

알렉산더는 병사에게 명하여 곧장 그녀의 포박을 풀게 하였다. 그리고 주위에 모여든 자신의 군사들에게 들릴 정도로 소리 높여 말했다.

― 너와 네 자식에게 자유를 주겠다. 어느 곳이든 가도 좋다. 한이 풀릴 때까지 나를 저주하도록 해라.

이 기개 높은 여인은 왕의 명령에 따랐다. 여인은 '거주지 추방' 의 형(刑)조차 받지 않은 채 자유롭게 테베를 떠나갔다. 부인이 어린아이와 함께 시야에서 사라진 순간, 알렉산더는 눈을 빛내며 새로운 명령을 내렸다.

― 더 이상 사람을 벨 필요도 없다. 테베는 이것으로, 신의 가호(加護)를 잃었다. 약탈을 중지해라. 이를 어기는 자는 아군이라 할지라도 용서치 않는다. 항명하는 자는 가차없이 베어버려라!

알렉산더의 명령이 내려지자 마케도니아의 귀족부대는 사방으로 흩어졌다.

도시의 발 닿는 곳마다 약탈과 살인의 향연을 벌이던 변경의 병사들을 모두 도시의 성벽 밖으로 몰아냈다. 테베 시내에서 살아남은 자는 3만 명을 조금 넘는 숫자였다. 그들은 전원이 마케도니아에 노예로 팔려가는 신세가 되었다. 남자들은 거의 대부분이 절명한 상태였다. 유구한 역사를 자랑했던 그리스의 유력도시 테베는 이렇게 멸망했다.

불패(不敗)의 왕

다음해 봄, 철저하게 파괴당한 테베를 포함한 그리스 연방이 고도(古都) 코린트에 집결했다. 코린트는 마케도니아와 그리스간에 맺은 동맹의 체결지(締結地)였다. 코린트의 신에게 맹세한 이 인연을 다시금 확인하는 데에는, 현지에서 희생식을 거행하는 일 이상 바람직한 것은 없었다.

이 동맹에 관련되는 각 나라의 대표자들이 이렇게 한 자리에 모일 수 있었던 데에는 물론 사연이 있었다. 이 맹세가 이루어질 당시의 주역들이 모두 일선에서 물러났기 때문이었다. 필리포스 2세처럼 암살당한 이도 있었다. 테베의 장로처럼 도시가 전멸한 책임을 물게 된 자도 있었다. 그리고 아테네의 경우, 테베의 전철을 되풀이하는 일을 피해 자신들의 손으로 지도자를 교체하였다.

이렇게 당사자들의 체면이 한풀 꺾인 지금, 동맹의 맹세 또한 재확인할 필요

가 생긴 것은 당연한 일이었다. 코린트 동맹의 목적은 무엇인가. 그리스 연방에서 보면, 오래도록 반목해 온 전 폴리스의 통합을 실현하는 협정인 것이다. 하지만 마케도니아에서 보면 그것은 전적으로 그 취지를 달리하고 있었다. 이 동맹은 페르시아 제국을 무너뜨리기 위해 맺어진 공동 군사조직인 것이었다. 그러나 동맹국들이 일제히 코린트에 집결한 이면에는, 재확인의 협상 이외의 목적 또한 있었다. 맹주인 전권장군(全權將軍)을 다시 임명하는 의식을 거행하는 일이었다.

알렉산더는 지난 반년 간, 잠시도 쉬지 않고 북의 야만족, 남의 반란군을 평정했다. 게다가 노도(怒濤)처럼 남하하여 테베를 함락시키고는, 지체없이 아테네로 진격해 도시를 포위했다. 놀라 허둥대던 아테네는 자신들의 손으로 테베를 벌하고 알렉산더에게 목숨을 구걸하였다. 이 유약(柔弱)한 외교는 긍지를 버린다는 무거운 대가를 치렀지만, 두 번씩 거듭될 뻔한 도시의 파괴를 면할 수 있었다는 성과를 얻었다.

알렉산더도 아테네를 테베와 마찬가지로, 잿더미로 불사르는 일은 하지 않았다. 자신의 가공할 위력에 대해서는 테베의 파괴만으로도 충분히 통감케 하였다고 생각한 것이었다. 이 이상의 학살은, 반대로 그리스를 궁지로 몰아넣는다. 그렇지 않아도, 아테네의 데모스테네스는 페르시아에 붙어가면서까지 증오스러운 알렉산더를 치려고 획책하고 있는 것이다. 이에 마케도니아의 새로운 패왕(霸王)은 테베를 실로 관대하게 처리했다. 페르시아와 내통한 10여 명의 배반자들의 인도를 요구한 것과, 그리고 또 하나 코린트 동맹의 목적을 추인(追認)시킨 것. 이 두 가지였다. 하지만 그리스에의 지배권을 확립한 후, 알렉산더의 행동은 더욱 기행(奇行) 일변도로 치달아 갈 뿐이었는데…

그는 전군(全軍)을 이끌고 마케도니아로 물러난 후, 180도 바뀌어 신관(神官)

으로 변신했다. 헬레니즘 문화권에서 거행되는 의식과 대제(大祭)를 모두 개최한 것이다. 귀국하자마자 우선 행해진 것은 올림포스의 제우스신에게 희생물을 바치는, 고대의 방식으로 치뤄진 공양(供養)이었다. 이 공양을 통해 알렉산더는 마케도니아의 신(神)과 선조(先祖)의 영령(英靈)에게 가호를 빌었다.

이어, 헬레니즘 문화권의 상징이라 할 올림피아 축전을 개최했다. 이 대경기는 고도(古都) 아이가이에서 개최되었다. 알렉산더 자신도 경마경기에 참가했다. 힘과 기량을 겨루는 축전이 끝나자 다음에는 예술의 신 무사이에게 바치는 시와 노래의 축전을 개최했다. 서사시(敍事詩)와 서정시(抒情詩) 등 각 부문에 걸친 작가들이 그 재능을 서로 겨루는 참으로 화려한 행사였다. 알렉산더는 이렇게 신들을 기쁘게 해가며 다가올 도전에 가호(加護)를 내려 주기만을 충심으로 빌었다.

그 다음은 알렉산더는 물론, 전 그리스의 군인에게 있어 가장 중요한 행사를 치를 차례가 되었다. 무슨 일이 있어도 거행되지 않으면 안 될 이 행사는 바로, 신성한 땅, 델포이의 아폴론 신전으로 향하여 무녀로부터 신탁을 받는 일이었다. 신성한 땅 델포이는 테베의 서쪽이자, 코린트에서는 해협을 낀 북서쪽에 위치해 있었다. 델포이 신전은 신(神)의 나무 올리브가 시들 줄도 모르고 울창하게 뒤덮은 광활한 숲 속에 있다. 신탁의 무녀가 대신전을 관장하며, 신탁을 받으러 오는 왕족(王族)과 시민들이 끊이질 않았다. 계곡에 있는, 거대한 지면의 균열은 영험(靈驗)한 입김을 뿜어내고 있다. 무녀들은 이 골짜기에서 올라오는 증기(蒸氣)를 쐬는 것이다. 그녀들은 이 증기 속에서 신들린 채 아폴론으로부터의 신탁을 무의식적으로 구술했다.

이 신탁은 절대적인 예언으로써, 누구도 그 예언을 왜곡할 수 없었다. 고대 그

리스에서는 여러 종류의 점술이 성행하였다. 우선, 데르포스라는 영웅이 전수한 내장점(內臟占), 그리고 파르나소스가 전한 새(鳥) 점, 그리고 트리아이라 불리는 무녀들이 사용했던 돌(石) 점 등 점술의 종류는 헤아릴 수 없이 많았다. 돌점이란 여러 개의 작은 돌들을 사용해 점을 보는 일종의 숫자점이었다.

그러나 모든 점술법의 가장 높은 위에 자리하는 것이, 바로 델포이의 신탁이었다. 무녀들은 산양을 사용해서 희생식을 치른다. 산양이 숨이 끊어질 즈음, 여기에 찬 물을 끼얹어 산양이 부르르 떨면, 아폴론이 신의 음성을 전할 것에 동의한 것으로 받아들여졌다. 그 다음에 무녀는 아폴론의 삼각대라 불리는 청동의 제단에 앉아, 입신상태에 들어가는 것이다.

한편 알렉산더가 델포이에 들른 날, 하필이면 무녀들은 액일(厄日)의 재계(齋戒)[19]에 들어가 있었다. 액일에는 신탁을 행하지 않는 것이 오랜 세월에 걸친 관례였다. 그렇기 때문에 무녀들은 마케도니아에서 온 사자(使者)를 향해 예언을 줄 수 없다고 단호하게 거절했다. 이 거절은 알렉산더를 진노케 만들었다. 그는 성급하게도 신하를 거느리지도 않고 직접 신전 쪽으로 향했다. 액일을 기해 닫혀 있던 신전으로 그는 안내도 없이 무작정 들어섰다. 그리고 재계를 위해 성역(聖域)에 근접하지 않으려는 무녀를 무리하게 신탁 장소로 끌어냈다. 무녀는 저항했다. 당연했다. 액일에 신전을 더럽히게 되면 신의 노여움을 사는 것이다.

그러나 알렉산더는 더욱 강경했다. 그에게 있어서는 델포이 참배의 날이 액일에 해당했다는 것 자체가 불길한 전조(前兆)였다. 그렇기 때문에 오기로라도 신탁을 받으려 했다. 신을 굴복시키지 않고서는 대망의 실현 따위가 가능할 리 없었다. 알렉산더는 마물(魔物)처럼 무녀에게 달라붙어 떨어지지 않는다. 무녀 또

---

19. 재계(齋戒) : 제사 전에 부정을 씻어내는 일.

한 완강했다. 액일의 금기를 범하는 일이 얼마나 무서운 결과를 가져다 주는지 차근차근 설명했다. 하지만 알렉산더는 설득을 허락하지 않는다. 그토록 완강하게 거부하던 무녀도 결국 꺾이고 말았다. 신탁의 제단에 오를 것을 받아들였다. 무녀는 신탁의 삼각대에 올라 영험한 증기를 쐬며 점점 입신상태로 빠져들기 직전, 장막(帳幕)을 여미기에 앞서 원한에 찬 눈으로 알렉산더를 노려보며 이렇게 말했다.

— 당신은 진정 패배를 모르시는 분이군요.

그 눈에는 반은 노여움, 반은 칭찬의 의미가 뒤섞여 있었다. 알렉산더는 기다렸다. 증기 한가운데에 앉아 신을 부르는 의식에 들어간 무녀가 강신을 맞이하기만을. 그러나 기다리는 동안 가슴 속에서 웃음이 솟아올랐다. 웃음을 참을 수 없게 되자 끝내는 표정을 허물었다. 돌연한 웃음이 신성한 신탁의 신전에 울려 퍼졌다.

무녀는 경악을 금치 못하며 의례를 중단하고 장막을 걷자마자 마케도니아 왕을 뚫어지게 쳐다보았다. 왕은 무녀의 낭패한 모습을 즐겁다는 듯이 바라보며 말했다.

— 불패의 인간! 그것 참 마음에 드는 신탁이다. 신이 그리 하였건, 내가 그리 만들었건, 무녀의 입에서 나온 말임에는 틀림없을 터. 그 신탁, 감사히 받들겠다.

그렇게 말하고는, 알렉산더는 무녀에게 손을 내밀어 삼발이 모양을 한 신탁대(神託臺)에서 그녀를 내려오게 하였다. 델포이의 역사가 시작된 이래, 무녀에게 신의 것이 아닌 탁언(託言)을 입에 담게 한 인물은 일찍이 없었다.

마케도니아의 새로운 왕이 부왕의 유지를 받들어 천하를 제패하기 위해 행하려던 의례는 이렇게 끝나버렸다. 그 사이, 각지에서 기이한 징조들이 속속 나타

났다. 예를 들면, 레이베도라에 있는 오르페우스의 삼나무로 만들어진 신상이 갑자기 땀을 흘리는 이변이 발생했다. 역관은 이를 일컬어, 노래와 시의 신 오르페우스가 왕의 공적(功績)을 치하하는 시를 짓는 일에 매진한 나머지 땀을 흘린 증거라고 해석했다.

이렇게 해서 동맹의 재확인이 실행되었다. 코린트에 결집한 그리스 연방의 유력자, 학자들을 앞에 놓고 그는 우선, 신들의 가호는 우리 곁에 있다고 선언했다. 강력한 선언이었다. 그러나 그 다음으로 선언된 내용은 참가했던 사람들을 더욱 놀라게 만들었다.

마케도니아 왕가의 전재산을 충성스러운 신하들에게 균등하게 나눠주어 각자에게 속한 가족들이 넉넉한 생활을 계속할 수 있도록 하겠다는 말을 꺼냈기 때문이었다. 사실 알렉산더는 무기, 군사, 전함과 대원정에 빼놓을 수 없는 군비에 엄청난 자금을 썼다. 고리대금업자로부터 빌었다는 등의 소문도 있었다. 그럼에도 불구하고 나라의 재산을 군비에 탕진하고는, 이번에는 왕궁의 재산과 토지까지 팔아 신하들에게 나눠준다고 한다.

이번 논공행상(論功行賞)에서 최고의 찬사를 받은 페르디카스는 하사받은 금액의 막대함에 놀란 나머지 망연자실하였다 한다. 창백해진 그가 왕에게 물었다.

— 황송한 말씀이오나, 폐하. 이렇게나 많은 상을 신하에게 나눠주시면, 왕가(王家)에는 무엇이 남게 되는 것인지요?

그러자 알렉산더는 답했다.

— 나에게는 희망이 남는다. 이것으로 충분하도다!

대원정을 앞에 두고 있었던 알렉산더의 이상한 행동에 대해, 그 진의를 추측할 실마리를 얻을 수 있는 일화가 하나 전해져 내려온다. 코린트 동맹이 개정되고, 페르시아 토벌군을 출정할 것을 확인하던 자리는 어느 시점에 이르자 학자와 군인들이 스스로를 팔아 넘기는 시장바닥으로 변했다. 무수한 인물들이 알현을 희망해 왔다. 그러나 왕은 대부분의 경우, 신청을 거절했다. 이미 개개 인물들의 역량을 모두 파악했기 때문이다.

그러나 알렉산더의 주의를 끈 인물이 딱 한 명, 이곳 코린트에 와 있었다. 속세에는 개(犬)의 철학자라고 알려진 디오게네스였다. 개의 철학자는 속세의 영달(榮達)을 버리고 비속한 행복을 구하지 않았으며 매일매일 개처럼 지내는 것으로 인생을 마칠 것을 실천하고 있었다. 사리사욕에 빠져드는 퇴조기의 그리스에 있어서는 진정으로 드문 세속을 등진 자(者)였다.

그러나 디오게네스는 인생뿐만 아니라 정치와 신, 그리고 우주에 관해서도 본질을 정확히 파악하고 있었다. 당대 제일의 철학자였다. 이에 알렉산더는, 입신양명을 위해 세상사를 우롱하지 않는 순수한 마음을 지닌 이 인물에게 자신이 걸어가야 할 길에 대해 묻기로 작정했다.

평생을 길 위에서 지내온 디오게네스는 버려진 큰 나무통을 보금자리로 삼고 있었다. 코린트 동맹의 군사회의가 종료된 날, 마케도니아로 돌아가기 전의 극히 짧은 틈을 이용하여 알렉산더는 개의 철학자를 만나러 나갔다. 길 위에 커다란 나무통이 옆으로 뉘어진 채 놓여 있었다. 그리고 그 옆에는 넝마를 걸친 비만한 몸집의 사내가 자고 있었다. 따사로운 햇살을 받아 실로 기분 좋은 모양이었다. 머리도 수염도 제멋대로, 자랄 대로 자라 있었다. 튿어진 옷 사이로 물건이 드러나 보여도 전혀 신경 쓰지 않는 모습이었다. 나무통 앞에는 때에 절은 술병이 하나, 그나마 체면치레처럼 놓여 있었다. 마실 물을 담은 병이었다.

알렉산더는 큰 나무통 앞으로 다가가서는 보도(步道)에 깐 돌을 베개삼아 곯

아떨어져 있는 인물에게 물었다.

— 디오게네스님이십니까?

인기척에 눈을 뜬 개의 철학자는 더러운 손등으로 눈을 비볐다. 얼굴이 진흙 투성이가 되었다.

— 딴에는 그렇소만?

지저분한 복장을 한 철학자는 일어나려고 하지 않은 채 답했다. 알렉산더는 인사를 하고는 철학자에게 묻기 시작했다.

— 세상의 흐름에 휘말리지 않고 자유롭게 지내시는 모양이온데, 뭔가 제게 주실 말씀은 없으신지요? 나는 마케도니아의 왕 알렉산더라 합니다.

철학자는 한쪽 눈썹을 서서히 치켜올리며 젊디젊은 미모의 왕을 올려다보았다.

— 자네가 알렉산더인가? 잘은 모르겠지만 페르시아를 정복하네 마네 큰소리를 치고 있는 듯하더군.

솔직한 말이었다. 그 솔직함이 왕을 미소짓게 만들었다.

— 아니, 페르시아만이 아닙니다. 세상 끝을 이 두 눈으로 분명히 보고자 함이지요.

— 호오, 세계를 정복할 작정인가!

알렉산더는 끄덕여 보였다.

— 그렇다면 어떤 바람도 들어주실 수 있겠구만?

디오게네스는 부푼 배 위에 손을 얹으며 물어 왔다. 왕은 미소를 끊이지 않으며 끄덕였다.

— 그 무엇이라도.

— 그럼, 부탁하겠네. 자네만이 할 수 있는 일이거든.

— 들어 드리겠습니다.

— 거기서 조금 떨어져 주지 않겠나? 모처럼 든 해를 자네가 가려버린 터라.

디오게네스는 그렇게 말하고는 튀어나온 배를 불룩거렸다. 호, 호 하고 바람 빠지는 풀무 같은 웃음소리를 내며.

알렉산더는 허를 찔렸다. 분명, 그의 몸이 철학자 위로 그림자를 드리우고 있었던 것이다. 이에 당황한 그는 얼른 비켜서서, 해가 디오게네스에게 들도록 했다. 디오게네스의 얼굴에 만족스러운 미소가 떠올랐다.

— 고맙네. 역시 세계제패를 기도하는 왕답구만. 이렇듯, 남들이 할 수 없는 일이 자네에게는 가능하다네.

그리 말하고는 개의 철학자는 두 눈을 감았다. 알렉산더는 길 위에 주저앉았다. 철학자의 뺨에 얼굴을 가까이하여 가볍게 입을 맞췄다. 젊은 왕의 숨결이 디오게네스의 코를 간지럽혔다.

— 호오, 좋은 냄새로군. 자네의 숨결에는 방향이 섞여 있는 듯하네. 그것도 결코 흔치 않은.

개의 철학자는 눈을 감은 채 그리 말했다. 햇볕이 들자 다시 졸음이 몰려온 모양이었다.

— 디오게네스님.

알렉산더는 다시 말을 더했다. 디오게네스는 귀찮다는 듯이 한 번 더 눈을 떴다.

— 아직도 무슨 볼일이?

— 한마디만 하게 해주시죠.

— 무슨?

— 혹여 알렉산더가 아니었다면, 디오게네스가 되고 싶었을 겁니다.

철학자는 잠자코 왕의 말을 들었다. 그리고 이렇게 답했다.

— 자네, 이번 대원정으로 나라 재산을 전부 탕진한 듯하더군. 가신들에게 나눠줬다면서?

— 예.

왕이 끄덕이자 디오게네스는 한 손을 펴 보였다.

— 이미 되어 있지 않은가, 바로 나와 같은. 나는 재산 따윈 손톱만큼도 없네. 자네, 혹시 내 흉내를 낸 건가?

조용히 일어선 알렉산더는 철학자의 휴식을 방해하지 않으려는 듯 나직한 목소리로 속삭였다.

— 세계를 제패하는 일에는 나를 버리는 것이 필요합니다. 나라 하나에 구애되는 자가 어찌 다른 나라들을 통솔할 수 있겠습니까?

왕의 말을 들은 디오게네스가 다시 눈을 떴다.

— 알렉산더, 자네는 서러운 임금이다. 세계를 통일하기 위해 자신의 나라를 버릴 작정이로구나.

— 예. 당신이 어디서든 자고 깰 수 있는 것도, 속세를 버렸기에 비로소 가능했다고 알고 있습니다.

— 그럴 듯하군. 세계를 자유자재, 자신의 것으로 할 수 있는 건, 속세를 버린 거지 철학자와 스스로를 버린 서러운 임금뿐이라는 말이로다.

디오게네스는 이렇게 중얼거리며 아름다운 알렉산더의 얼굴을 바라보았다. 둘 사이에 숙연함이 흘렀다. 이윽고 개의 철학자는 손을 흔들며 작별을 고했다.

— 알렉산더, 자네라면 세계제패가 실현될지도 모른다. 떠나기 전에, 나에게도 선물을 하나 할 수 있도록 해주지 않겠나?

철학자의 이야기를 들은 알렉산더는 환하게 웃었다.

― 선물을 받는 겁니까? 철학자의 훌륭한 말씀을?

디오게네스는 세 겹으로 주름진 턱을 한두 번 움츠리더니 왕의 얼굴을 바라보며 온화한 음성으로 말했다.

― 내가 만약 디오게네스가 아니었다면, 알렉산더가 되고 싶었을 걸세.

ALEXANDER

종말

　　시각은 어언 한밤중으로 접어들고 있었다. 일본국의 대왕 오다 노부나가로서도 더 이상 하테렌들을 아즈치산에 붙잡아 둘 수는 없었다. 텐카후부(天下布武)의 뜻을 널리 폈던 대마왕(大魔王)은 손을 들어 루이스 프로이스의 이야기를 중단시켰다. 선교사 일행은 숙직자들과 더불어, 일제히 안도의 한숨을 내쉬었다. 언제 끝날지도 모르는 길고 긴 이야기가 되어 가고 있었기 때문이었다. 노부나가는 그럼에도 불구하고 미련이 남아, 말끝마다 아쉬움을 내비치고 있었다.

　　— 참으로 흥미로운 이야기로다. 하지만 나도 내일 아침에는 미노(美濃)로 떠난다. 차후에는 그대들과 언제 만날지도 모르나, 이야기는 여기까지 하기로 하자.

　　이야기하는 데에만 지나치게 몰두한 나머지 여태까지 시간가는 줄도 모르던 프로이스도 겨우 제정신을 차렸다.

정신을 차리고 보니 성안은 무척이나 캄캄했다. 금병풍(金屛風)을 등지고 있는 노부나가의 모습조차 잘 보이지 않았다. 프로이스는 당황하며 머리를 숙이고 무례를 용서해 줄 것을 청하였다.

— 이런… 뜻밖에도 지나쳤사옵니다. 얘기가 실로 길어지게 된 점, 진심으로 사과드립니다.

노부나가는 고개를 저으며 온화한 음성으로 답했다.

— 괜찮다. 오히려 유감스럽도다. 언젠가, 역산대왕의 그 뒷얘기를 듣고 싶을 따름이다.

— 그야 언제라도.

프로이스가 깊이 머리를 조아리는 것을 본 노부나가는 자리에서 일어섰다. 왕좌에서 내려온 노부나가는 퇴청(退廳)하기에 앞서 프로이스에게 다가오더니 마치 움켜잡기라도 하듯 손을 쥐어 잡았다.

— 프로이스, 역산대왕의 이야기 하나하나가 진정 가슴에 와닿았노라. 나 또한 이후로도 기회 있을 때마다 참고하고 싶다. 헌데, 헤어지기 전에 한 가지 물어보고 싶은 것이 있다.

노부나가는 가지런한 얼굴을 선교사에게 가까이 하였다. 프로이스는 일순, 입술이 볼에 와닿는 게 아닐까 하고 두려워했다. 노부나가는 눈을 감고, 입술을 좁혀 뜨거운 숨을 귓볼에 불어 넣었다. 꿈이었는지도 모른다. 그러나 실제였을 가능성도 있다. 그 숨결은 형용(形容)할 수 없는 방향(芳香)을 발하고 있었다. 노부나가의 차가운 입술에서 새어 나온 한숨은 더할 나위 없이 뜨겁고 한없이 그윽했다. 그러나 프로이스는 소름이 끼친 나머지 눈을 두리번거렸다. 오한이 등골을 붙잡고는 난폭하게 뒤흔들었다. 공포가 그의 머리 속을 엄습했다.

무서웠다!

노부나가가 남만의 풍속에 따라 입을 맞췄다. 그것은 일본에도 엄연히 존재하는 성적(性的)인 풍속상의 입맞춤과는 달랐다. 그 입맞춤이 다시 프로이스를 얼어붙게 했다. 악마의 것인 듯한 감촉이 그로 하여금 마음속에서 이렇게 외치게 하였다.

'노부나가님, 당신은 혹시 환생한…!'

하지만 그 외침은 오다 노부나가의 귀에는 전해지지 않았다. 이는 신의 가호였다. 노부나가는 변함없이 눈을 감고 있다. 입술을 귓불에 가까이 하며 속삭이기 시작했다. 선교사는 전신의 피가 더워진 나머지 현기증이 몰려올 지경이었다. 학질에 걸린 것이 아닐까 착각할 정도로 등줄기가 벌벌 떨렸다.

― 짐 또한 텐카후부의 선언을 한, 천하에 뜻을 둔 자(者)다. 언젠가는 역산대왕처럼 세계를 다스리고 싶다. 그러니, 부디 가르쳐 주게. 역산대왕은 왜 자기 자신을 버리면서까지 세계를 평정하고 싶다는 생각에 도달했는지, 그 이유를.

목소리는 나직한 반면 실로 열렬한 말이었다. 프로이스는 무의식중에 노부나가의 숨결을 한번 더 탐지했다. 분명 방향이 풍긴다. 방향이….

― 노부나가님.

공포가 굳어진 눈(雪)처럼 그의 가슴을 덮고 있었다. 그러나 그 이상으로 매혹적이었다. 프로이스는 사랑하는 여인에게 마음을 고백하는 젊은 무사처럼 볼을 붉혔다. 그리고 노부나가와 마찬가지로 숨결이 가 닿을까 위태로운 거리를 유지하며 부드럽게 속삭였다.

― 답해 올리겠습니다. 역산대왕은 광기로 치달은 자, 악마에 사로잡힌 자이옵니다. 사람을 죽이고, 신을 죽이고, 결국 제자신까지도 망치는 그 저주스러운

모독(冒瀆)과 맞바꿔 세계를 손에 넣은 자입니다.

노부나가의 귀를 핥듯이 흘려 보낸 말이 여기에서 무심코 얼어붙었다. 노부나가의 몸 안에서 끓어 오른 지옥의 불꽃이 프로이스의 말에 담긴 따뜻한 연모의 정을, 무시무시한 열의 반작용을 통해 단숨에 얼어붙게 한 것이다. 프로이스의 말은 우박이 되어 뚝뚝, 노부나가의 귓가에서 떨어져 내리고 있었다. 노부나가의 물음에서 잉태되어 프로이스의 입술로 태어난 사랑의 말들은, 낙태된 아이처럼 동그마니 형태도 없이 굳어진 얼음 알갱이로 변했다.

오다 노부나가는 마왕(魔王)의 눈으로 되돌아와 눈썹을 바짝 치켜세우더니 다다미(疊)를 박차고 일어섰다. 프로이스의 얼굴에 공포가 찾아 들었다. 란마루(蘭丸)가 긴 칼을 받쳐들고는, 상전(上典) 곁까지 발을 끌며 소리 없이 달려왔다. 프로이스의 온몸에서 얼음처럼 차가운 땀이 솟구치기 시작했다. 노부나가는 격정으로 치닫고 있었다. 그 눈은 메두사의 눈 그대로, 흉악한 독기를 내쏘고 있었다. 프로이스는 돌이 된 것처럼 그 자리에 얼어붙었다. 마왕은 돌연, 발길을 돌렸다. 붉은 망토가—프로이스가 선사한 이국의 의상이—광기 어린 일본국의 왕을 순간 눈앞에서 사라지게 했다.

노부나가는 말했다.

— 멍청한 것! 미치지 않은 자에게 천하가 쥐어지겠느냐?

프로이스를 비롯한 이들이 공포에 질려 부복(俯伏)하는 외중, 마왕은 젊은 역산에 지지 않을 미모를 타고난 시동(侍童)을 거느리고, 아즈치 성의 눈부신 왕전(王殿)을 빠져나갔다.

(2권에서 계속됩니다)

지은이 | 아라마타 히로시(荒俣宏)

1947년 도쿄(東京)에서 태어났다. 게이오(慶應) 대학 법학부를 졸업하였다.
컴퓨터 프로그래머로 9년 동안 직장생활을 하다가, 환상문학·신비학·박물학 연구
가로 변신, 폭넓은 저술활동을 계속하고 있다. 87년 대하소설 《제도(帝都)이야기》가
베스트셀러가 되고 영화화되면서 각광을 받기 시작했으며, 93년에는 대작 《세계대박
물도감》을 완결하였다. 《코난 시리즈》 등을 번역하였고, 저서로는 《눈동자와 뇌의 모
험》《세계 신비학 사전》《유럽 호러 기행》《환상황제(幻想皇帝)》 외 다수가 있다.
일본 SF대상, 산토리 학예(學藝)상 등을 수상한 바 있다.

옮긴이 | 강수민

1968년 서울에서 출생하여 동경 재일 한국인 학원에서 초등학교까지 다녔다.
서울대학 미학과를 중퇴한 후, 번역활동을 하던 중 97년 10월, 케이블 TV 애니메이션
전문채널인 〈투니버스〉 개국기념 극장판 〈은하철도 999〉 〈안녕, 은하철도〉 한국어 더
빙 대본을 번역하였다.

본문 일러스트(애니메이션 〈알렉산더〉 중에서 발췌) | 피터 정(Peter Chung)

1961년 서울 출생. 캘리포니아 예술대학 칼아츠 재학중, 디즈니 스튜디오에 스카웃되
었다가, 디즈니 스타일에서 벗어난 실험적인 창작을 위해 프로덕션을 옮겨 독창적인 애
니메이션 창작활동을 시작했다. 대표작으로 미국 MTV에서 공전의 히트를 기록한 연작
애니메이션 〈이온 플럭스〉, 캐릭터와 컨셉 디자인을 전담한 〈알렉산더〉 등이 있다.

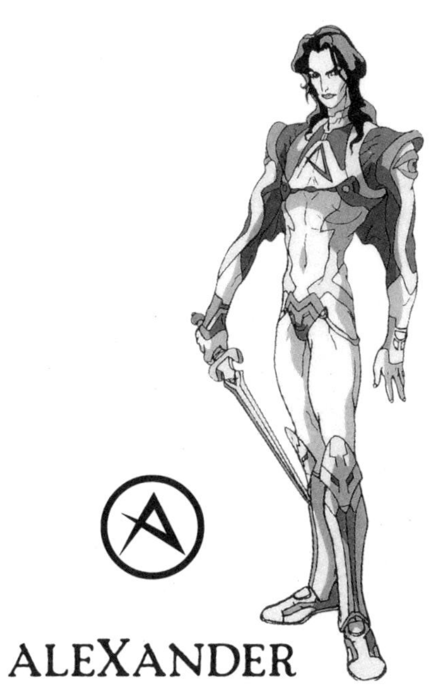

ALEXANDER

ΔΤΝΟΧ
ΙΣΙΓΙ
ΤΗΜΕ
ΑΔΡΙΑΤΙΚ
ΛΕΛΑ
ΛΕΤΕ
ΜΕΔΛΤΕΡΡΑΝΕΑΝ
ΣΕΑ
ΛΙΒΤΑ
Α

ΣΚΥΧΙΑ
ΒΛΑΚΚ ΣΕΑ
ΙΝΔΤΣ
ΑΔΒΝ
ΡΕΔ ΣΕΑ
Ι Α